# UN PREMIO PER L'ALFA

RENEE ROSE

LEE SAVINO

Traduzione di

ANNALISA LOVAT

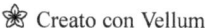 Creato con Vellum

# OTTIENI IL TUO LIBRO GRATIS!

Iscrivetevi alla newsletter di Renee per ricevere Indomita, scene bonus gratuite e notifiche riguardo a nuove pubblicazioni!

https://BookHip.com/MGZZXH

# CAPITOLO UNO

*Sedona*

Apro gli occhi a fatica. Ho le palpebre gonfie e dolenti. Me le strofinerei se non fossi sotto forma di lupa.

*Dove mi trovo?*

Mi alzo e vado a sbattere contro sbarre di ferro. *Oh santo cielo.* Sono in una gabbia, una *gabbia del cazzo.*

*Ehi, Sedona,* dice la voce di mia madre, le labbra corrucciate. *Devi proprio dire parolacce?*

*Sì, mamma. Se c'è un momento adatto alle parolacce è questo, cazzo.*

Sono in unagabbia come un dannatocane. Come un maledetto animale in cattività.

Strofino la testa contro le sbarre, ma non mi aiuta ad alleviare il dolore. Ho la bocca secca e fatico a deglutire da quant'è asciutta. Peggio di qualsiasi balla abbia mai fatto in tre anni di college. Non che sia una grande festaiola, comunque.

Beh, a volte mi piace fare festa, ma a chi non piace?

Mi giro nello spazio limitato, ma è impossibile trovare

una posizione comoda. Un ringhio sommesso mi si forma nella gola e la mia lupa si acquatta, come a voler saltare. Vado a sbattere contro alle sbarre e gemo dal male. Faccio un altro paio di tentativi e poi mi arrendo. Mi accuccio con il muso tra le zampe anteriori e chiudo gli occhi per cercare di isolare il dolore. La testa duole ancor di più. Quelli che mi hanno catturato mi hanno somministrato una sostanza per mettermi k.o. Da quanto tempo vacillo tra il sonno e la veglia? Dodici ore? Ventiquattro?

Sono all'interno di un grande magazzino. Altre gabbie sono disposte lungo gli scaffali di metallo, sistemate come i prodotti da Costco o al Club di Sam. Per lo più sono vuote. Un magrissimo lupo nero dagli occhi gialli mi guarda, sdraiato nell'angolo di una di esse.

Nell'aria aleggia fumo di sigaro e da dietro una porta proviene il rumore di voci umane che parlano spagnolo. La porta si apre di colpo, permettendo a un fascio di luce di entrare dal corridoio. Le voci mascoline si avvicinano e un gruppo di uomini si riunisce attorno alla mia gabbia. Gli stessi stronzi che mi hanno presa sulla spiaggia.

Se fossi furba, mi trasformerei per carpirgli qualche informazione. Chi sono, cosa vogliono da me. Ma la mia lupa non ha voglia di parlare.

Mi alzo in piedi; la schiena e la testa premono contro alle sbarre che fanno da tetto alla mia minuscola prigione. Le mie labbra si scostano e mostro le zanne. Un ringhio letale mi sale minaccioso dalla gola.

"*Que belleza, no*?" chiede uno degli uomini.

Segue una conversazione in spagnolo, ma non capisco niente, a parte *americana* e *Monte Lobo.*

Sono lupi, a giudicare dall'odore. Tutti quanti. I loro sguardi lascivi mi fanno scorrere dentro un brivido di paura.

Faccio schioccare le fauci attraverso le sbarre, ringhiando.

Ignorandomi, gli uomini raccolgono la mia gabbia e la portano fuori, vicino a un furgoncino bianco lucente. Aprono i portelloni posteriori e mi sollevano all'interno.

Io mi getto contro alle sbarre della gabbia, abbaiando e ringhiando.

Uno ride. *"Tranquila, ángel, tranquila."* Chiude le porte con un colpo secco e mi lascia un'altra volta da sola.

~.~

Rimbalzo da un lato all'altro della gabbia, al buio. Sembra che il furgone stia andando in salita, muovendosi su terreno sempre più dissestato: dev'essere una strada sterrata. Mi trasformo assumendo sembianze umane per pensare, accucciata, nuda, tra le sbarre.

La mia testa si sta riprendendo dalla sedazione, anche se ho lo stomaco ancora contorto come dopo un doppio giro della morte sulle montagne russe.

Mi serve un piano. Una strategia per filarmela. Afferro il lucchetto all'esterno della gabbia. È solido. Avrei bisogno di un trancia-ferro o di un grimaldello per liberarmi, ma non ho niente. Mio fratello maggiore Garrett mi ha insegnato a scassinare una serratura. L'ho osservato un sacco quando eravamo ragazzini: apriva ogni serratura nostro padre usasse nel tentativo di tenerlo chiuso dentro. O fuori, a seconda della situazione.

Ma non ho con me nessuna molletta per capelli, nessuna borsetta. Né uno straccio di vestito.

Dove mi stanno portando? Lo stomaco mi si annoda. Se fosse un rapimento qualsiasi, potrei dire che la mia famiglia pagherebbe il riscatto. Ma sono una figlia alfa. Qualcuno deve avere qualcosa da ridire su mio padre, quindi... subirò uno stupro di gruppo da parte di un branco straniero. Diventerò la loro schiava del sesso. Dio santo, spero che non siano amanti delle torture.

La mia lupa piagnucola mentre l'odore della mia stessa paura mi invade le narici.

*Pensa, Sedona, pensa!*

Sono lupi. Mi hanno prelevata da una spiaggia turistica di San Carlos. Sono giovane, femmina. Probabilmente non mi uccideranno. Le femmine mutanti sono più rare dei maschi. Sono una merce di scambio. Mi venderanno all'asta?

Cazzo. Brutta storia. Davvero brutta.

A Garrett non piaceva l'idea che andassi a San Carlos con degli umani. Come una scema, ho gettato al vento le sue preoccupazioni. Ho pensato che facesse l'iperprotettivo. Sono una mutante. Qual è la cosa peggiore che poteva capitarmi?

Un sacco di cose, a quanto pare. Posso quasi sentire la voce di mio padre che dice: *Te l'avevo detto.* Se uscirò viva da qui, sarò contenta di dargli ragione.

Il furgone si ferma. La mia lupa lotta per prendere il sopravvento, per proteggermi, ma io la costringo a restare al suo posto. La mia unica possibilità è fingere di collaborare, poi strappargli gli occhi con le mie stesse mani e scappare. Per fare la docile, è meglio che appaia nuda e spaventata, come in uno stupido reality show.

Rotolo sul fianco, mi stringo le ginocchia al petto e copro i seni con l'avambraccio. *Ecco.* Indifesa come un coniglietto.

Il portellone del furgone si apre.

"Per favore," dico con voce roca. "Ho tanta sete."

Uno degli uomini mormora qualcosa in spagnolo. Ah sì. Sarà più difficile perché non parlo la loro lingua.

Cavolo, perché non ho scelto spagnolo al liceo? Ah sì, perché volevo fare tutte le lezioni possibili di arte. E non avevo idea che un giorno avrei dovuto parlare con dei rapitori messicani.

"Fatemi uscire dalla gabbia," imploro, pregando che qualcuno mi capisca.

Mi ignorano. Due uomini prendono la gabbia dalle maniglie ai lati e la estraggono dal furgone. Ma non la posano. Percorrono un sentiero delimitato da alberi con la gabbia che sobbalza e oscilla tra loro. Oltre ai prati ben curati e a un edificio dalle pareti altissime, si vedono solo boschi. I miei aguzzini mi hanno portato in una fortezza in cima a una montagna.

Il mio battito accelera al massimo. "Per favore," imploro. "Ho bisogno di acqua. E cibo. Fatemi uscire."

"*Cállate*," sibila uno di loro. La conosco pure io quella parola. Vengo dall'Arizona, dopotutto. *Taci.*

Ok, quindi sono poco solidali.

Due uomini con qualche anno in più – anche loro mutanti, a giudicare dall'odore – vestiti con abiti italiani e scarpe lucidate come specchi, emergono da dietro un enorme portone di acciaio e legno intagliato.

*Trafficanti di droga.*

Questo è il mio primo pensiero, sulla base dell'abbigliamento, anche se penso che avrei sentito parlare di un cartello della droga composto da mutanti, se esistesse. *O no?* Ma chi indossa abiti da migliaia di dollari in cima a una montagna piena di boschi?

Gli uomini dall'aspetto ricco parlano con i miei rapitori sottovoce e li fanno entrare.

Ritento con la scena della giovane nuda e spaventata. "Vi prego, aiutatemi *señor*. Ho tanta sete."

Uno si gira a guardarmi e intuisco che ha capito. Dice qualcosa ai rapitori con voce secca e dura. Loro rispondono con un sommesso mormorio.

Sì, non ho ottenuto un gran risultato. Ma prima o poi la gabbia la dovranno aprire. E allora gli spaccherò il naso, mi tramuterò e me la darò a gambe levate. Basta lupacchiotta carina.

Mi si annoda lo stomaco mentre la gabbia oscilla. Devo tenermi alle sbarre di metallo per evitare di scivolare a ogni movimento.

Gli uomini seguono un sentiero all'interno delle alte mura di mattoni. Dall'altra parte si erge un'enorme villa o magione fatta di marmo bianco luccicante. Maestosa. Sembra quasi qualcosa di ultraterreno, come se ci trovassimo in un'altra era. O in un'altra dimensione.

Arriviamo a una moderna porta di sicurezza e uno degli uomini eleganti estrae una chiave magnetica. Apre la porta e guida i rapitori all'interno, dove poi scendono una rampa di scale. L'aria è umida e sa di muffa. Arriccio il naso.

Sbatto le palpebre mentre gli occhi si adattano piano piano alla scarsa illuminazione. Oh Signore. Sono in una prigione. Giuro che ci sono porte di ferro con finestrelle spioncino lungo tutto il corridoio. Uno dei ricchi abbaia qualcosa in spagnolo e tutti si fermano, posando la gabbia e aspettando che apra la porta di una cella.

Non appena vedo quello che c'è all'interno, mi tramuto e il mio ringhio rieccheggia tra le pareti di pietra.

Nella stanza non c'è altro che un letto con manette di ferro affisse ai quattro lati, pronte per immobilizzare un prigioniero. E ora so perché mi hanno portata qui.

Mi lancio contro alle sbarre della gabbia. Qualcuno assaggerà le mie zanne.

Qualcosa di affilato mi punge il collo e le zampe cedono ancora sotto al corpo.

I miei ringhi mi rieccheggiano nelle orecchie e la vista si appanna di nuovo, finché non diventa tutto nero un'altra volta.

~.~

*Carlos*

Sento il formicolio della pelle d'oca alla nuca mentre Don José mi guida giù per i gradini di marmo del palazzo.

"Dove stiamo andando?" Le mie scarpe eleganti ticchettano sulla pietra e il rumore riecheggia contro alle pareti del passaggio scarsamente illuminato, che brillano per lameticolosa pulizia quotidiana.

Il capo del *Consejo*, il Consiglio degli anziani, piega la testa di lato. "È necessario che tu veda una cosa." Continua a camminare, aspettandosi che lo segua come se fossi ancora un cucciolo sprovveduto.

Un ringhio sommesso mi sale dalla gola. Don José si gira a guardarmi e caccio giù la risposta del mio lupo.

"Dai una calmata al tuo lupo, Alfa, se puoi. Questa cosa la vuoi proprio vedere." La leggera deferenza emanata dalle sue parole non placa il tono arrogante. Stringo i denti fino a che non svolta per scendere verso le prigioni, l'area dove vengono rinchiusi lupi nemici e ribelli.

"Basta," dico con tono secco. La diffidenza del mio lupo è troppo intensa da ignorare. "Cos'è che vuoi farmi vedere?"

Don José esita.

"Non sono più un cucciolo," dico sommessamente. "Sono il tuo alfa."

Per un momento lo sguardo del vecchio lupo incrocia il mio. Abbassa gli occhi un secondo prima che si trasformi in una vera sfida. "Lo sai che i tassi di natalità sono precipitati negli ultimi anni."

"Direi nell'ultimo mezzo secolo," lo correggo.

"Esatto. E molte nascite producono solo *defectuosos*,"

dice José con sdegno. "Esseri deboli, incapaci di tramutarsi. Nei vecchi tempi…"

Alzo il mento, sfidandolo a completare la frase. Odio da matti quando gli anziani declamano i loro *vecchi tempi*.

"Nei vecchi tempi, un mutante senza animale non era un mutante," dice rigidamente. "Venivano rimossi dal branco."

*Rimossi.* Un modo carino di dire *uccisi*.

"Sai cos'ho deciso in proposito, Don José. Ogni lupo nato nel branco è parte del branco. Noi non voltiamo le spalle ai nostri simili."

"Certamente," dice, abbassando ancora la testa, la schiena rigida mentre fissa torvo un punto sulla mia cravatta. "Ma il branco deve restare forte. Altrimenti il sangue debole si diluirà al punto che non ci saranno più cuccioli con la capacità di tramutarsi."

"Va bene." Incrocio le braccia sul petto. "Arriva al punto."

"Il Consiglio sta lavorando a una soluzione. Mentre eri all'estero per gli studi, abbiamo dovuto prendere molte decisioni difficili. Per il bene del branco."

"Per il bene del branco," mormoro. "Va bene allora. Fammi vedere."

Allungo il collo dietro a Don José, scrutando il passaggio debolmente illuminato.

"Vedrai." Gli occhi scuri di José mostrano una luce subdola mentre ordina a una guardia di aprire la porta della cella.

Il problema è che io non ho un beta. Ho José come parte del *Consejo*, il Consiglio degli anziani. Potrei facilmente avere la meglio su ciascuno dei membri, presi singolarmente, ma tutti insieme sono più forti di me. L'unico motivo per cui mi tengono come capo fantoccio è che la legge del branco usa la regalità di sangue per determinare l'alfa. Un membro della linea alfa originale detiene il titolo di alfa anche se non sa governare.

La porta della cella si apre e resto impietrito.

Su un letto c'è una donna bellissima, nuda, con mani e piedi ammanettati. I folti capelli lunghi e castani sono aperti a ventaglio attorno alla testa, su un materasso privo di cuscino. Seni floridi, pancia piatta, gambe lunghe un chilometro. E lì in mezzo – ah, *carajo* – un monticello perfettamente depilato e dal tenero bocciolo rosa in bella vista.

*Che cazzo...* Uno slancio di eccitazione mi pervade e arriva a indurirmi l'uccello. Stringo le mani a pugno. Il mio lupo sta ululando, l'adrenalina pompa nelle vene, ma non so se in preparazione a fare mio questo meraviglioso esemplare di femmina o a combattere per liberarlo.

La donna tira le catene che la legano e il bianco dei suoi grandi occhi azzurri quasi si illumina nel buio. Le sue labbra piene sono screpolate e sanguinanti. Quando la sento gemere, una furia cieca si impossessa di me. Il bisogno di proteggerla, di salvarla da questo destino, sale in superficie, cancellando ogni traccia di inopportuna lussuria.

"Che diavolo è questa roba?" Avanzo a grandi passi e afferro uno dei polsi ammanettati, tirando la catena. "Slegatela," dico con voce tonante.

Più tardi rivedrò più e più volte la scena, biasimandomi per la mia stupidità. Un riso sinistro è tutto ciò che sento prima di ruotare su me stesso e vedere la pesante porta di metallo chiudersi con un tonfo sonante.

La rabbia mi fa tramutare in un lampo, strappando a mezz'aria gli abiti di sartoria fatti su misura. Mi lancio contro alla porta, il mio grosso corpo da lupo che vi sbatte contro a tutta forza ma senza smuoverla di un millimetro. Ringhio, corro per la stanza, la furia è troppo grande per concedermi un pensiero razionale. Ringhio e faccio schioccare la mandibola, setacciando tutto il perimetro in cerca di una via di fuga. Ovviamente non ce n'è neanche mezza. Conosco bene queste celle.

*Merda.*

Mi volto verso la ragazza. Stranamente, nonostante la mia feroce dimostrazione di furia, i suoi occhi azzurri non mostrano alcun segno di panico. Mi guarda invece con avido interesse. Forse perché siamo nella stessa barca: due prigionieri lasciati a... *maledizione.*

So cosa vogliono.

Hanno trovato una lupa di un altro branco e l'hanno rapita per usarla per la riproduzione. Sapevo che volevano che mi accoppiassi, ma non avevo idea che sarebbero arrivati a tanto.

Li ammazzerò tutti: squarcerò la gola a ogni singolo *pinche* membro del Consiglio. Tenere me in prigionia – il loro alfa – contro la mia volontà per usarmi come maledetto stallone?

*Eh no, cazzo.*

Ruggisco e mi lancio ancora una volta contro alla porta, anche se so che è inutile. Ricordando che dovrebbe esserci una videocamera nell'angolo, ci salto sopra, serro le zanne sulla plastica liscia e sbriciolo la lente di vetro.

*Fanculo.*

Giro ancora in cerchio nella piccola cella e torno verso il letto, dove stringo tra i denti le catene che tengono immobilizzati i polsi della ragazza.

Lei chiude la sua mano delicata a pugno, tenendo le dita lontane dalla mia bocca.

*Santo cielo, il suo odore.*

Sa di... paradiso. Biscotti allo zucchero e mandorle, con un tocco di agrumi. E lupo. Questa femmina non è per niente *defectuosa*. Chissà com'è fatta la sua lupa. Nera come il mio? Grigia? Marrone?

Scuoto la testa. Non ha importanza. Non mi accoppierò con lei. La porterò fuori di qui, diamine.

Ringhio e tiro con tutte le mie forze, tiro quella maledetta catena per staccarla dalla parete.

La meravigliosa femmina fa come me; i suoi giovani muscoli si gonfiano in una dimostrazione di spettacolare forma atletica. Uniamo le forze, ma la catena non si stacca.

Crollo seduto.

"Grazie di averci provato." Il suo accento è una dolce melodia.

*No.* Questa attraente americana non mi interessa. Non importa quanto possa essere affascinante e bella. È quello che vogliono loro.

Pensano che gettandomi qua dentro con lei, riscuoterò il premio che hanno catturato per me. Che affonderò i denti nella sua carne e la marchierò per sempre. Stanno facendo affidamento sul mio istinto alfa, che dovrebbe portarmi ad accoppiarmi con un'altra alfa per riprodurmi.

Pensano che perdonerò o dimenticherò la manipolazione? Credono seriamente che li lascerò vivere dopo questo scherzetto?

Mi ritramuto in forma umana.

*Carajo.* Ora sono nudo pure io: gli abiti li ho distrutti nella mutazione.

E questa imperversante erezione non farà sentire molto più sicura la bellezza incatenata.

Ruoto per dare la schiena al letto. Bene. Cavolo. Ovviamente ho l'uccello più duro della pietra. Per quanto sia incazzato o voglia salvarla, la bellezza incatenata è innegabilmente la cosa più erotica a cui abbia mai assistito.

"Cazzo." Raccolgo i resti lacerati dei pantaloni e trovo all'interno i boxer. Sono strappati ma potrebbero starmi su, se li tengo con le mani. Me li infilo.

"Mi capisci." C'è una nota di sollievo nella sua voce.

Mi acciglio. Non dovrebbe fidarsi di me. Perché se sapesse quello che voglio fare a quel suo corpo sensuale, nudo e *completamente disponibile*, griderebbe.

La camicia è poco più in là. La afferro e mi preparo alla sua inebriante presenza prima di girarmi.

Non mi è di aiuto. È bellissima come pensavo. No. Di più. Riesco a portarmi a lato del letto e uso la camicia per coprire per quello che posso la sua pelle, che ha una tinta oro bruciato, con le strisce più chiare di quello che deve essere stato un bikini davvero minuscolo. Mi viene l'acquolina nell'immaginarmela sulla spiaggia, dove si è procurata quell'abbronzatura. So che deve aver riempito il costume in modo tale da far gemere ogni singolo maschio nei paraggi.

Stendo la stoffa sopra al suo sesso e tiro l'altra estremità verso i seni.

Lei squittisce, le cosce tirano contro le manette di ferro attaccate alle caviglie. Inalo l'odore della sua eccitazione.

Cielo, basta così poco? Un leggero tocco con la stoffa contro le sue parti più sensibili ed è già pronta a essere posseduta?

Sul serio, non sopravvivrò questa prova.

Sistemare la camicia diventa una tortura bella e buona, perché quando l'odore mi arriva alle narici tiro la stoffa con troppo vigore e le scopro la passera, poi la faccio scivolare via dai seni tirando con impazienza dalla parte opposta.

L'alzarsi e l'abbassarsi dei capezzoli per effetto del respiro accelerato non mi è di aiuto, e non lo sono neanche quei grandi occhi azzurri fissi su di me.

"Cazzo," mormoro, tirando entrambe le estremità contemporaneamente. Le mie dita sfiorano la sua pelle e riesco a malapena a trattenere un ringhio di eccitazione. È morbida come quella di un neonato. Liscia. Ho il cazzo che spinge aitante verso di lei e, come un idiota, inspiro profondamente. L'odore dei suoi feromoni e della sua eccitazione mi fa girare la testa. A giudicare dall'odore, è vicina all'ovulazione. Devono saperlo. E devono anche sapere che nessun mutante purosangue può sopravvivere rinchiuso con una lupa alfa nuda, in calore, durante la luna piena senza farla sua e marchiarla per sempre.

Riesco a coprirle il sesso e un seno con la mia camicia prima di lasciare il pezzo di stoffa e fare un passo indietro. Se sfioro ancora una volta quella pelle, giuro che mi lancio a palparne ogni singolo centimetro.

In qualche modo distolgo gli occhi dal seno ancora scoperto, con il capezzolo color pesca gonfio e turgido. Mi chiedo quale aspetto di questo scenario la ecciti: essere legata, la nudità o la mia attenzione sul suo corpo fottutamente meraviglioso. No, non voglio saperlo.

Il mio respiro si fa più affannoso quando mi pervade una nuova spinta di desiderio. Mi schiarisco la gola. "Sei americana?"

Lei annuisce. "E tu?" La sua voce esce un po' roca e un po' sussurrata mentre se la schiarisce e si passa la lingua rosa sulle labbra secche.

Reprimo un gemito.

Sa il cielo come vorrei mentire e dire *sì*. Fingere di essere stato rapito in America, come lei. Portato sul Monte Lobo e gettato in una cella. La rabbia per la situazione quasi mi induce a tramutarmi di nuovo.

"No." Allungo una mano per sistemare ancora il pezzo di stoffa, ma riesco solo a farlo scivolare giù da entrambi i seni.

Cazzo, quei capezzoli. Mi stanno implorando di prenderli in bocca, che la mia lingua dia loro l'avventura della vita.

Chiudo gli occhi e mi allontano di qualche passo per

dominare il desiderio. "Sei ferita?" La domanda mi esce di bocca più brusca di quanto vorrei.

"Ho sete."

Vado alla porta e la batto con il palmo, facendo riecheggiare il rimbombo dell'acciaio contro alle pareti della cella.

Non sono sorpreso di non sentire risposta. "Ha bisogno di acqua," grido in spagnolo. Non riesco a vedere fuori dalla finestrella, perché all'interno è un vetro satinato che permette di guardare solo da fuori. Questa volta sento una voce sommessa. Figli di puttana. Sono là dietro che ascoltano. Almeno ho disabilitato la videocamera di merda.

"Mi chiamo Carlos. Carlos Montelobo." Mi preparo ancora una volta per voltarmi a guardarla. "Mi spiace moltissimo che ti abbiano trattata in questo modo."

Lei si lecca le labbra di nuovo. Deve smetterla. "Non è colpa tua."

Ecco dove sbaglia, e io sono uno stronzo se non glielo dico.

I suoi occhi scendono dal mio volto al mio torso nudo, e arrivando alla vita prima di scattare nuovamente sul mio viso. Arrossisce.

Oh, cielo. Che dolce. Che dolce, cazzo.

Mi passo le dita tra i capelli. "Purtroppo è colpa mia."

Lei socchiude gli occhi.

Alzo le mani. "Cioè, non sapevo che avessero intenzione di fare questo, ma quello lì è il mio branco. Dovrei essere il loro maledetto alfa. Solo che il Consiglio degli anziani mi ha fatto rinchiudere qui con te."

"Perché?"

Lo sa il perché. Lo capisco dal modo in cui il suo sguardo scatta sulla mia erezione.

Deglutisco e mi siedo sul letto, la concentrazione ancora fissa sulle catene, come se potessi scoprire un altro modo di liberarla. "Il branco soffre per eccessiva consanguineità. È diminuito di numero e molti dei nostri non sono in grado di tramutarsi. Li chiamiamo *defectuosos*. La maggior parte delle femmine sono sterili e non possono riprodursi. Sapevo che il *Consejo* stava lavorando a un piano per introdurre nuovi accoppiamenti, ma non avevo idea che sarebbero arrivati a tanto." Agito una mano in aria per indicare la cella.

"Vogliono che ti accoppi con me?"

"Sì." Il senso di colpa mi cala nel petto come un'ancora, trascinandomi nel profondo.

Le sue guance arrossiscono e la vedo tirare le catene.

"Shh." La tocco prima di rendermi conto di aver deciso di farlo, accarezzandole la guancia con il pollice. "Non ti preoccupare, bellezza. Non intendo prenderti con la forza, te lo giuro." Vedendola continuare a tirare le catene, le afferro entrambi i polsi sotto alle manette. "*Ferma*." La mia voce si fa più dura e autoritaria.

Lei si immobilizza. È la sua lupa che reagisce istintivamente al dominio di un maschio alfa, ma lo sguardo non corrisponde a tanta obbedienza.

E la reazione del corpo agli occhi.

Sì, il mio corpo è proprio qui con il suo. La sto trattenendo mentre l'uccello mi sventola come una bandiera. I suoi seni squisiti sono a pochi centimetri dal mio petto. Posso sentire il calore del suo corpo, il soffio del suo fiato contro al collo.

"Non voglio farti del male più di quanto già ti abbiano fatto." Sollevo il mio peso da lei e lascio andare i polsi.

La vedo avvampare e vorrei lacerare la mia stessa gola quando le lacrime salgono in quegli occhi incredibilmente azzurri. Una scivola giù e le scorre sulla guancia. Allungo una mano e gliela asciugo con il pollice. "Non piangere, *muñeca*. Non ti farò mia e non permetterò loro di farti del male. Hai la mia parola."

Lei scosta di colpo il volto dalla mia mano. "Perché dovrei fidarmi di te?"

È furba. "Non dovresti."

Non sono neanche sicuro di poter onorare la parola, ma so che morirei pur di provarci. "Esatto." La risata che le esce dalle labbra è amara.

# CAPITOLO DUE

*Anziano del Consiglio*

Sto fuori dalla cella con i colleghi del Consiglio, Don José e
Don Mateo, guardando interagire i due giovani lupi. Ho
mandato via le guardie. Non sono necessarie: è impossibile
evadere da queste celle. "È solo questione di tempo. La reci-
proca attrazione è già evidente."

"Sono d'accordo," dice Mateo. "La marchierà prima di
mezzanotte. Questa parte del piano dovrebbe avere successo.
Ma quando lo lasciamo uscire, potrebbe farci fuori tutti
quanti. Il suo lupo si è fatto feroce da quando l'abbiamo visto
l'ultima volta."

"Ho un piano." Don José picchietta un dito sulla porta.
"Li droghiamo entrambi prima di separarli. Poi mandiamo in
overdose sua madre. Al risveglio Carlos dovrà prima gestire
quella crisi. Dimenticherà la furia, perché sua madre avrà
bisogno di tutta la gentilezza che c'è in lui."

"Non è un gran piano," dice Mateo.

"Quando ritroverà la sua femmina, lei sarà rinchiusa in
una stanza degli ospiti, vestita elegantemente e trattata come

una regina. Non avrà motivo di punirci per i metodi che abbiamo usato, dato che sarà soddisfatto lui stesso del risultato: un bellissimo premio per un forte alfa. Proprio ciò di cui questo branco ha bisogno. Ovviamente imploreremo umilmente il suo perdono."

Socchiudo gli occhi. "È rischioso. E se la lasciasse andare?" Anche se i trafficanti hanno avvisato me del rapimento della lupa americana, l'idea di imprigionarla con il nostro alfa è stata di Don José. Io avrei preferito l'inseminazione *in vitro*. Per usare la ragazza come fattrice per l'intero branco. Un esperimento scientifico. Non possiamo dipendere dalla natura, o dalla natura animale, per mantenere vigoroso il branco.

"Se la marchia, non sarà in grado di lasciarla andare. La biologia seguirà il suo corso, proprio come farà stanotte."

"Ne sei sicuro," dico, più come una dichiarazione che come una domanda.

"Sì."

Juanito, un servitore di nove anni, arriva con l'acqua che gli ho ordinato di andare a prendere. È un leggero rischio, perché è il preferito di Carlos, ma è proprio il motivo per cui ho scelto lui. Abbiamo bisogno di qualcuno per portare cibo e acqua alla coppia, e temo che Carlos potrebbe strappare la mano che si infila nella finestrella. Ma so che non farà del male al ragazzino. C'è troppa bontà in lui. È proprio come suo padre.

E proprio per questo abbiamo dovuto sbarazzarci di lui.

~.~

*Sedona*

Carlos si allontana e registro la mancanza della sua vicinanza come una pianta privata dell'acqua. E la cosa mi fa incazzare. Non voglio essere così eccitata dall'alfa oscuro, minaccioso e per lo più nudo che si aggira per la cella. Anche se è fatto di solidi muscoli, tanto scolpiti che potrebbe fare bodybuilding. Lo guardo affascinata. Ha il petto glabro e un tatuaggio che gli copre spalla sinistra e bicipite, una sorta di fantasia geometrica. Sul braccio destro ce n'è un secondo.

Non ho mai avuto una reazione così forte per nessun maschio, umano o mutante. Però non sono neanche mai stata incatenata con il corpo nudo in bella vista davanti a un uomo.

Ripenso alla scena, quando mi ha tenuta giù perché smettessi di tirare le catene. Si è mosso veloce come un lampo, balzandomi addosso e immobilizzandomi sul letto. Per un secondo ho pensato che stesse per baciarmi. *Maledizione.* Ha la barba perfettamente rasata. Che sensazione mi darebbe sulla pelle?

Come sarebbe avere i polsi bloccati sopra alla testa mentre lui affonda dentro di me? Sentire tutta quell'autorità e quel potere concentrati su di me? Mi farebbe male? O è un amante tenero?

Anche se la sua discrezione mi ha dato ai nervi, ha fatto bene a fermarmi. Ho già i polsi indolenziti per tutto quel tirare, e la parte più sciocca di me è contenta che lui abbia distorto la sua volontà per il mio bene. È quello che un bravo alfa dovrebbe fare.

Una finestra quadrata alla base della pesante porta scivola indietro e una piccola mano vi spinge attraverso un bicchiere di plastica.

Carlos scatta in azione, vi si tuffa, ma invece di prendere il bicchiere afferra il polso che l'ha spinto dentro.

"*Ahi!*" Il grido di dolore dall'altra parte è decisamente quello di un bambino.

Carlos impreca. "Juanito?"

"*Perdóname, Don Carlos.*" Il bambino sembra sul punto di piangere.

Carlos si lancia in una fiumana di imprecazioni in spagnolo, molte delle quali riesco a decifrare. Chiede qualcosa in spagnolo, ma il ragazzino risponde solo tirando su con il naso. Carlos gli lascia andare il polso e dice qualcosa con tono molto più tranquillizzante. La manina si piega e dà un colpo al pugno di Carlos prima di ritirarsi e sparire. Carlos raccoglie il bicchiere d'acqua e viene verso di me. Dal corpo irradia una furia a fatica trattenuta che trovo stranamente attraente. Ma sì, sono stata cresciuta da un lupo alfa dominante e generalmente incazzato, quindi immagino che questa sia la mia idea di maschio. In effetti ha senso che nessun altro abbia suscitato il mio interesse finora. La mia lupa si mette a pancia all'aria solo davanti a un vero alfa.

*Fantastico.* Spero esista una terapia per guarire, perché l'ultima cosa di cui ho bisogno è un altro maschio autoritario che mi dica cosa fare. Ho già un padre e un fratello iperprotettivi.

Guardo i muscoli di Carlos gonfiarsi mentre si porta a lato del letto.

"Hanno mandato un ragazzino con l'acqua perché sanno che non gli farei mai del male. *Chingada bola de pendejos.*"

"Chi è il bambino?" Penso che sia un suo parente.

"Un servitore."

"In Messico non esistono leggi contro il lavoro minorile?"

L'espressione di Carlos si adombra ancora di più. "Lo so. Il mio branco è… arcaico. Loro… *noi*…" la sua voce si tinge di una nota amara, "viviamo in un'epoca differente. I deboli servono i forti. E sono mantenuti deboli dallo schema. Alleanza o commercio con gli estranei sono vietati, la tecnologia e i media non sono permessi, e non traffichiamo neanche con altri branchi. Solo io e il Consiglio siamo esonerati dalle regole."

L'acqua cola dal bordo del bicchiere di plastica viola. Con molta più delicatezza di quanta ne ha dimostrata quando ha cercato di coprirmi con la camicia, mi fa scivolare una mano dietro alla nuca per sollevarmi la testa e farmi bere. Mando giù mezzo bicchiere, senza neanche curarmi del fatto che parte dell'acqua mi gocciola dal mento. "Grazie," dico annaspando quando ho finito.

"Ma se non approvi, perché non cambi le cose?"

Un muscolo della mandibola ha uno scatto. "Le sto cambiando... le cambierò. È una lotta. Una lotta continua contro il Consiglio. Ma lo farò."

Accetto un altro sorso .

Carlos mi fissa con i suoi luccicanti occhi scuri. "Non so neanche come ti chiami."

"Sedona."

Inarca un sopracciglio. "Come la città?"

"I miei genitori si sono incontrati lì." Qualche anno fa, temevo che Sedona e Tucson sarebbero rimasti i posti più lontani che avrei mai visto rispetto a Phoenix, dove si trova il mio branco. E ora mi trovo da qualche parte in Messico, incatenata a un letto con un lupo latino-americano sexy che sta divorando con gli occhi il mio corpo nudo. Non proprio il genere di avventura che avevo sperato.

Carlos ripete il mio nome con accento spagnolo, donandogli un suono esotico e sexy. "Un nome bellissimo per una lupa bellissima." Il fatto che mi trovi bella sembra irritarlo, perché nel dirlo si acciglia. Mi avvicina una mano alla bocca come per asciugarmi l'acqua dal mento, poi però la ritrae con una smorfia.

"Cavolo, grazie," dico con tono asciutto.

Lui appoggia il pollice sul mio labbro inferiore e lo strofina, avanti e indietro lentamente, con gli occhi scuri che brillano.

Sento un fremito in mezzo alle gambe e mi si induriscono i capezzoli.

*Oh merda.*

Sono totalmente al di là delle mie capacità. La sincera verità è che sono vergine. Mio padre avrebbe ammazzato qualsiasi ragazzo mi fossi scopata al liceo. E dico sul serio. Non ho neanche avuto uno con cui andare al ballo. Al college avrei potuto fare sesso ma frequento umani, e i maschi umani non mi dicono niente, tutto qua. Non che ci abbia provato. Ho fatto un po' di casino qua e là, ma niente relazioni.

Quello che succede dopo è che Carlos spinge il pollice tra le mie labbra e mi ritrovo a farci l'amore con la lingua. Un ringhio sommesso riverbera nel suo petto come un motore in avviamento, e in risposta tutte le mie parti intime vanno su di giri.

"Sedona," dice con voce roca e con quel suo accento sexy. *Say-doh-na.* Pronuncia il mio nome come fosse un posto magico. Ritira il pollice dalla bocca come se gli facesse male. "Stare qui rinchiuso con te mi ammazzerà."

Deve essere la dose ripetuta di tranquillanti che mi hanno somministrato, perché sono seriamente sul punto di offrirgli un assaggio del buffet Sedona, dato che sono tutta pronta qui per deliziarlo.

"Qual è…" Mi schiarisco la gola perché dopo che mi ha invaso la bocca col dito fatico a parlare. "Qual è esattamente il piano? Come usciamo? Non penso che funzionerà. Se ti hanno chiuso qua dentro perché ci accoppiamo, ci lasceranno uscire prima?"

Un altro tic della mandibola. È arrabbiato e bello. Un ricciolo di capelli scuri gli cade sulla fronte e le linee forti del suo volto sono accentuate dalla determinazione della sua bocca. Le sue dita si stringono a pugno. "Ancora non lo so."

Se non avessi un padre e un fratello alfa, potrei non percepire l'enorme senso di colpa e frustrazione che sta emanando a ondate. Gli alfa non possono sopportare il fatto di non poter agire, di non avere una risposta, di trovarsi con le mani legate. Considerato come il suo sesso sia bloccato in posizione eretta, l'azione più probabile che intraprenderà sarà di infilarlo al caldo, in mezzo alle mie gambe. Non che sia del tutto contraria all'idea. Il liquido mi gocciola tra le cosce mentre mi sforzo di mantenere la mente sgombra.

"Da quanto sei un alfa?" gli chiedo.

Lui si strofina dietro al collo. "De facto, dalla morte di mio padre, quando avevo sedici anni. Ma il *Consejo* mi ha incoraggiato ad andarmene, a proseguire gli studi fino all'università negli Stati Uniti. E poi a prendere una specializzazione. Sono tornato solo lo scorso autunno." C'è pesantezza nelle parole. Percepisco altro senso di colpa, o qualche altro peso, mentre fissa la parete davanti a sé.

"Non volevi tornare."

"No." Incrocia il mio sguardo in modo nuovo, come se la nube di lussuria si fosse sollevata e mi vedesse veramente. Sedona, non il corpo nudo offerto su un vassoio. "Non l'ho mai ammesso prima. Neanche a me stesso."

"Quanto sei stato via?"

"Sette anni. Quanto basta per capire che se non cambiamo qualcosa in questo sistema arcaico, il branco si estinguerà."

Rabbrividisco. Io sono la soluzione che il suo Consiglio ha escogitato per salvare il branco. C'è una certa dose di dovere a cui sono stata preparata in quanto figlia di un alfa. Dovere che però non contemplava entrare in un programma di riproduzione. Mio padre sarà pure vecchia scuola, ma qua siamo decisamente all'epoca primitiva.

Si siede sul bordo del letto, vicino ai miei fianchi, ed esamina la chiusura delle manette. Devo avere i polsi sfregati come li sento, perché massaggia la pelle attorno ai bordi del metallo e ringhia. "Raccontami come sei finita qui, Sedona."

Il tono dominante mi fa rabbrividire. Non importa che stia tentando di fare il gentiluomo. Il mio corpo reagisce. "Sono in vacanza di primavera. O almeno lo ero. Ero a San Carlos con amici e dei mutanti mi si sono avvicinati sulla spiaggia. Un altro mi è arrivato da dietro e mi ha piantato un ago nel collo per sedarmi. Mi hanno infilata in gabbia e mi hanno imbarcata su un aereo che mi ha portato nella città dove ho passato la notte in un magazzino. Poi mi hanno trasportata qui con un furgone."

Carlos ringhia durante tutta la storia, mentre il suo pollice fa una magia sui miei polsi, tracciando dei leggeri cerchi sulla mia pelle sensibile. Non mi ero mai resa conto che un massaggio al polso potesse essere così sexy. Sento in mezzo alle gambe una vibrazione difficile da ignorare. La strana eccitazione mi pervade di nuovo tutta.

"Trafficanti," dice quando finisco. "Da Città del Messico. Avevo sentito dire di mutanti che vendono lupi nel mio Paese, ma non ci volevo credere. Le storie parlano di un demone che si fa chiamare il Mietitore, che compra mutanti per prelevarne sangue e organi."

Rabbrividisco.

"Quando usciamo da qui, ucciderò tutti i trafficanti che ti hanno toccata, dal primo all'ultimo. Hai la mia parola."

Deglutisco e annuisco. "Grazie."

Mi sfiora il polso con le labbra. "Dimmi, dove vai a scuola e cosa studi, Sedona?"

Mi lecco le labbra per inumidirle e il suo sguardo scatta sulla mia bocca. Cielo, potrei davvero arrossire. Ho ricevuto attenzioni da parte di maschi per tutta la vita e non ho mai avuto una reazione del genere. Spostando i fianchi per alleviare il solletichio, rispondo: "Vado all'Università dell'Arizona, a Tucson. Sto studiando arte commerciale."

Inclina la testa di lato, come se avessi detto la cosa più affascinante al mondo. "Un'artista. *Claro que si.*"

"Cosa significa?"

Sorride, portando l'attenzione all'altro polso. "*Sì, ovviamente.* Avrei dovuto immaginare che una lupa bella come te avrebbe solo portato altra bellezza nel mondo."

Ruoto gli occhi.

"Che genere di arte fai?"

Mi mordicchio il labbro. "Al momento sono nella fase degli acquerelli con contorni in china."

"Tipo paesaggi?"

Non so perché mi imbarazzi raccontare quello che disegno. Comunque lo dico. "Fate."

Lui piega la testa di lato, mi osserva. Mi aspetto di sentirlo sbuffare e ridere, e invece mi chiede: "Perché le fate?"

"Uhm." Arrossisco. Nessuno mi ha mai fatto tante domande sulla mia arte. Neanche i miei. "Da piccola avevo una balia. Beh, una lupa più grande che a volte mi badava il pomeriggio. Mi diceva sempre che se facevo il pisolino quando lei me lo diceva, sarebbero venute le fate buone e avrebbero riempito la mia vita di magia. Ehm, ricordo che tentavo di disegnarle." Cerco di concludere in fretta e furia la mia noiosa storia, ma lui non mi interrompe e non sembra per niente annoiato. "Poi, quando si è ammalata, le ho preparato delle cartoline decorate con le fate. E non me ne sono mai stancata."

"Mi piacerebbe tantissimo vedere le tue fate, Sedona."

I suoi occhi intensi mi colpiscono dritto al cuore. Distolgo lo sguardo. "A dire il vero non le mostro mai a nessuno," mormoro.

"Perché no?"

"I miei professori le considererebbero stupide. La mia famiglia crede che l'arte sia solo una fase che sto attraversando. Qualcosa di grazioso con cui mi tengo occupata fino a che non avrò un compagno. È come se mi avessero mandata all'università negli anni Cinquanta."

Carlos borbotta. "Dovrebbero essere fieri di te e lasciarti alla tua arte."

"Già. Mio papà e mio fratello pensano solo a tenermi al sicuro e protetta. Il resto non conta molto."

"Ma solo tu puoi vivere la tua vita. Dovresti essere libera di fare le tue scelte."

Sbuffo. "Non sono mai stata libera. Loro sono… dominanti." Ricordo giusto in tempo di non dire che sia mio padre che Garrett sono degli alfa. "I lupi dominanti non prendono forse decisioni per gli altri?"

"Un alfa dovrebbe essere un capo, sì," conferma Carlos annuendo. Ha capito quello che non ho detto, e non dovrei preoccuparmene. Ma tutto quello che riesco a pensare è: *lupo intelligente*. "Dovrebbe sovrintendere al bene del branco, proteggere i deboli e tenerli al sicuro. Ma dovrebbe anche sapere cosa hanno a cuore i suoi membri, cosa li rende appagati. Questa si chiama leadership."

Deglutisco. Siamo in territorio pericoloso. Almeno Carlos non sembra pensare che tutte le donne dovrebbero stare legate al letto perché uno stronzo di alfa le stupri e le ingravidi. O forse lo pensa e sta facendo il buono per manipolarmi. Non ne sono ancora sicura.

"E tu?" Rigiro la conversazione. "Dove hai studiato?"

"Stanford per la laurea. Harvard per la specializzazione."

Wow. Ok, *è* un lupo intelligente. Non c'è da meravigliarsi

che non volesse tornare dal branco. Una scintilla di rabbia a suo favore mi si accende nel petto. Dovrebbe poter scegliere il suo futuro, non rimanere legato a questo branco di pazzi.

Ma un pensiero più urgente e inquietante si fa strada nella mia mente. "Carlos? Devo fare pipì."

~.~

*Carlos*

Il mio lupo adora il modo in cui Sedona mi guarda e mi rivela il suo problema, come se io fossi quello che saprà trovarle una soluzione.

E poi mi infurio. C'è un bagno nella stanza, ma la mia femmina è *incatenata a un letto*. Sì, l'ho chiamata la *mia femmina*. So di non potermela tenere, ma in questo momento è sotto la mia protezione. È nuda e vulnerabile e... *mia*. Il mio lupo fa schioccare i denti a quell'affermazione. Giù, amico.

Batto contro alla porta e grido. "Datemi le chiavi delle manette. Subito."

Sento voci sommesse che mormorano oltre all'uscio, poi Don José avanza una proposta. "Ti diamo le chiavi in cambio dei vestiti."

*Vaffanculo.*

La rabbia mi gonfia i nervi del collo, ma sono impotente. Stringo i denti e mi volto verso Sedona. "Dicono che ci danno le chiavi in cambio dei brandelli di vestiti."

Lei dilata le narici, il labbro in fuori a formare un'espressione imbronciata. "Giusto. Perché sperano nel momento sexy. Quanto sarà sexy quando avrò bagnato il letto?"

Non posso trattenere la risata che mi sale dalla gola. Mi sorprende: onestamente non riesco a ricordare l'ultima volta che ho riso. Sono passati anni. Probabilmente dalla morte di mio padre.

Le labbra di Sedona si piegano in una smorfia caustica e io mi perdo nei suoi occhi cerulei. E poi, dato che non ho la minima intenzione di permettere che la mia femmina venga umiliata e costretta a bagnare il letto, decido per lei. Mi avvicino e prendo la camicia.

"Ehi," protesta, ma i capezzoli scattano sull'attenti.

"La tua libertà vale il mio disagio," le dico, lasciando cadere i boxer sul pavimento.

"Il *tuo* disagio?" L'incredulità impregna la sua voce.

"Sì, *muñeca*. Sono io quello che deve reprimere gli istinti."

Lei arrossisce come un'innocentina e mi chiedo quanta esperienza sessuale abbia. È matura, ma ancora giovane.

Non ha importanza. Non dovrebbe starsene chiusa qui dentro insieme a un lupo come me.

Raccolgo gli altri brandelli di stoffa disseminati per la stanza e do un calcio alla porticina. Quella scivola indietro e ci infilo i vestiti. La mano di Juanito appare con la chiave. Sul polso ha ancora i segni rossi delle mie dita e il senso di colpa mi schiaccia.

Di tutti i mutanti nell'hacienda, Juanito è quello a cui non farei mai del male. Juanito e mia madre, che il cielo la protegga.

Volevo chiedergli di passarmi la chiave delle manette quando mi ha dato l'acqua – so che quel ragazzino farebbe qualsiasi cosa gli chiedessi – ma non potevo metterlo in quella posizione. Se andasse bene verrebbe pestato di brutto. Se andasse male il *Consejo* si vendicherebbe su sua madre, e la poveretta ha già sofferto abbastanza in vita sua, dopo aver perso un marito nelle miniere e dopo la scomparsa del figlio maggiore.

Se troverò un modo per comunicare solo con lui, magari riuscirà a passarmi la chiave della porta e potrò uscire per proteggere sia lui sia sua madre. Diavolo, come vorrei anche solo portarlo via da questo posto oscuro.

Prendo la chiave e l'altra mano di Juanito appare con un mango maturo, ancora da sbucciare. Ruoto gli occhi. Sul serio? È come se stessero consultando un pietoso manuale sugli appuntamenti. *Mangiare un mango può essere sensuale e stimolante nei preliminari. Leccatene il succo dalla pelle della vostra compagna, o fatele succhiare il nocciolo.*

Prendo il frutto. La mia lupa potrebbe avere fame. Un altro colpetto col pugno a Juanito e torno al letto per aprire le manette di Sedona. Lei geme e abbassa le braccia, scuotendole. Quando le ho liberato le caviglie, la aiuto a sedersi e le strofino le braccia per rivitalizzarle.

"Cosa vuole dire *moon-yeca*?" mi chiede.

Sorrido. "Bambola."

"Oh." Le sue guance si imporporano di nuovo e si alza in piedi. "Girati. Ho bisogno di privacy."

"A te, bambola." Mi alzo e vado dall'altra parte della stanza, girando la schiena al gabinetto e mordendo la buccia del mango per staccarne un pezzo.

Sento lo sciacquone e mi volto. Sedona si versa un po' di acqua dal bicchiere per lavarsi le mani. Mi viene il cazzo duro nel vederla da questa nuova angolazione. È una dea. Gambe lunghe, seni... una mano piena, una chioma di capelli castani che le scendono ondulati lungo la schiena slanciata.

E quel culo...

In meno di un minuto potrei metterla a carponi, allargare quelle natiche mentre prendo una ciocca dei suoi capelli setosi in mano e spingo dentro di lei. Sarebbe fantastica. Potrei convincerla a volerlo. Non sarebbe uno stupro...

Scuoto la testa e mando giù un ringhio che inizia a salirmi dalla gola, ma lei riesce a coglierlo.

Si gira verso di me e inarca un sopracciglio. "Cosa c'è?" Poi il suo sguardo scende sul mio sesso eretto e pulsante e capisce.

Non so cosa mi aspettassi: altro rossore, oppure irritazione. Magari un atteggiamento di difesa. E invece la mia bambola americana si inumidisce le labbra con la lingua.

Gemo. "Non fare così, *muñeca*. A meno che tu non voglia scoprire com'è farsi buttare a faccia in giù su quel materasso ed essere scopata fino a gridare."

Sgrana gli occhi e capisco di avere esagerato. Magari tentavo di farla incazzare, di indurla a erigere un muro per tenermi alla larga. Perché il cielo sa che il mio autocontrollo si sta sbriciolando.

Mi giro verso il muro, così che non sia costretta a vedermi l'uccello oscillare mentre parlo con spudorata e volgare mancanza di rispetto.

E poi mi colpisce: l'odore della sua eccitazione. Così puro, così innegabile che la mia vista si fissa.

*Cazzo.* Il mio lupo vuole marchiarla. Non l'ho neanche ancora baciata e lui è pronto ad accoppiarsi con lei per la vita.

Le unghie si trasformano in artigli. Le pianto nella parete e tiro verso il basso, godendomi il dolore. Neanche un'ora e il mio autocontrollo è pericolosamente vicino al crollo. Non so proprio come sopravvivere alla notte.

"Va tutto bene?" La sua voce morbida produce effetti malvagi sul mio corpo.

"Bene," dico con voce strozzata. "Benissimo."

"A me non sembra."

"Dammi solo… un momento." Premo la fronte contro il muro. Quelli del Consiglio sono più furbi del previsto. Rinchiudermi insieme a una femmina in calore. È troppo.

"Hai... hai il mal della Luna?" mi chiede.

"No." *Non ancora.* Appoggio una mano al muro. Ho una voglia matta di farmi una sega, sfregarmelo qui e ora per trattenermi dal marchiarla. Lo farei, solo che dubito che mi sarebbe di aiuto. "Cosa sai del mal della Luna, Sedona?"

"So che capita ai lupi dominanti quando il loro lupo ha bisogno di accoppiarsi e loro glielo negano."

"Non solo di accoppiarsi. Di *marchiare.* Per la vita."

"Ne hai mai sofferto?"

"No. Se succedesse... prenderei una compagna. Non così," mi affretto a spiegare. "La corteggerei. La ammalierei. Avrebbe la possibilità di scegliere. Ovviamente."

"Il tuo Consiglio non la pensa allo stesso modo riguardo ai diritti delle femmine di lupo."

"No." Espiro, riconoscente che non mi consideri come loro. "Non la pensano così. Mi hanno sempre spinto a prendere una compagna. Ma io non sono pronto."

"Corri ancora alla cavallina?" La sua voce ha un tono nervoso che mi induce a girarmi. Mi preparo a essere colpito in pieno dalla sua bellezza.

"Gelosa?" Cerco di scherzare. La mia voce esce strozzata.

Lei si morde un labbro.

"*Madre de Dios,*" mormoro. "Non farlo."

I suoi occhi adorabili si allargano. "Cosa?"

"Niente." Non voglio spaventarla. Non è colpa sua se è perfetta. "Non sono uno a cui piace giocare, indipendentemente da quello che avrai sentito dire degli amanti latinoamericani. Non ho neanche mai avuto una compagna lupa: solo femmine umane."

"Neanche io sono mai stata con un lupo."

Chiudo i pugni al pensiero di un altro maschio – lupo o umano – che la tocca. Premo il mio corpo contro al muro e mi pianto le unghie nei palmi fino a che il dolore non mi fa stringere i denti.

"Stai soffrendo." La preoccupazione nella sua voce mi avvolge.

Ed è stata rapita, drogata e rinchiusa in una stanza per prestare servizio contro la sua volontà in uno stupido programma di riproduzione. Non merito la sua compassione.

"Senti, Carlos. Nessuno di noi due vuole trovarsi in questa situazione, ma…"

Apro gli occhi. Si sta ancora mordicchiando il labbro. Lupacchiotta disobbediente. La punirei, se fosse mia.

"Magari posso fare qualcosa per aiutarti…" Abbassa gli occhi in direzione del mio membro e arrossisce. Caccio indietro una risata. Se avessi saputo dell'esistenza di un'innocenza così attraente, avrei messo a soqquadro il mondo per trovarla.

"Cioè," continua Sedona. "È evidente che siamo attratti l'uno dall'altra…"

Il rombo che sento nelle orecchie è il rumore di tutto il sangue del mio corpo che sta scorrendo con furia in direzione dell'uccello. È così assordante che quasi non sento il commento successivo. "Sarebbe solo, non so, una botta e via." Scrolla le spalle e deglutisce. "Non deve significare per forza qualcosa, dopo stanotte."

Ho attraversato la stanza prima di rendermi conto che l'autocontrollo mi è sfuggito di mano. Sedona si tira indietro, sbianca in volto nel vedere il lupo nei miei occhi. La seguo fino a che la sua schiena arriva a colpire la parete, e poi pianto le mie mani ai lati della sua testa, intrappolandola. Mi chino in avanti, attento a non toccarla, ma non serve. Il suo odore dolce mi fa girare la testa.

"È questo che hai fatto con i tuoi piccoli umani? Una botta e via?" La mia voce esce come un ringhio.

"No," dice in un sussurro. Ha le pupille dilatate.

Attorciglio una ciocca dei suoi capelli attorno all'indice. "No? Sei sicura, *ángel*? Perché ho davvero voglia di dare un calcio in culo a qualsiasi *ragazzo* ti abbia mai toccata." Ho esagerato, ma a quanto pare non sono in grado di tenere a freno la competitiva aggressività che al momento arde appena sotto la superficie.

Lei spinge contro al mio petto, e quando non mi muovo cerca di infilarsi sotto al mio braccio.

Sì, ho decisamente esagerato.

"Aspetta." La prendo e la tiro indietro. "Scusa. So che sto facendo lo stronzo."

"Sì, proprio così."

La faccio ruotare su se stessa e la stringo a me fino a che non smette di lottare. Il suo odore mi avvolge e so che è davvero un angelo. Mi sento in paradiso. Le mordicchio un orecchio con le labbra. "Ci provo. Vedi quanto è difficile per me..." Struscio il membro contro al suo corpo.

Il suo respiro si fa più affannoso. "Lo so. Posso aiutarti io per quello."

"Grazie Sedona." Anche se mi fa male, la lascio andare. "Ma non penso che sia una buona idea."

Lei cerca di nascondere il dolore confuso che le traspare dal volto. "Se lo dici tu." Va al letto e si siede con le braccia incrociate sul petto.

"Non puoi seriamente pensare che non ti voglia." Il mio dannato uccello sta oscillando su e giù davanti a me come annuendo a sua volta.

Lei scrolla le spalle.

"No, intendo dire che per me non esiste una botta e via. Non con te. Perché una notte sola non mi soddisferebbe."

Lei scuote la testa, mormorando qualcosa sugli uomini e la stima esagerata che hanno della loro resistenza.

"Una notte non basterebbe perché ti vorrei ancora. Non sesso. Non una botta e via. *Te*." Faccio un respiro profondo e le dico la verità. "Se il mio lupo fosse pronto a prendere una compagna, sceglierei una lupa come te."

"Cosa?"

"Gentile. Intelligente. Educata."

Un sorriso le curva le labbra. "Ti sei dimenticato supersexy."

"*Muñeca,* non me lo sono dimenticato."

Ride e i suoi seni sobbalzano leggermente. Ho il cazzo così duro che mi fa male. Ma darei qualsiasi cosa per vederla ridere di nuovo.

Mi siedo accanto a lei, lasciando spazio tra noi. Il mio cuore si ferma quando una zaffata del suo odore mi arriva alle narici. Il mio lupo sembra contento che io sia con la mia femmina. Magari posso farcela.

Le do una piccola spallata. "Ho cambiato idea. Vada per la botta e via."

"Non prendermi in giro."

"No. Non lo farei mai." Cerco una proposta di pace, e ricordo il mango. "Hai fame?" Recupero il frutto, ne strappo e sbuccio un pezzo. Lei allunga la mano e io scuoto la testa. *Vuoi giocare, bambola? Vediamo come gestisci questo gioco.*

Avvicino il mango alle sue labbra. Il suo corpo resta rigido per un altro secondo, poi si china in avanti e morde la polpa gialla e matura. Come mi aspettavo, il frutto le gocciola su mento e collo, lasciando cadere qualche goccia appiccicosa sul petto. "Oh mio Dio," esclama lei con la bocca piena, alzando le mani per asciugarsi. Mastica, gemendo. "Che buono. I manghi non sono così dolci negli Stati Uniti."

"È fresco. Abbiamo una piantagione all'interno dell'hacienda, con alberi da frutto di tutti i tipi: mandorli, avocado, lime, sapote, papaye."

"Mmm." Si china in avanti per un altro morso. "Questo è uno dei motivi per cui ho sempre voluto viaggiare. Il cibo."

"Non hai viaggiato?" Stacco un altro pezzo, sorridendo come uno scemo mentre lei si lascia imboccare.

Si lecca le labbra e la mia vista di adombra. L'unica cosa che mi trattiene dal prenderla è la soddisfazione di vederla mangiare. Il mio lupo è soddisfatto, per ora.

"Ho sempre voluto andarmene, vedere il mondo. La mia famiglia non me lo permette. Sono protettivi."

"Con dei buoni motivi," dico sommessamente, offrendole un altro pezzo.

"Pensavo che avere il nome di una città dell'Arizona fosse una maledizione. Come se non me ne potessi mai andare. Ovviamente il mio primo e unico viaggio è finito qui..." Agita una mano a indicare la cella.

"Uscirai da qui sana e salva, Sedona. Avrai la tua possibilità di viaggiare. Hai la mia parola."

"Grazie." Deglutisce e mi rivolge un sorriso forzato. "Fino a quel momento, farò solo finta di essere bloccata in un resort di seconda mano dal pessimo tema 'prigionia'. Ovviamente il servizio in camera qui è molto... diretto." Inarca le sopracciglia. Una battuta. Bloccata in questo buco con me, e pensa a fare una battuta. È... *incredibile.*

Non riesco a trattenermi dal chinarmi verso di lei e baciarle il lato della bocca. Mi tiro indietro immediatamente, ma il suo sapore mi rimane sulle labbra, mescolato alla dolcezza del mango. "Perdonami, io... avevi una cosa qui." Indico il suo volto.

"Come dicevo," sorride. "Molto diretto."

Senza parole, sollevo ancora il mango. Lei mangia come se stesse morendo di fame, divorando la polpa tenera. Stacco i pezzi e la buccia velocemente, lasciando cadere la scorza ai nostri piedi e girando e rigirando il frutto appiccicoso finché non ne ha mangiato tutta la polpa arancione. "Scusa, non te ne ho lasciato neanche un po'."

"Va bene così, *muñeca*. Vuoi il nocciolo?" Mi sento morire mentre glielo offro. A questo gioco vince senza neanche sforzarsi. Non sopravvivrò alla tortura di vederla succhiare il nocciolo, eppure ogni cellula del mio corpo lo *pretende*.

Inarca le sopracciglia. "Cosa ci si fa?"

Ecco. È finita. Devo farglielo vedere. Spingo il nocciolo nella sua bocca e lo uso per scoparle le labbra.

Lei sgrana gli occhi, stringe i denti e gratta la polpa restante dal nocciolo. Lo tiro fuori così che possa deglutire. Sembra senza fiato.

*Dei del cielo, prendetemi adesso.*

La sua graziosa lingua rosa sbuca dalla bocca per leccare via un po' di succo che si è raccolto sulle labbra. "Non pensare che non sappia quello che stai facendo."

"Cosa sto facendo?" La mia voce è roca.

"Stai facendo l'amore con me con un mango."

Spingo ancora il nocciolo tra le sue labbra. "No, bellezza. *Quello* non era fare l'amore con te con un mango." Tiro fuori il nocciolo e lo faccio scorrere lungo il suo collo, in mezzo ai suoi seni. Lo seguo con la mia bocca, leccando la scia dolce del succo. "*Questo* è fare l'amore con te con un mango."

Lo trascino giù fino alla sua pancia, metto il seme piatto rivolto verso l'alto e strofino in mezzo alle sue gambe.

Lei grida e tenta di chiudere le cosce, ma io le faccio capire la mia disapprovazione borbottando e lei si ferma.

Cielo, lo sto davvero facendo.

Lei geme, dondolando il pube su e giù per strusciarsi contro al frutto. Ansimiamo entrambi mentre lo faccio scivolare lungo la suafessura, mescolando il succo del mango con i suoi liquidi. Il rumore è simile a quello del sesso. Tiro indietro il nocciolo del mango e poi lo sbatto contro la sua fica. Lei sgrana gli occhi ed emette un gemito di desiderio e bisogno.

"Serve che pulisca il macello che ho fatto, piccola?" La colpisco ancora con il nocciolo del mango. I nostri sguardi sono intrecciati e spero che veda che sto trattenendo il mio lupo quanto basta per poterlo fare. Il mio uccello potrebbe seriamente spezzarsi da quanto è duro, ma darle piacere è un bisogno che mi alimenta come nient'altro ha mai fatto.

Lei annuisce.

*Grazie al cielo.*

Mi metto in ginocchio accanto a letto e le sollevo una gamba, passandomela dietro alla spalla. Con la lingua appiattita prendo a leccare il succo del mango fino ad arrivare alla sua essenza naturale, a quel sapore intenso che mi fa vibrare il sangue.

Ecco il mio posto.

È come se tutta la mia vita – un'enorme crisi esistenziale – si sia ora risolta in mezzo alle sue gambe. Dare piacere alla mia femmina è l'unica cosa che conta al mondo. Non me ne frega un cazzo degli anziani, e neanche mi importa che volessero proprio questo, che l'abbiano tramato. Probabilmente stanno guardando dalla finestrella. Ora vivo solo per quelle grida di piacere che vengono dalla gola di Sedona, per il modo in cui le sue dita mi tirano i capelli, spingendomi a continuare. Irrigidisco la lingua e la penetro, poi passo al suo piccolo e dolce clitoride. Lo succhio, lo lecco, ci giro la lingua attorno. "Così, bellezza?"

"No," geme lei, riportando la mia bocca verso il suo clitoride. Sorrido contro la sua carne e torno al dovere che mi sono scelto.

Percependo la sua voglia, le do di più, infilandole dentro un dito. È stretta – incredibilmente stretta – e geme a ogni espirazione come sul punto di venire. Piego il dito per toccarla meglio, lo ruoto fino a trovare il punto in cui il tessuto si arriccia quando lo accarezzo. Il suo punto G.

Lei grida, strusciandomi la fica contro al viso e stringendomi i muscoli sul dito in un orgasmo singolarmente glorioso.

Come a sottolineare la fine dello spettacolo, le luci della cella si spengono di colpo.

# CAPITOLO TRE

*Sedona*

Come se non fossi abbastanza frastornata per l'orgasmo che ho appena avuto, quegli stronzi hanno pure spento le luci. Sarebbe buio pesto per un umano. I mutanti vedono al buio, quindi non sono completamente cieca.

Devono aver deciso che è l'ora ufficiale della buonanotte. Mi tengo stretta al collo di Carlos, perché ho bisogno di qualcosa di solido e reale che mi sostenga.

Carlos mormora una parolaccia e abbassa la mia gamba dalla sua spalla. Mi fa scorrere le mani lungo le cosce fino ad arrivarmi ai fianchi. "Ok, *ángel*?"

"Sì." Sembro senza fiato. Beh, gli orgasmi hanno questo effetto.

I suoi palmi si spostano sotto alle mie natiche e le sfiorano con leggerezza, per poi stringerle più ardentemente. "Va bene." Si schiarisce la gola. "Dovrei lasciarti dormire. Io sto sul pavimento."

Si alza in piedi e sento lo stomaco stringersi alla

mancanza del suo calore. "Non mi spiace condividere il letto."

"Oh, *muñeca.* Mi piacerebbe da morire dormire sul letto insieme a te, ma finirei con lo sbattere quella tua dolce fichetta finché non riaccendono le luci. Quindi no, starò sul pavimento."

Signore, lui sì che ne sa di linguaggio scurrile. Le sue parole mi scivolano sulla pelle, lasciando scie di eccitazione ovunque. La stanza sta ancora girando per gli effetti del migliore cunnilingus della mia vita.

Non c'è da meravigliarsi che si sia offeso quando gli ho proposto di accontentarsi di una botta e via. Uno come Carlos a letto dà tutto quello che ha, e in cambio si prende tutto. È un completo alfa. Dominante. Autoritario. Non avevo idea che roba del genere mi eccitasse, ma è così.

Anche se ha detto che dormirà sul pavimento, è ancora in piedi accanto al letto a fissarmi con quello sguardo famelico. L'erezione gli ha reso il membro lungo e grosso, curvato verso l'alto, puntato verso gli addominali perfettamente scolpiti.

Mi lecco le labbra; il sapore del mango è ancora dolce su di esse. "Fo-forse hai bisogno di alleviare un po' la tensione. Cioè, con la mano."

Carlos espira sonoramente. Come se fosse stato in attesa del permesso, si stringe subito in pugno il sesso. "Sdraiati, bambola. Mostrami ciò che non sarà mio."

Dev'esserci una vena di masochismo in quella baldanza da dominatore.

Ma chi sono io per rifiutare? Mi ha appena fatto avere il migliore orgasmo della mia vita. Mi sdraio supina sul letto e prendo i seni tra le mani.

Lui ringhia e inizia a muovere la mano su e giù sul suo

uccello duro. "Mi lasci dipingere qualcosa sul tuo corpo con il mio sborro, *muñeca*?"

"Sì," sussurro, senza neanche sapere come rispondergli.

"Dolce lupacchiotta," mormora.

Mi porto un dito in mezzo alle gambe e inizio ad accarezzarmi.

Il ringhio di Carlos riempie la stanza. Incoraggiata, mi metto seduta sui talloni e apro la bocca. Carlos sbatte la punta del membro contro alla mia lingua continuando a masturbarsi. "*Carajo*, Sedona. Quella lingua è stata la mia tortura finora."

Stringo le mani attorno al suo pugno e tiro il suo sesso verso la bocca, chiudendoci attorno le labbra e accarezzandolo con la lingua.

"Oh, santo cielo," ansima. Succhio più vigorosamente e muovo la testa avanti e indietro lungo la sua verga. "Piccola, sì. Che bellezza." Mi infila le dita tra i capelli e le serra, bloccandomi la testa.

"Che brava ragazza," mormora spingendomi ancora e lentamente l'uccello in bocca. Mi irrigidisco, sapendo di non poterlo prendere tutto. Lui si ferma a metà e poi lo tira fuori. Ripete l'operazione da capo. "Mmm, che bello." La sua voce è profonda e roca. "Non posso credere che tu mi abbia offerto quella tua bocca sexy. È da quando l'ho vista che voglio baciarla, Sedona. E ora la sto scopando."

Sento un fremito in mezzo alle gambe. Voglio che mi scopi, ma so che è una cattiva idea. Faccio roteare la lingua attorno al suo membro, succhiandolo.

"Basta," dice di colpo. Sembra arrabbiato e ha la fronte corrugata. Allontana la bocca tirandomi la testa dai capelli e mi spinge sdraiata sul letto. "Toccati."

Niente discussioni. In mezzo alle gambe sento la voglia matta del secondo round. Mi metto una mano sul monte di

Venere e spingo la base del palmo contro il clitoride, accarezzando con le dita il resto.

Carlos ringhia e il suo seme spruzza disegnando filamenti che mi ricoprono i seni, la pancia, le cosce. Mi dipinge di sperma, come se provasse piacere nel vedere la mia pelle così decorata. Mi inarco sul letto, i seni puntati verso il soffitto, le ginocchia divaricate. Mi sposta la mano che ho in mezzo alle gambe e mi dà degli schiaffi proprio lì: colpi rapidi e netti proprio sopra al clitoride. Non riesco a capire come faccia a sapere che una cosa del genere mi soddisfa, ma è così. È esattamente la giusta intensità, la giusta velocità, la giusta sensazione. Dei lampi mi danzano davanti agli occhi quando esplodo nel secondo orgasmo, dimenandomi sul letto in un intreccio di estasi e agonia.

"Sedona."

*Santo cielo, adoro come pronuncia il mio nome.*

Si lascia cadere sopra di me, mi blocca i polsi proprio come avevo immaginato e affonda il viso nel mio collo. "Bellissima lupa. Cosa ti farei." Mi morde la spalla, mi fa il solletico al lobo dell'orecchio.

*Tienimi per sempre.*

Ma è ridicolo. Solo perché un lupo mi dà un buon orgasmo, non significa che sia il mio compagno di vita.

No, non riesce a trattenersi perché siamo chiusi in una cella insieme, nudi, e c'è la luna piena. E Dio sa che quando verremo fuori da qui probabilmente non vorrò rivederlo mai più.

Sì, è una bugia, ma non ho voglia di esaminare i miei sentimenti in materia. Non ora, comunque.

Chiudo gli occhi e inalo il profumo di Carlos. È come l'ambiente fuori: sa di bosco e di pulito. È delizioso.

Carlos mi lascia andare i polsi e si mette comodo accanto a me sul letto. Mi accoccolo accanto a lui, accetto il suo braccio come cuscino. Strofino il naso contro alla pelle liscia del suo petto. La mia lupa si rilassa. Secondo lei sono completamente al sicuro con lui.

Non so come siamo passati da un cazzo di rapimento a questa roba qui, ma intendo godermela finché posso.

~.~

*Carlos*

Sedona si addormenta tra le mie braccia e mi è impossibile riposare. Ho il suo profumo nelle narici, la sua pelle nuda tocca la mia. Nel giro di pochi minuti ce l'ho di nuovo duro. Chiudo gli occhi e mi distraggo riflettendo sugli anziani. Sono stato cieco dinnanzi ai problemi che avevo davanti dal ritorno di questo mese a Monte Lobo. Le cose non sembravano andare bene, ma non volevo pensare male del Consiglio. Questi uomini si sono presentati a me come modelli da seguire quando mio padre è morto. Hanno sostenuto la mia educazione, mi hanno incoraggiato a spiegare le ali. O almeno così pensavo.

Al tempo ero grato di potermene andare. Mia madre stava impazzendo per la morte di mio padre e io ero troppo giovane per assumermi il ruolo di alfa. Gli anziani si sono offerti di prendersi cura di lei e io mi sono sentito sollevato di non doverla vedere soffrire ogni singolo giorno.

Ora capisco che mi stavano solo allontanando. Non ho capito quanto fossero pazzi e assetati di potere finché non hanno architettato questa roba.

Tre settimane fa, tornato a casa per prendere il mio posto di alfa, ho presentato loro le idee elaborate durante il master in Gestione aziendale. In questo branco, l'alfa non opera da solo: deve prima ottenere il supporto del *Consejo*. È sempre stato così.

Gli anziani hanno cassato quasi tutti i miei suggerimenti. Avevano un milione di obiezioni contro le modifiche da me proposte. Mi hanno spinto caldamente a ripartire in cerca di una compagna. Volevano che lasciassi loro a occuparsi degli affari, come sempre. Come facevano da anni.

Ero frustrato, ma ho pensato di avere bisogno di un po' di tempo in più mettermi alla prova come alfa. Mi sono detto che erano uomini ragionevoli e intelligenti che volevano il meglio per il loro branco. Ma così ho ignorato l'istinto, che mi stava dicendo che il *Consejo* aveva permesso che il potere adombrasse le loro idee.

Questa macchinazione ne è la prova. Acquistare una femmina americana rapita e tenerla prigioniera? Sono impazziti? La ragazza ha una famiglia che di certo cercherà vendetta, e questo branco non è pronto a una guerra.

E ora so anche quello che pensano di me come leader. Non sono altro che un giovane e virile stallone che servirà a ripopolare la linea di sangue di Montelobo. Una marionetta o un burattino che i locali possano seguire mentre loro prendono decisioni proficue e redditizie per loro stessi.

Sono stato un vero deficiente. Sono rimasto cieco davanti alla situazione perché preferivo non riconoscerla. Allo stesso modo in cui avrei preferito non tornare. Dalla morte di mio padre e la conseguente malattia mentale di mia madre, l'atmosfera nell'hacienda è diventata opprimente, ma io ho deciso di non capirne la ragione e di non sistemare le cose. Ho tradito il mio branco, e ora Sedona si trova invischiata in un orrendo gioco di potere.

Sedona sospira e strofina il naso contro ai radi peli del mio petto. Il cazzo mi diventa ancora più lungo.

Forse dovrei farmi un'altra sega. Oh cielo, ora l'immagine del mio sperma che spruzza sui suoi seni strepitosi si impadronisce della mia mente. Prima di rendermene conto, Sedona è bloccata sotto di me, e il mio uccello spinge in mezzo alle sue gambe. Al contatto con il membro turgido, si inumidisce subito e preme il sedere contro al mio ventre, morbido e invitante.

"Ma che…?"

La voglia di penetrare la sua fica stretta e soddisfare il mio lupo è immensa, quasi sragiononon riesco a ragionare. *Via. Levati da lei. Subito.*

Mi butto di lato, ansimando come se avessi corso un chilometro. "Legami," dico con voce roca. "Mettimi le manette, bambola, o la tua innocenza non arriverà a domani." Allungo un braccio e mi stringo una manetta attorno a un polso, poi allungo l'altra mano verso la seconda. "Fallo," dico a denti stretti.

Le sue mani tremano mentre mi sistema la manetta, e mi sento morire dall'eccitazione.

"Scusa. Scusa, Sedona. Non volevo." *Madre de Dios*, l'ho quasi fatta mia.

"Nessun problema." Le trema la voce. È inginocchiata, e i capelli magnifici le ricadono sui seni. Mi fissa. "Cosa ti fa pensare che sia innocente?"

"Hai detto di non essere mai stata con un lupo."

"Non sono una puritana. E odio la parola *innocente*."

Apro i palmi ammanettati. "Scusa." Non riesco a decidere se sia solo la femmina alfa a non voler ammettere debolezze, o se sia veramente vergine.

Lei mi accarezza un orecchio con un dito. "Non ho moltissima esperienza. Ma non significa che il sesso non mi piaccia."

*Oh cielo.* Doveva proprio dirlo? Tutt'a un tratto voglio scoprire ogni singola cosa che le piace al riguardo. Ma qualsiasi cosa le faccia in questa cella, sarebbe molto vicina allo stupro. Lei è qui contro la sua volontà. Grazie al cielo sono ammanettato e lei è al sicuro.

Sedona si inumidisce le labbra con la lingua e in risposta le mie anche scattano. Lei si accorge del movimento, ma invece di spaventarsi sorride. "Uhm, pensavo che ce ne fossimo già occupati." Stringe la mano alla base del membro e stringe.

Gemo. "Siediti sulla mia faccia," la imploro. Devo darle ancora soddisfazione, devo assaporare il suo nettare.

"Non so," dice lei con tono canzonatorio. "Non sono sicura che meriti questa farfallina, dopo la tentata aggressione di poco fa."

Oh cielo. Se mi prende in giro così, dovrò farle il culo rosso a forza di sculacciate quando sarò libero da queste manette.

E *questo* pensiero certo non serve a rilassare il mio membro pulsante. Come vorrei che questa lupa si chinasse sul mio grembo in modo da darle il giusto piacere-dolore. Una punizione per quello slancio di comando, quando invece dovrei essere io a dare ordini.

"Piccola, farai bene a non tenere quella fica lontana da me. Devo sentirne il sapore. Adesso, *muñeca.*"

Sedona piega le labbra e abbassa le palpebre. Viene avanti carponi e si mette a cavalcioni della mia faccia. "Questa fica?"

Le trastullo il clitoride con la lingua. "Questa fica." Non poter usare le mani è una tortura, perché voglio afferrare quel suo meraviglioso culo e tirarla giù nell'angolazione perfetta, ma devo accontentarmi di alzare e piegare la testa. La ho alla mia mercé per un momento, ma poi solleva i fianchi, allontanandosi quando la situazione si fa troppo intensa. Decide lei il ritmo, e la cosa mi fa impazzire.

"Rimetti giù quella fica," ringhio, impregnando la mia voce di oscura autoritarietà.

L'eccitazione riempie le sue pieghe e la porta a obbedire. Io la lecco, stuzzicando la fessura con la lingua e accarezzandole il clitoride con le labbra.

Lei mi afferra ancora il cazzo e rabbrividisco, venendo quasi solo al contatto. "Immagino che dovrò restituire il favore."

"No, bellezza. Questo è per te."

Lei mi ignora e si china in avanti, prendendolo in bocca.

Grido e faccio scattare la lingua sul clitoride come se ne andasse della mia vita. Lei fa scivolare giù la sua bocca umida e sensuale, sempre più in basso, rallentando quando il mio membro le arriva alla gola. Poi risale.

"*Carajo... carajo. Muñeca,* dimmi che non l'hai mai preso in bocca così a fondo a quei tuoi ragazzetti umani."

"Ti piace?" mi dice con voce suadente, ma solleva i fianchi dalla mia bocca e si allontana.

"Costa stai facendo? Torna qui," le ordino.

Lei si sistema tra le mie gambe e mi sorride. "Temo che tu non sia nella posizione di dare ordini qui, *señor.*"

Tiro le catene che mi tengono i polsi e lei ride. "Sedona, ci sono delle conseguenze per le lupe che scherzano."

Il suo sorriso si allarga. "Ah sì?" Abbassa la testa per prendere di nuovo il mio cazzo in bocca e io chiudo gli occhi: la sensazione è troppo piacevole da sopportare. Lei continua il suo giochino, mettendo in pratica le sue doti da gola profonda al suo ritmo, a volte spingendo fino a soffocare ma tornando poi subito indietro.

I miei canini si allungano, il mio lupo è pronto a marchiarla. Chiudo la bocca e giro la testa: non voglio che mi veda e si spaventi. Non che la mia Sedona mostri chissà che paura. Considerato che è stata rapita e viene tenuta prigioniera ormai da giorni, la sua resistenza è sorprendente. Un ringhio mi riverbera nella gola e non posso fare a meno di ruotare le anche in avanti, spingendo dentro alla sua bocca.

"Uh-uh!" Si tira indietro del tutto e soffia sul mio cazzo umido. "Chi conduce lo spettacolo?"

Scuoto la testa da un lato all'altro.

Se cerco di parlare, ne verrà fuori un ringhio.

"Hai bisogno di un po' di tempo per raffreddare i bollenti spiriti?"

"No." Stringo i denti tra loro.

Lei ride, godendosi di cuore la mia disperazione, poi rimette la bocca sul mio sesso. Il contrasto tra l'aria fresca e il calore umido della sua bocca mi fa scorrere dentro un'ondata di piacere inebriante. Ringhio, spingendo ancora contro alla sua bocca, incontrollabile mentre lo sborro risale la mia verga.

"Sto venendo," la avviso e lei si stacca, piegandomi il cazzo in modo che il seme dipinga i suoi seni meravigliosi per la seconda volta stanotte.

Poi usa il mio membro per spalmarsi addosso lo sperma, lo stringe tra i suoi seni e mi permette di scoparglieli un paio di volte, prima di lasciarlo andare con un sorrisino soddisfatto.

"*Ángel*, ti punirò per questo," dico in un ringhio.

Lei sorride. "Stai dando per scontato che ti libererò da quelle manette."

Chiudo gli occhi esasperato, ma le mie labbra si piegano in un sorriso. La leggerezza che provo nel petto – nel mio essere – è una cosa nuova per me. Ho vissuto tutta la vita nell'oscurità. Anche il tempo trascorso lontano da questo posto è stato occupato da studio serio, dedizione, duro lavoro e risultati da ottenere. E mi sono sempre portato addosso il fardello di Montelobo. Ma ora, in questo momento, con il sorriso scherzoso di Sedona, giuro che potrei sollevarmi fluttuando dal letto.

Ma non posso tenerla con me, non è mia. E se voglio diventare un lupo che se la meriti, devo escogitare il modo di liberarla prima che venga trascinata giù insieme a me.

~.~

*Anziano del consiglio*

È tardi, ma sono con i quattro membri del consiglio fuori dalla porta della cella. Nessuno di noi dormirà stanotte. Se Carlos non farà sua la lupa americana sotto l'influsso della luna piena, la loro unione sarà ancora più difficile da assicurare.

Sono vicini, giocano, ma non avevamo tenuto conto del fatto che lei potesse usare le manette su di lui.

"Forse dovremmo riaccendere la luce, per assicurarci che non dormano," suggerisce José. Ha ordinato lui che venissero spente un'ora fa, pensando di liberarli così da ogni inibizione. Anche se ricettiva, la lupa sembrava priva di esperienza. Ma adesso neanche tanto.

"Cibo," suggerisco. "Facciamo portare dentro del cibo. E vino." Forse Carlos chiederà di essere liberato dalle manette per mangiare. È già stato preparato un piatto, nel caso che Carlos domandasse dell'altro, quindi prendo l'iniziativa. "Juanito, fai passare il piatto attraverso lo sportellino."

Il ragazzo ubbidisce. Verso vino in un bicchiere di plastica. Useremmo qualcosa di più romantico, ma non possiamo rischiare che uno dei due utilizzi un oggetto come arma contro l'altro o contro di noi, quindi la plastica leggera è il meglio che abbiamo da offrire.

La lupa si avvicina per indagare. È spettacolare. A giudicare dal modo in cui il nostro piccolo gruppo di maschi anziani si stringe attorno alla porta, non sono l'unico a sentire la propria libido risvegliata da un tale simbolo di fertilità mutante. È un vero trofeo. Se non fossi così vecchio, la reclamerei io stesso come mia. E pure sfiderei tutti i membri del Consiglio. È questo che mi preoccupa. Se ne sarà troppo ispirato, quando lo libereremo, Carlos andrà a caccia di sangue.

~.~

*Sedona*

Non mi sono mai trovata realmente vogliosa durante le lune piene, ma questa volta sono eccitatissima. Pensavo che solo i mutanti maschi ne fossero influenzati. E sì, Carlos fatica proprio a tenere a bada il suo lupo. Glielo vedo brillare negli occhi. Piccole striature color cioccolato con sfumature dorate.

"Il tuo lupo è tutto nero?" Prima non sono riuscita a vederlo bene: si muoveva per la stanza velocissimo.

"Sì. Vieni qui." Carlos parla con voce vibrante e mi stringe le gambe attorno alla vita, trascinandomi verso il suo corpo.

Io mi divincolo e mi allontano, scivolando via dalla stretta con una risatina. Signore, voglio la zuffa. Anche la mia lupa sta emergendo, e sento il bisogno di correre ed essere inseguita, di essere sbattuta a terra ed essere tenuta ferma lì.

Carlos ringhia la sua disapprovazione. "Vieni qua sopra." Adoro il suo tono autoritario. Sono gli ordini di un alfa puro. Da parte di mio padre o mio fratello è seccante, ma da lui risuona assolutamente sexy.

Mi avvicino e traccio una linea con la lingua sui suoi sodi addominali.

Un rombo di frustrazione gli risuona in gola. "Di che colore è la tua lupa, Sedona?"

"Bianca."

"*Claro que si.*"

Ruoto gli occhi "Perché *ovviamente*?"

"Sei davvero un angelo. Bianca e pura. Del tutto diversa da me. Una tale leggerezza non ha niente a che vedere con il nero."

"Carlos…" Percepisco tutto il peso che ha sulle spalle e ancora una volta provo rabbia per lui. Faccio scorrere le unghie sul suo petto scolpito. "Non devi essere oscuro."

"No?" Le sue parole sono tinte dal dubbio. "Non sono sicuro di aver mai conosciuto niente di diverso."

Pizzico uno dei suoi capezzoli e lui ringhia. "Beh, sei un lupo intelligente. Sono sicura che potresti imparare."

Il suo sorriso è triste ma lo sguardo caldo, come se fossi una bambina che ha appena detto qualcosa di dolce ma incredibilmente infantile. Come se volessi dare la mia gomma da masticare al bambino africano che sta morendo di fame.

"Cosa c'è? Perché no?" insisto.

"Vorrei che potessi farmi vedere," dice con tono malinconico, come se sapesse di non poter tenermi con sé.

Per un momento non riesco a respirare, le sue parole mi strozzano. Ha ragione: non resterò qui. I suoi problemi non sono i miei. Solo che una decisa sensazione di panico che mi scorre dall'ombelico al plesso solare mi dice che non voglio lasciare questo lupo.

"Non hai bisogno di me." Riesco a spingere le parole oltre alla barriera che mi serra la gola. "Hai un master in Gestione aziendale preso ad Harvard. Scommetto che hai un sacco di idee su come modernizzare questo posto." Le parole mi escono piatte, perché so che leggerezza e oscurità sono molto più di una banale modernizzazione. È l'anima di questo posto, lo stato mentale dei suoi occupanti. Qualcosa ha fatto credere a Carlos che sia impossibile cambiare le cose. "Sai che ti dico? Mi porti fuori di qui e… ti scrivo." Un'altra folle pressione alla pancia al pensiero di essere separata da lui.

"Mi manderai le tue fate, Sedona?"

"Sì. Ma tu prometti che non le fai vedere a nessuno."

"Sarà il mio segreto, anche se sono sicuro che vorrò mostrare il tuo talento a tutti quelli che incontro."

Le mie guance arrossiscono. Sa davvero come ammaliarmi.

"Se onorerò la tua richiesta, c'è una cosa che mi devi promettere…"

Un rumore vicino alla porta mi fa alzare la testa di scatto. Un piatto di plastica pieno appare dallo sportellino di servizio alla base dell'entrata, insieme a un altro bicchiere di plastica. Razioni da galera. Carlos usa le catene ai polsi per fare leva e mettersi seduto, corrucciato.

Mi alzo in piedi e vado a recuperare le vivande. Nel bicchiere c'è vino rosso. Il piatto propone una buona gamma di frutta, cracker, formaggio e cioccolato. C'è addirittura una purea di mango con pistacchi e scaglie di formaggio bianco. Improvvisamente affamata, ci intingo un cracker e do un morso.

"La cena è servita." Torno al letto con piatto e vino in mano. "Visto? L'ospitalità non è così male."

Lui mormora qualcosa in spagnolo.

"A quanto pare stavolta tocca a me darti da mangiare." Mi siedo accanto a lui sul letto per porgergli il vino.

"Uh-uh. *No.* Adesso slegami."

La fermezza di Carlos è esilarante. È contento se gli faccio un pompino, ma evidentemente dargli da mangiare è troppo, oltrepassa il limite.

"Scusa, Charlie." I capezzoli mi si inturgidiscono quando

gli avvicino alle labbra un cracker intinto nella salsa di avocado. C'è qualcosa di eccitante nel nutrire un lupo alfa tutta nuda come mamma m'ha fatta.

Lui dà un morso con gli occhi scuri fissi sul mio volto. "Dovrei essere io a dare da mangiare a te," si lamenta, anche se l'evidente erezione conferma che la situazione è eccitante anche per lui.

Ruoto gli occhi al cielo. "Sei proprio all'antica."

Inarca un sopracciglio. "Guarda dove sono nato e cresciuto."

Gli infilo in bocca un altro pezzo di cracker intinto e osservo le sue labbra carnose mentre mastica.

Mi inginocchio accanto a lui. Adoro come i suoi occhi scrutano i miei seni: affamati. "Raccontami di questo posto. Com'è? Come hai fatto a diventare un alfa?"

La sua espressione si rabbuia. "È… terribile," ammette. "Completamente isolato dal mondo moderno. Non povero, ma arretrato. Abbiamo miniere d'oro e d'argento, e in parte questo è il motivo per cui gli antenati si sono isolati – per tenerle segrete – ma i metodi di scavo sono arcaici e poco sicuri. La maggior parte del branco vive di agricoltura di sostentamento e dei bassi salari derivanti dal lavoro in miniera. Abbiamo anche piantagioni di canna da zucchero, un po' di caffè e cacao. Tutti i profitti vanno alla mia famiglia e al Consiglio, che vivono in questa *gran hacienda*."

"Il branco è governato dal Consiglio, non da te?"

"Sì, esatto. Non so come sia successo, ma c'è sempre stato un consiglio a prendere le decisioni finali per il branco. L'alfa è più una carica nominale."

"Beh, penso che il tuo Consiglio faccia schifo."

"Assolutamente." La sua voce è oscura. Gli offro una fetta di un frutto arancione a forma di stella.

"Perché sei tornato?" Penso di saperlo. È un alfa naturale,

il che significa che non mollerebbe mai le sue responsabilità, soprattutto per i deboli che dipendono da lui. Ma voglio sentire cos'ha da dire.

"Sai," dice ridendo senza il minimo umorismo, "se non fosse per mia madre, magari non sarei mai tornato. E a volte non sono neanche sicuro che sappia che mi trovo qui."

Aspetto di sentire la storia.

"Soffre di demenza. Dalla morte di mio padre. Quella poveretta non è neanche di qui. È stata data in dono a mio padre da un branco della costa, e anche se lo amava non si è mai adattata a Monte Lobo."

"Data in *dono*?"

Carlos annuisce.

"Tipo costretta a sposarsi, come una principessa medievale? Ma dove siamo qui, negli anni bui?" E io che pensavo che le regole di mio padre sugli appuntamenti fossero all'antica.

"Può anche essere. Monte Lobo è una fortezza che resiste contro il tempo, come anche i suoi umani. La maggior parte dei componenti del branco vivono come servi."

"Fammi indovinare. È il Consiglio a mantenere così le cose." Mi passo la mano tra i capelli. "Questo posto è un casino. Non c'è da stupirsi che questi stronzi pensino di potermi prendere così da una spiaggia per presentarmi al loro alfa."

Carlos si irrigidisce. "So che ti sembra una barbarie." La sua espressione diventa malinconica. "Non seppellirei mai una donna in una vita che odia."

Non riesco a capire se sta parlando di ciò che ha fatto suo padre o se sta facendo una promessa a me, ma un brivido mi scorre lungo la schiena.

Prendo un lungo sorso dal bicchiere. Non sono una gran bevitrice, ma mio fratello ha un night club. Il vino è costoso.

Delizioso. Mi scalda tutto il corpo. Ne bevo ancora e poi porto il bicchiere alle labbra di Carlos.

"Cosa volevi che ti promettessi?"

Lui beve un sorso e qualche goccia gli cola sul mento.

Glielo lecco, poi rido vedendo il suo sesso pulsare in risposta. "In cambio delle mie fate," gli ricordo con voce completamente seducente.

"Non voglio che questo evento ti traumatizzi. Sei una lupa straordinaria. Hai molto da goderti dalla vita, e molto da dare."

"Grazie."

"Promettimi che quando sarai libera non avrai paura. Farai comunque le tue scelte. Viaggerai, come volevi. Dimenticherai questo periodo. Ti dimenticherai di me."

"Ti prometto che vivrò senza paura," sussurro. "Ma non potrò mai dimenticare." Non questa volta. Non lui. Dentro di me so che è vero. Lo conosco solo da poche ore, ma in qualche modo è già diventato parte di me.

"Vieni qui." Solleva il mento, gli occhi fissi sulle mie labbra.

So che vuole baciarmi, ma non posso resistere alla tentazione di mettermi prima a cavalcioni del suo corpo, per poi piantare le mie labbra sopra alle sue.

Lui ringhia, risucchiando il mio labbro inferiore dentro alla bocca, riprendendo il controllo, pur con i polsi ancora legati. Sa di vino e frutta. La barbetta mi struscia contro al viso mentre lui inclina la testa e mi domina con il suo bacio, la lingua che penetra tra le mie labbra.

Inizio a respirare in modo più accelerato e sento che mi bagno in mezzo alle gambe. Gemo e struscio il clitoride contro al suo sesso eretto. La sua lingua si intreccia con la mia. Mi chiedo se questi sono i baci che dà agli appuntamenti, e mi infurio subito con ogni ragazza che abbia fatto sesso con lui. Come se una di loro fosse qui adesso, pronta a portarmelo via, gli passo un braccio sulla nuca e reclamo subito la sua bocca, premendo i seni contro al suo petto muscoloso.

Niente mi è mai sembrato tanto giusto in vita mia. Sarebbe davvero la cosa peggiore del mondo fare sesso con lui? È un lupo alfa, un amante magnifico. Come prima volta, non potrebbe probabilmente mai andarmi meglio di così. E non nutre neanche nessuna illusione di tenermi come sua. Mi ha appena detto addio, cavolo.

Il vino sta facendo la sua magia, insieme alla lingua di Carlos che mi scivola dentro e fuori dalla bocca con lo stesso ritmo con cui io mi struscio contro al suo sesso.

Un verso di puro desiderio mi esce dalla bocca. Lo voglio. La mia lupa lo vuole.

Abbasso lo sguardo sul suo membro eretto in mezzo a noi. Indietreggio per afferrarlo e Carlos interrompe il bacio. Lo vedo lottare contro il suo lupo: gli occhi passano da color cioccolato ad ambra, per poi tornare marroni.

"Non farlo," ringhia.

Resto impietrita. Mi aspettavo un incoraggiamento. Beh, mi ha appena detto di fare le mie scelte. Metto l'uccello in linea con la mia fessura e ne strofino la punta sui miei succhi.

Lui sgrana gli occhi, quasi nel panico. *Sedona.*

"Cosa c'è?"

"Cosa stai facendo, *ángel?*"

Spingo le anche in avanti e prendo mezzo centimetro della punta dentro di me. Lui è grosso e io sono stretta, quindi c'è una momentanea dilatazione.

Carlos tira le catene come a volermi fermare.

"Per favore," piagnucolo. "Ne ho bisogno."

"Sedona, mi stai ammazzando."

Mi tiro indietro e siedo sui talloni. Il suo grosso membro

ondeggia davanti a me, invitandomi a toccarlo. Allungo una mano per stringerlo di nuovo e Carlos geme.

"Ti voglio." Lo guardo negli occhi mentre glielo dico. "Voglio questo."

"Non sai quello che fai." Ci sono delle goccioline di sudore a imperlargli la fronte, il suo respiro è affaticato e rapido.

"Sì invece. Me l'hai detto tu stesso. È ora che inizi a vivere la mia vita. A fare le mie scelte. Io scelgo te." Mi chino verso di lui. "Accadrà."

Carlos chiude gli occhi.

Prendo le chiavi delle manette. Posso anche decidere di perdere la verginità ma probabilmente sarà un'esperienza migliore se è libero, dato che è lui a sapere quello che fa.

Inizio a ruotare la chiave e lui riapre gli occhi di scatto.

"*No*," ringhia. Nella sua voce c'è un'urgenza che fa sedere la mia lupa ad ascoltarlo. Ho una reazione biologica ai suoi ordini da alfa. Mi sento fradicia in mezzo alle gambe, il mio corpo si scioglie nella sottomissione. Ma questo non fa che rendermelo ancora più desiderabile. "Non aprire le manette. Non sarebbe sicuro."

"Non voglio essere al sicuro," gli ricordo. Non lo sto prendendo in giro, non sto facendo la spaccona. Non quando mi lancia addosso il suo alfa. Ma ho deciso. Non permetterò a nessuna autorità maschile di affossare le mie decisioni come ho fatto per tutta la vita.

Gli slego un polso. Non appena ha la mano libera, la porta velocemente dietro alla mia nuca e mi tira verso la sua bocca. La sua lingua si tuffa dentro di me prima che riesca a prendere fiato. Domina le mie labbra, punendomi con un bacio duro e imperioso.

Ma quando si stacca, scuote la testa, con gli occhi scuri

macchiati da sfumature ambrate ai lati. "Non posso," dice ansimando. "Non è sicuro."

Ma la mia lupa ne ha bisogno quanto il suo lupo. Ha deciso che lo avrà. Ho le dita che tremano mentre apro la seconda manetta.

Carlos è libero.

Si lancia su di me. In un lampo sono sdraiata sulla schiena con le ginocchia divaricate, sollevate fino alle spalle. Carlos mi attacca in mezzo alle gambe con la bocca. È famelico, mi divora. Succhia e mordicchia le mie grandi e piccole labbra, porta la bocca sopra al clitoride e tira con forza.

Grido, rimbalzando indietro sul materasso.

*Oh cielo, sì.*

"*Cazzo, Sedona,*" dice in un ringhio, prendendomi il sedere tra le mani e stringendo le natiche tanto forte da lasciarci il segno. Mi dà piacere a un livello profondo. La sua intensità risponde al bisogno ardente che ho dentro di me.

Trascina la bocca aperta fino alla mia pancia e arriva a chiudere le labbra attorno a un capezzolo, mordendolo e poi succhiandolo con forza.

Mi inarco; il mio sesso si contrae dalla sensazione fantasma della sua lingua, come se fosse ancora lì. "Ti prego," piagnucolo. Non ho bisogno dei preliminari. Anzi, posso morire se mi eccita ancora. Ho bisogno di soddisfazione. Niente lingua. Niente dita. Anche se non ho mai sentito un membro maschile dentro, l'istinto lo vuole a tutti i costi, e subito. So che niente mi farà sentire bene quanto il suo sesso lungo e duro che si muove tra le mie gambe.

Carlos lascia andare il capezzolo e mi stravolge con uno schiaffo allo stesso seno che ha appena soddisfatto.

"*Oh.*" Non sapevo neppure che si potesse fare, ma mi piace da pazzi. "Carlos, ti prego. Sono pronta."

Lui dà un altro schiaffo al mio seno. Ha la fronte corrucciata: in quegli occhi bruciano passione, fame, pura natura animale. Anche rabbia, perché si sta ancora sforzando di tenere a bada il suo lupo. "Prenderai tutto quello che ti darò, *muñeca*. Ti avevo *detto* di *non* liberarmi. Penso anzi che una piccola punizione sia d'obbligo."

*Come scusa?* Pianto i gomiti dietro di me e mi tiro su.

Lui mi prende tra le braccia, mi fa ruotare e si siede sul lato del letto, posandomi a pancia in giù sulle sue gambe. La sua mano si abbatte sul mio sedere tre volte prima che riesca a dimenarmi, "Questo è per avermi preso in giro, *mi amor.*"

Oh, eccolo qua. La mia lupa vuote lottare solo per sentirne il dominio. Se fossimo sotto forma animale, lui mi starebbe rincorrendo per la foresta ora, mordicchiandomi il fianco.

Continua a sculacciarmi. "E questo per ncn avermi ascoltato. Le manette erano per la *tua sicurezza.*"

Oh, Signore. Ho il sedere in fiamme, ma mi piace tantissimo. Ancora una volta, è proprio l'intensità che bramo. Ho bisogno di questo dolore, ho bisogno di qualcosa che allievi la pressione cresciuta dentro di me.

Dato che la mia lupa ama il gioco, scalcio e cerco di divincolarmi. Ma Carlos è veloce, avvolge una gamba attorno alla mia e mi blocca un polso dietro alla schiena. Adoro sentire il suo potere fisico, la facilità con cui mi tiene ferma per punirmi. Continua a sculacciarmi il sedere. L'eccitazione prodotta dai suoi colpi è meravigliosa. Inebriante.

"Sopravvaluti il mio controllo, *muñeca.* Pensi che possa darti quello che desideri senza farti a pezzi?"

Farmi a pezzi fa un po' paura, ma continuo ad avere fiducia in lui. Non perderà il controllo. Non quando è così interessato a tenermi al sicuro.

"Santo cielo. *Questo culo.*" Immagino sia un complimento. La sua voce densa e baritonale riverbera nelle mie parti intime. Schiaffeggia una natica e poi l'altra. "È *fatto* per essere sculacciato."

Rabbrividisco e avverto uno strano solletichio nella pancia nel sentirmi impartire da lui una tale disciplina. I lupi per natura sono governati dal dominio fisico. La rapida correzione corporale avviene all'interno del branco, e anche tra compagni. I lupi guariscono rapidamente, quindi non ci sono danni reali, non c'è niente di male in tutto questo. È puro dominio, che ristabilisce le posizioni, definendo chi sta sopra. È una cosa che non mi ha mai fatto paura, ma non avrei mai immaginato che potesse essere addirittura tanto eccitante. Sensuale. Piacevole. O forse è così solo con Carlos. O durante la luna piena.

Ma no, so che il pulsante bisogno che sento tra le cosce non ha niente a che fare con la luna piena ed è invece completamente collegato al fatto di sentirmi dominata da un lupo sexy, che mi ha fatto il sedere rosso con la sua mano grossa e potente.

Stringo le cosce nel tentativo di alleviare la pulsazione del mio sesso gonfio. Carlos mi sculaccia con ritmo regolare. Quando il dolore inizia a farsi intenso, stringo le natiche e mi dimeno sulle sue gambe, cercando di scansare i colpi. "Carlos," sussulto. Sento il sedere bruciare, la pelle formicolante.

"*Sedona.*" La sua profonda voce è ancora roca. Mi colpisce la parte posteriore della coscia, dove la carne è più tenera.

"Oh!"

La sua erezione mi preme contro al fianco, torturandomi con la sua vicinanza come io ho torturato lui prima.

"Ti prego," lo imploro.

La mano con cui mi sculacciava prende una ciocca dei capelli per tirarmi su la testa. "Pensi che riesca a *controllarmi* quando mi dimeni il tuo delizioso culo davanti agli occhi?"

"Ancora," dico con voce roca e annaspante.

Lui ringhia, un suono ricco che gli romba nel petto e mi fa arricciare le dita dei piedi. Quando riprende a sculacciarmi, i colpi scendono ancora più forti ma la mia carne, ormai calda e formicolante, sembra gradire ogni singola manata. Ancora mi muovo e mi dimeno: l'istinto tenta di evitare il dolore, anche se una parte più profonda di me lo gradisce.

"Carlos." La mia voce è carica di desiderio.

"Bene così, bellezza. Di' il mio nome." Colpisce il retro dell'altra coscia, facendomi gridare. "Dillo ancora."

"Carlos!"

Aumenta sia la velocità che l'intensità degli schiaffi, facendo cadere i colpi uno dopo l'altro, facendomi bruciare ogni centimetro del fondoschiena.

"Ahi, Carlos! Ohi, ti prego! Oh... oh!" È troppo e allo stesso tempo non mi basta. Sollevo il sedere per accogliere la sua mano, allargo le cosce; dal mio sesso bramoso colano gocce.

"Ti prego cosa?" Sta ansimando quanto me.

Scalcio con i piedi e mi piego sul suo grembo, desiderando selvaggiamente di più, di meno, qualsiasi cosa.

Lui si ferma, poi mi dà un altro forte schiaffo e mi tira su, facendomi sedere in grembo con la schiena rivolta verso di lui. Allarga le ginocchia, divaricandomi le gambe. "Ancora, Sedona?" Il suo fiato è caldo sul mio orecchio. "Adesso ti sculaccerò la fica." Mi avvolge un braccio solido attorno alla vita e mi cala l'altra mano in mezzo alle gambe.

"Ooh, ooh!" squittisco, ma tengo le ginocchia aperte.

Lui colpisce ancora. Con l'altra mano mi stringe un seno, massaggiandolo con forza eccessiva. Dopo la terza manata contro alle mie pieghe gocciolanti, mi trovo praticamente a singhiozzare dal bisogno. Per fortuna le sue dita si fermano per accarezzarmi il monte di Venere. Mi struscio contro alla sua mano. Lui mi infila dentro un dito e io gli afferro la mano, spingendolo ad andare più a fondo. "Quanto sei bagnata per me..." Geme, come vinto. "È impossibile resistere."

Cerco di divincolarmi, impaziente dal bisogno. Ma la lotta è soddisfacente in tutto e per tutto. Riesco a liberarmi dalla presa e lui mi blocca sul letto, prendendomi i polsi e fissandoli con una mano sopra alla mia testa.

Si porta sopra di me. L'espressione rispecchia la sua oscura determinazione in aperta lotta con il suo lupo selvaggio.

Allargo le gambe, ruoto il bacino in avanti mentre i suoi fianchi si posizionano sopra ai miei. Abbassa una mano per prendere in mano il membro, col volto contorto dal dolore nella lotta per controllarsi.

"Sì, *sì* Carlos." Sto gemendo come una pornostar e non mi ha neanche penetrata.

Strofina il sesso contro alla mia fessura e io gemo ancora più forte.

Questa morbida carne vellutata sopra al muscolo duro come la roccia è proprio ciò che per tutta la vita mi è mancato. Le dita sono un surrogato proprio misero. "Dammelo."

Con un unico colpo, mi riempie e io grido scioccata. Il suo membro è molto più grande di un suo dito. Sento la punta colpire a fondo allargandomi del tutto il canale.

"*Sedona!*" I suoi occhi sono improvvisamente sgranati e il respiro è sussultorio. "*Ángel, no.*"

Mi sa che ha capito che ero vergine. Non so perché prima non ho voluto ammetterlo.

Il suo sguardo è di ambra pura adesso, il sudore gli gocciola dalle tempie, ma riesce a trattenersi dal muovere le anche. Che santo, cazzo. Avrò anche implorato di averlo, ma ora fatico a trattenere il fiato per l'ondata di dolore che provo da quando mi ha aperta in due.

"Avresti dovuto dirmelo," ringhia a denti stretti. "Meriti di meglio."

Sarà anche pentito di avermi deflorata, ma a me non dispiace. Il dolore acuto è già sparito e la sensazione di essere riempita da lui è puro paradiso. Le mie anche si muovono da sole. "Taci." Le ruoto verso l'altro. "Dammelo, Carlos."

Carlos rabbrividisce, gli occhi di nuovo marroni. No, neri. Con il volto contorto in penosa concentrazione, ondeggia le anche.

È un misto di dolore e piacere per me, poi il dolore si attenua e il piacere inonda ogni singola cellula del mio corpo. "Ancora." Stringo le gambe attorno alla sua vita e lo spingo ad andare più a fondo, più veloce.

Carlos ringhia e sbatte dentro di me, l'animale ormai sguinzagliato. Ha gli occhi del colore dell'ambra quando si aggrappa alle catene del letto per riempirmi sempre di più.

Alzo le mani appoggiandole alla parete dietro di me per evitare di sbatterci contro con la testa. Lui esce da me e scuote la testa. Penso stia tentando di parlare, ma quello che gli esce dalla bocca è solo un ringhio. Si alza appoggiandosi ai talloni, mi mette le mani sotto al sedere per sollevarmi insieme a lui. Mi tiene alla giusta angolazione, mi tira i fianchi per andare incontro ai suoi colpi e mi entra dentro così a fondo che giuro che potrebbe aprirmi a metà.

Ruoto gli occhi indietro e dalla bocca aperta mi escono gemiti intensi e regolari.

Carlos ringhia, gli occhi infuocati in contrasto con i capelli neri e la pelle scura. Mi chiedo se i miei siano diventati azzurro ghiaccio. Proprio quando sto per venire, lui lo tira fuori, mi ruota a pancia in giù con le anche sollevate e le ginocchia appoggiate sul materasso. Quando faccio per puntare le mani e stendere le braccia, mi spinge una mano tra le scapole per costringermi a tenere giù il busto.

*Oh.* A quanto pare gli piacciono le angolazioni.

Appena entra dentro di me, ne capisco la ragione. Cielo, va ancora più a fondo da questa posizione, ma è bellissimo. Mi afferra i fianchi con estrema forza e affonda dentro di me, col ventre che sbatte con forza contro al mio sedere ancora dolente, col suo sesso che scivola dentro e fuori secondo una traiettoria perfetta. I suoi testicoli vanno a sbattere contro il mio clitoride.

È difficile immaginare di essere scopata più forte di così, ma non c'è dolore, non c'è disagio, non c'è paura. Sono immersa nel piacere e solo Carlos sa come darmelo. Molto probabilmente perdo la testa, forse ho un black-out o magari perdo proprio conoscenza per un momento. Poi, l'unica cosa che sento è il ringhio di Carlos vicino al mio orecchio. Sto venendo, i muscoli si stringono e rilasciano, a intermittenza, attorno al suo sesso, pulsanti. Lui crolla sopra di me, col corpo che copre del tutto il mio, facendomi finire prona sul letto.

E poi mi morde.

~.~

*Carlos*

Il gemito di dolore di Sedona mi riporta alla realtà e mi rendo conto di avere i denti affondati nella sua spalla. *Mierda.*

Sfilo le zanne e lecco la ferita, ripulendo il sangue, fornendole gli enzimi della cicatrizzazione presenti nella mia saliva per una guarigione rapida. Non è la ferita in sé il vero problema, ma le diramanti conseguenze di ciò che ho fatto.

*L'ho marchiata.*

Si porterà addosso il mio odore per il resto della vita. E ora io sono legato a lei per sempre. Malgrado la voglia di lottare contro gli anziani per liberarla, ora ucciderò chiunque tenti di portarmela via.

*Cazzo.*

"Mi spiace," dico con voce roca. Sfilo il mio sesso dal suo magnifico canale e sollevo il mio peso da lei, rotolando di lato. Vorrei prenderla tra le braccia ma lei si tramuta, non so se per rabbia o dolore. "Sedona."

La sua lupa è meravigliosa: bianca come la neve con orecchie dalle punte argentate e un paio di occhi di un azzurro chiarissimo.

*Cazzo, cazzo, cazzo.* Sono il re degli stronzi del continente.

"Mi spiace. Non volevo marchiarti, *ángel.*" Non sopporto di vederla camminare avanti e indietro in questo modo: il bisogno di darle conforto è troppo forte, e sotto forma di lupo è più difficile. Mi alzo dal letto e le vado incontro al centro della stanza. Lei ruota la testa per non guardarmi. "Sedona, *tramutati.*" Infondo la mia voce di autorità alfa. Sarà incapace di disobbedirmi, anche se la cosa la farà arrabbiare.

Si tramuta, dispiegandosi da una posizione accucciata; la furia le lampeggia negli occhi. Mi si avvicina e mi dà uno schiaffo in viso.

Lo accetto. Me lo merito. Mi merito molto di peggio. L'ho legata per sempre a me dopo averle promesso che l'avrei aiutata a liberarsi. "Perdonami, ti prego."

I suoi occhi sono colmi di lacrime. "Quello che hai fatto non può essere cancellato, Carlos."

Abbasso la testa. "Lo so."

"Cosa sai?" mi chiede.

So che questa conversazione non sarà produttiva, ma so anche che è incazzata nera e ha bisogno di sfogarsi. So che la voglio tenere tra le braccia per confortarla, ma non me la sento di costringerla se ora mi odia.

Mi giro, frustrato. La furia nei confronti del *Consejo* torna in me vigorosa. Prendo tra le mani il letto di ferro e lo scaglio contro la parete, dove sbatte e cade su un lato.

Sedona ruota gli occhi.

Perché non c'è nient'altro da fare. Riprendo il letto e lo lancio ancora, questa volta in direzione della porta. So che le stanze sono fatte di acciaio, che non riuscirò a uscirne con la forza, neanche con un letto di ferro, ma non riesco a frenarmi.

Quando lo raccolgo una terza volta, Sedona grida: "Piantala!" Mi giro e la vedo con le mani sulle orecchie, le lacrime che bagnano quei suoi bellissimi occhi azzurri.

Corro da lei, la stringo a me con un braccio attorno ai fianchi e cammino con lei fino ad appoggiarle la schiena al muro. La bacio, succhiandole le labbra, reclamandole la bocca con la possessività di un maschio. Non è giusto. Non è corretto. Ma lei adesso è mia. Non posso fare niente per cambiare la situazione.

La mia coscia preme in mezzo alle sue gambe e non smetto di torturarle la bocca, di scoparla con la lingua, di reclamarla con le labbra. Sento il sapore delle sue lacrime, che non fanno che alimentare il mio bisogno di consumarla, di divorarla. Di stabilire ancora di più il mio possesso su di lei, perché il mio lupo sa che mi sta già scivolando via.

"Sedona." Mi tiro indietro per farle vedere tutta la tristezza che c'è in me. "Non mi scuserò un'altra volta." Do un pugno alla parete accanto alla sua testa. "*Non* sono dispiaciuto. *Non* mi spiace averti fatta mia."

Lei inspira con forza, fissandomi a occhi sgranati.

"Tu sei il premio dei premi, e io ti ho presa per primo," dico a denti stretti. È sbagliato, ma quello che sto dicendo mi sembra giustissimo. La passione mi infiamma il petto, scorrendo da lì in tutto il corpo. "Appartieni a me. Ti ho presa. Non ti lascerò mai andare. E non mi dispiace. Sei perfetta in tutto. Intelligente, di talento, bella." Riesco ad aprire il pugno per accarezzarle la guancia. "Buffo. Tu sei la luce della mia oscurità. Mi hai riportato in vita. Per tutti questi anni, sono stato mezzo morto. Era l'unico modo di sopravvivere al dolore per la malattia di mia madre, per la morte di mio padre. Alla pesantezza dovuta all'appartenenza a questo branco. Ma tu… tu mi hai riacceso e riportato in vita. E non posso esserne dispiaciuto. *Non posso*. Quindi imploro il tuo perdono. Davvero. Ma non potrei mai pentirmi di averti fatta mia. Né in questa vita né in nessun'altra."

Le labbra di Sedona tremano. Non ho idea di cosa stia pensando, di cosa stia sentendo. Se sia spaventata da me o voglia tagliarmi le palle. Non le ho mentito. Le ho detto la maledetta verità, e se questo la porterà a odiarmi per sempre, che così sia. Almeno lo sa.

Se non fossi tanto fuori di me, avrei registrato prima il rumore alle mie spalle. La porta si apre. Sedona scatta spaventata e mi sento trafiggere con forza tra le scapole. L'ultima cosa che vedo è una freccia che si pianta nel petto della mia femmina prima che entrambi crolliamo a terra.

# CAPITOLO QUATTRO

*Carlos*

Mi sveglio nella mia stanza. Ho ancora l'odore di Sedona nelle narici e allungo un braccio per toccarla, ma la mano non trova nulla. Il ricordo dell'ultima volta in cui l'ho vista torna limpido nella mente e mi metto a sedere sussultando.

*Sedona.* Dov'è la mia femmina? L'urgenza di trovarla e di proteggerla mi fa quasi tramutare. Se quei figli di puttana hanno messo anche solo un dito addosso alla mia femmina, li faccio a pezzi. Non me ne frega niente se sarò bandito per sempre dal branco. Anche se questo significherebbe abbandonare la mia povera madre. Non me ne starò da parte a permettere che la mia femmina venga maltrattata.

Mi alzo dal letto e infilo un paio di pantaloni del pigiama prima di andare a grandi passi verso la porta. Sento qualcuno bussare leggermente ma con colpi rapidi. La porta si apre prima che possa dire *pásale*.

Juanito entra di corsa. "Don Carlos, è tua madre. Ha una crisi. Vieni, veloce."

Le grida mi arrivano alle orecchie.

"*Déjame!*" urla la voce roca di mia madre dal centro del cortile. *Lasciatemi stare.* L'odore ora più tenue di Sedona mi resta appicciato addosso mentre corro e guardo giù, nel giardino di mia madre, il cortile centrale attorno al quale è stata costruita l'hacienda. Mamá cammina da sola, la gonna svolazzante. I servitori stanno fermi ai lati del giardino. Cammina in cerchio, i lunghi capelli grigi che ondeggiano. Il sudore le cola dal viso, gli occhi sono selvaggi.

"*Mamá!*" Corro verso la scala di marmo e scendo due gradini alla volta.

Mia madre non sembra avermi neanche sentito. Sta blaterando qualcosa, come se stesse litigando con demoni e fantasmi. Si tira la camicia da notte. "*Déjame sola!*"

"Mamá!" La raggiungo e le afferro le braccia, cercando di costringere i suoi occhi folli a fissarsi su di me. Non ci riesco. Tira per liberarsi dalla presa. Le lacrime le striano il volto, una volta amorevole, ora segnato da cerchi neri sotto agli occhi.

Potrei dominarla, ovviamente, ma non ce la faccio a trattare mia madre in malo modo. "Mamá, è tutto un sogno. Niente di tutto questo è reale. Guardami. Tuo figlio. Guarda Carlos."

"Carlos?" Nella sua voce risuona il panico. "Dov'è Carlitos? Cos'hanno fatto al mio bambino? Vogliono uccidere anche lui."

"No, Mamá, sono qui. Carlos, Carlitos. Sono cresciuto. Guardami."

Il suo sguardo instabile girovaga per il cortile e si sofferma di tanto in tanto sul mio volto. Allunga una mano e mi accarezza, corrugando la fronte. "Carlos?"

"*Sí,* mamá, sono qui."

Lei mi afferra la mano e cerca di portarmi in fondo al

giardino. "Sbrigati, Carlos. Dobbiamo scappare. Prima che prendano anche te. Ogni alfa è in pericolo."

Non mi muovo, costringendola a prendermi con due mani e a tirare con tutte le sue forze. "No, non sono in pericolo. So difendermi. E posso difendere anche te. Siamo al sicuro, te lo giuro. Vieni, di qua." Le metto una mano attorno alle spalle. "Andiamo in camera tua."

Lei sgrana gli occhi. "La mia prigione, intendi?" Scuote la testa selvaggiamente. "È lì che vogliono tenermi in silenzio. Non voglio andarci. Voglio andarmene, Carlos. Portami via da questo posto."

Il dolore mi squarcia il petto. Dovrei trovare il modo di rispedirla al suo vecchio branco? Dopo tanti anni, ancora odia stare qui. Ma la riprenderebbero? Una pazza che richiede cure continue? Le fornirebbero il livello di cura di cui ha bisogno? Non ho mai conosciuto nessuno del vecchio branco di mamá, o di nessun altro branco oltre al mio. Sento nel profondo quanto tutto questo sia sbagliato. Avrei dovuto farlo alla morte di mio padre. Non dieci anni dopo. Mi duole la testa per il peso della colpa, della responsabilità.

"Ok, ti porto via di qui," le prometto, pregando di poter mantenere la parola. "Ma ho bisogno di tempo per capire dove e come. Quindi per ora torniamo nella tua stanza…"

"Nella mia stanza no!" grida. "Non lì! Non portarmi lì, Carlos." All'improvviso si mette a piangere, come se lei fosse la bambina e io il genitore.

La tiro a me e la stringo al petto, accarezzandole i capelli arruffati. "Ok, non nella tua stanza," le dico. Mi guardo attorno disperato, cercando di capire cos'altro fare con lei. "Che ne dici di una passeggiata nel giardino esterno insieme a Maria José?" Guardo negli occhi la madre di Juanito, la servitrice di mamá, e faccio un cenno con la testa.

Maria José si avvicina lentamente.

Mia madre tira su con il naso e si stacca da me annuendo. "*Sí.*"

Rilasso le spalle. La tiro per la mano, in direzione di Maria José. "Maria ti terrà al sicuro, mamá. Ci vediamo dopo la passeggiata, va bene? Ci vediamo a colazione."

Dopo che avrò trovato Sedona.

Si allontana sottobraccio con Maria José, ma Juanito corre da me. "Don Carlos," dice con voce bassa e urgente. Si guarda attorno come se avesse paura di essere visto, e non ho alcun dubbio che qualcuno, da qualche parte, ci sta guardando.

Lo prendo per il braccio e lo trascino nell'ombra. "*Qué cosa?*"

"Gli americani sono venuti per salvare la tua femmina. Il *Consejo…*"

La campana della torre inizia a suonare, dando il segnale che il branco è in pericolo. Arriva Don Santiago. Il tempismo mi sembra studiato. "Eccoti qua." Ha la voce zuccherosa come caramello. "Abbiamo un problema. Tre grossi furgoni hanno fatto irruzione attraverso i cancelli esterni. Preparati a lottare per la tua femmina."

Mi si gela il sangue nel capire il piano. Si affidano alla mia forza per tenere alla larga i nemici che loro stessi hanno aizzato contro il nostro branco. Mi vortica la mente. Non so neanche dove si trovi la mia femmina, e di sicuro non ho intenzione di lottare contro la sua famiglia per lei. Non servirà ad avvicinare a me la mia bella americana. Con una calma che non provo realmente, stringo la spalla di Juanito e dico: "Corri dentro a prendermi una camicia, Juanito. Io arrivo subito." Mi volto verso José. "Riunisci i maschi del branco e di' loro che ci troviamo sul terrazzo." Carico la voce di autorità alfa, anche se so benissimo che i miei ordini non significano nulla per quest'uomo. Sono anni che il Consiglio mi guida. Corro su per le scale e incontro Juanito in cima, con la camicia. Gliela prendo di mano e me la infilo mormorando a bassa voce. "Dov'è la mia femmina, Juanito?"

"Rinchiusa in una stanza per gli ospiti nell'ala est, Don Carlos."

"Puoi trovare il modo per liberarla?"

"Non... non lo so, signore." Juanito è un ragazzino intelligente, so che ce la farà.

"Devi provare. Falla uscire e portala dalla sua gente attraverso il cancello più basso. Non farti vedere da nessuno. Il futuro di questo branco dipende da te, amico mio."

Gli occhi abbassati di Juanito scattano verso di me e lo vedo gonfiarsi d'orgoglio. "Sì, signore." Scivola via, silenzioso e invisibile come un fantasma.

Vado sulla terrazza, dove gli uomini del branco si stanno riunendo, venendo dalle miniere e dai campi, guardando i furgoni bianchi che risalgono il versante della montagna in direzione della cittadella. "Difenderemo il branco, se necessario, ma non ci sarà violenza senza un cenno da parte mia, capito?" Uso tutto il potere alfa che posso nella voce, facendola tuonare sicura, autoritaria. Il problema è che questi maschi non hanno mai combattuto insieme a me prima d'ora, non hanno mai preso ordini da me.

Per la maggior parte sono vecchi. L'unico mutante giovane del branco oltre a me era il fratello di Juanito, Mauca, ma è scomparso l'anno scorso. È scappato, dicono, ma so che Juanito e Maria José non ci credono. Non ci sono molti altri mutanti maschi sotto i cinquanta, eccezion fatta per i *defectuosos*. Ma eccoli là comunque, armati di machete, pronti a combattere come veri uomini.

C'è Guillermo, il grosso lupo che coordina le miniere, insieme a tutti i suoi uomini. Posso contare su di loro per difendere il branco, se necessario.

Ci sono anche Don Santiago e il resto del Consiglio, ma non si stanno preparando a combattere. No, loro si stanno mettendo comodi, come se dovessero assistere a una partita di calcio. D'accordo, sono ultrasettantenni, ma i mutanti vivono a lungo e guariscono rapidamente. Mi pare che si giochino un po' troppo spesso la carta dell'anzianità e dei privilegi dati dalla loro carica. Nel vedere i loro volti soddisfatti e compiaciuti, mi viene voglia di far sparire quell'arroganza a suon di botte.

E quale migliore diversivo? Soprattutto con un pubblico. È ora di stabilire con precisione chi è l'alfa del branco. Un ringhio mi sale dalla gola mentre avanzo a grandi passi. Afferro il primo capitatomi sotto tiro – Don Mateo – e gli stringo la gola. Le mie dita si chiudono sul suo collo da pollo e lo sollevo da terra. "Sei stato *tu* a scatenare l'attacco al branco," ruggisco. "Tu e il resto del Consiglio."

"Mettilo giù," ruggisce Don José. Usa il suo solito tono di comando, ma non ha nessun effetto di fronte alla rabbia di un alfa. Si rivolge al branco. "Il ragazzo ha ereditato un po' della follia della madre."

*Oh no, cazzo.* Ovvio che tentino questa tattica. Che mi facciano passare per pazzo.

Mi guardo attorno e scruto i membri del Consiglio. Mi avranno anche sempre trattato come un cucciolo prezioso, ma questi non sono gli uomini che mi hanno fatto quasi da nonni. Questi sono lupi potenti. "Avete *comprato* una femmina – un'americana – rubata al suo branco da trafficanti. Cosa pensavate che sarebbe successo?"

Don Santiago opta per un tono compiaciuto e imperturbabile. "Pensavamo che l'avresti fatta tua, e abbiamo indovinato."

Il volto di Don Mateo diventa rosso nello sforzo di respirare. I piedi scalciano inutilmente. Gli uomini del branco si avvicinano, raccogliendosi attorno a noi, ma nessuno – inclusi gli altri anziani – mi sfida fisicamente. Insieme potrebbero sconfiggermi, ma non senza un enorme spargimento di sangue.

"Mi avete rinchiuso nella mia prigione. Avete mancato di rispetto al vostro alfa. Pensate che azioni del genere passeranno impunite?"

Mateo strabuzza gli occhi. Se non lo lascerò presto, morirà.

Con la coda dell'occhio, vedo Guillermo avvicinarsi. Il tozzo lupo non ha un ruolo elevato nel branco, ma con i suoi minatori a coprirgli le spalle potrebbe avere la meglio su di me. Se il Consiglio desse l'ordine, potrei essere morto, e mia madre con me. Sono circondato dal branco di cui dovrei essere capo, e non so di chi posso fidarmi.

"*Tranquilo*, Carlos. Non è stato per mancarti di rispetto, ma per affetto. Ti abbiamo fornito un premio all'altezza di un alfa come te," dice Don Santiago con voce tranquillizzante.

Lascio andare Mateo, non perché voglio fare la parte del piccolo alfa buono a vantaggio del Consiglio, ma perché non sono un assassino, anche se in questo momento mi piacerebbe tantissimo ammazzare lui e tutti i vari don. Mi volto a guardare Don Santiago e lancio un ringhio feroce. Tutti i lupi attorno a me abbassano gli occhi e mi mostrano la gola in segno di sottomissione.

*Già meglio.*

"Ora mancate di rispetto alla mia femmina. Non è un oggetto ma una lupa alfa, capace di squartare le vostre gole una per una. Chiunque di voi la toccherà o la rinchiuderà di nuovo contro la sua volontà, sarà un uomo morto. *Comprendes?*"

"*Sí*, Don Carlos." I maschi del branco mormorano la risposta automaticamente. Non sono sicuro di sentirla uscire dalle bocche degli anziani, ma li vedo annuire, come se fossero d'accordo. *Bugiardi schifosi.*

Non è finita qui. Pur avendo udito ciò che volevo, non sono per niente soddisfatto. "Valuterò la vostra punizione," ringhio.

Eh, questo non so come lo manderanno giù. Avrò la capacità di impartire una punizione ai membri del Consiglio? Non ne ho la minima idea, ma col cazzo che gli lascerò scampo davanti al branco.

Alle mie spalle, tutti sono a disagio e si agitano. È possibile che siano più leali al consiglio, o forse ne sono spaventati. Questo lo capisco. Sono tornato solo da poche settimane. Non mi conoscono, e mi ci vorrà tempo per dare prova delle mie capacità di capo. Ma intendo farlo.

"Dopo." Don Santiago indica la strada fuori dalle mura che circondano la nostra cittadella. "Sono arrivati gli americani." I tre furgoni bianchi accostano davanti al portone d'ingresso e si fermano. Le portiere si aprono e dozzine di lupi muscolosi si riversano all'esterno. Giovani maschi al massimo delle loro forze, ricoperti di tatuaggi e armi in pugno.

~.~

*Sedona*

Il ragazzino che mi ha fatto uscire dalla stanza dove ero rinchiusa mi fa segno di avanzare. Siamo fuori dal palazzo, o castello, o come diavolo chiamino questo edificio. Sicuramente è abbastanza regale da potersi definire un castello. Stiamo seguendo lo stesso percorso lungo il quale mi hanno trasportata con la gabbia al mio arrivo. Sopra di noi incombe l'edificio luccicante; sotto ma sempre all'interno delle mura, si vedono piccole capanne con i tetti di paglia.

Mi ero risvegliata da sola su un letto a baldacchino con addosso un ridicolo vestito svolazzante, come una specie di principessa medievale. Proprio come una principessa rinchiusa nella torre. Sono fermi al Seicento.

Avevo provato ad aprire la porta, ma era chiusa a chiave. Tempestarla di pugni non aveva sortito alcun effetto. E neanche chiamare Carlos, ma poi è apparso il ragazzino, si è portato un dito alle labbra per dirmi di fare silenzio e mi ha fatta uscire in fretta e furia dall'edificio.

Ora che siamo fuori mi parla in spagnolo, ma non ho idea di cosa stia dicendo.

"Juanito?" gli chiedo. "Sei Juanito?"

Lui si ferma e si gira, e il suo volto serio si illumina di un sorriso. "*Sí, soy Juanito.*" Annuisce, come se gli avessi fatto un grandissimo onore dimostrando di conoscere il suo nome. Poi blatera qualcos'altro, ma tutto quello che capisco è "Carlos".

"Dov'è Carlos?" chiedo. Sono decisamente delusa di essere stata salvata dal ragazzino invece che dal maschio che mi ha marchiata ieri notte. È stupido, ma mi sento abbandonata. Ho bisogno di vederlo. Dobbiamo parlare del fatto che mi ha marchiata, e di cosa questo implichi.

Ma mi sa che scappare dalle grinfie del folle Consiglio sia la prima voce dell'ordine del giorno. Juanito prende una chiave magnetica che tiene legata al collo e la appoggia alla serratura sorprendentemente tecnologica del portone, che si apre sul liscio muro di mattoni.

All'esterno sento... parole conosciute.

Mi lancio in direzione del rumore e riconosco i maschi dei branchi di mio fratello e di mio padre che stanno scendendo da tre grossi furgoni formato autobus, parcheggiati fuori da un portone gigante. Non ho idea di come abbiano fatto a trovarmi, ma il sollievo quasi mi soffoca.

Mio fratello percepisce la mia presenza e ruota su se stesso. "Sedona?"

Sono sicura di avere un aspetto ridicolo con questo vestito svolazzante addosso. Le lacrime mi pungono gli occhi. Gli volo tra le braccia, stringendolo a me con forza. Lo slancio dell'abbraccio lo costringe, per quanto grande e grosso, a un passo indietro.

Non appena le braccia di Garrett si chiudono attorno a me, so che tutto andrà per il verso giusto. È più grande e più forte di tutti quei figli di puttana che mi hanno tenuta prigioniera. L'unica eccezione potrebbe essere Carlos, ma non posso pensare a lui adesso.

"Va tutto bene," mormora Garrett. Premo il viso contro alla sua spalla, stringendolo a me. I suoi muscoli mi si flettono attorno, grossi, protettivi. "Nessuno ti farà del male. Mai più."

"Sedona." Una voce profonda mi fa alzare la testa. Mio padre è accanto a noi, le labbra strette con espressione fin troppo familiare. Per una volta sono felice di vederlo con quella faccia.

"Papà." Mi volto verso di lui e gli do un abbraccio affettuoso, anche se più rigido. È solo quando mi stacco e scruto le rughe profonde scavate sulla sua fronte che mi rendo conto che l'espressione seria non è di disapprovazione. Si tratta di preoccupazione, e ora di profondo sollievo.

"Mi spiace," dico con voce rotta.

"Va tutto bene," mi dice Garrett con tono calmante. Allo stesso tempo mio padre dice: "Ne parliamo dopo."

Mi appoggio al corpo di mio fratello, incapace di guardare mio padre negli occhi. Garrett mi stringe, altro familiare segno che mi sono messa nei guai. *Io e te, sorellina. Papà sarà un osso duro, ma insieme ce la faremo.* Anche se ha otto anni più di me ed è alfa e protettivo come nostro padre, Garrett mi ha sempre appoggiato.

Non penso che mio fratello possa sistemare la situazione. Ci troviamo su una montagna dimenticata da Dio in Messico, di fronte a un branco che non conosciamo, nel cuore di un territorio ostile. Mio padre potrebbe dover gestire le conseguenze politiche della faccenda per i prossimi trent'anni.

È colpa mia. Sono la figlia alfa. È mia responsabilità seguire le regole, per il bene del branco. Io e la mia stupida idea di godermi le vacanze di primavera...

"Come entriamo? Ho intenzione di ammazzare ogni singolo figlio di puttana..." Garrett si sta sgranchendo le nocche delle mani quando lo interrompo.

"*No.*" Ancora non so cosa diavolo stia succedendo qui. Può darsi che Carlos abbia mandato Juanito a liberarmi. Ma dov'è Carlos? Mi volto a guardare il punto dove si trova Juanito, che se ne sta lì in piedi, incerto. Carlos verrà? Non può. Il mio cuore diventa pesante come il piombo. Se si presentasse, mio padre e Garrett lo ammazzerebbero. No, devo uscire di qui prima che qualsiasi lupo – da entrambe le parti – possa farsi male. Non potrei sopportare la responsabilità di aver causato uno spargimento di sangue. "Portatemi fuori di qui. Non voglio combattimenti. Voglio solo andare a casa. Andiamo."

Mio padre scuote la testa. "Nessuno ruba mia figlia per poi restare in vita."

"Non mi hanno rubata, mi hanno comprata. Ben venga che tu ammazzi chi mi ha rapito, ma io voglio andare a casa. Nessuno spargimento di sangue. Andiamocene e basta." Guardo Garrett negli occhi e lo imploro silenziosamente.

Lui afferra mio padre per un braccio e fanno il giro del furgone per parlare in privato.

Ovviamente, dato che ho un udito da mutante, non mi perdo niente della conversazione.

"Papà, non pensi che Sedona ne abbia già passate abbastanza? È stata *marchiata*."

Mi si riempiono gli occhi di lacrime. Mi piego in avanti e copro la ferita già rimarginata sulla spalla. Tra pochi giorni non sarà nient'altro che una cicatrice sbiadita, ma mi porterò addosso l'odore di Carlos, una traccia della sua essenza, fino alla morte.

Garrett continua a voce bassa. "È possibile che abbia dei sentimenti contrastanti nei confronti del tizio. L'ultima cosa che le serve è un altro trauma. Se dice di non volere spargimenti di sangue, penso che dovremmo onorare i suoi desideri."

"Se non li ammazziamo, diamo loro il messaggio che siamo deboli."

Discutono ancora un po', ma quando tornano verso di me, mio padre dice in tono secco: "Tutti a bordo."

Garrett mi spinge nel suo furgone e sale sul sedile posteriore insieme a me, facendomi passare il suo forte braccio attorno alle spalle.

Quando il furgone parte giù per il declivio della montagna cerco di ricompormi, ma le mie emozioni sono aperte e visibili. Odio essere la vittima, salvata dai maschi della famiglia. È patetico, e so che pensandoci anche solo un secondo rischio di precipitare in un vortice di autocommiserazione così intenso da permettere all'esperienza di lasciarmi addosso il segno per tutta la vita.

*Povera Sedona*, direbbero di me sussurrando. *Non è più stata la stessa da quando l'hanno rapita e stuprata.*

Vaffanculo. Sono stata una vittima, sì. Ma non si è trattato di stupro. L'ho implorato io di farlo. E non sono debole: sono una femmina alfa. Posso trasformare la situazione in una vittoria, non in una sconfitta.

Ma cos'ho vinto?

Ho perso la verginità nel modo più soddisfacente possibile. È difficile pensare che potesse andare meglio di così. Ma ne sono anche uscita marchiata. Non sono neanche sicura delle conseguenze che derivino dal portarsi dietro l'odore di un maschio, se non l'ho scelto come compagno.

Carlos mi ha lasciata andare.

Cielo, pensare a lui mi accende un dolore lancinante in mezzo al petto. Lo rivedrò mai più? Voglio vederlo? Cazzo se è complicato…

Non sono neanche sicura della sua innocenza, da lui tanto sbandierata. E se fosse stato lui ad architettare tutto, rapimento compreso?

Ma no, perché lasciarmi andare allora? E sono sicura che è stato Carlos a mandare Juanito perché mi portasse dalla mia famiglia. Che l'abbia fatto per salvare il suo branco o per il mio bene, non ne posso essere sicura. Perché una cosa la so: i branchi delle mie famiglie mi avrebbero salvata comunque.

Quindi, logicamente, potrei considerare la mia liberazione da parte di Carlos come una sorta di vittoria. E allora perché ho la sensazione che il cuore mi sia saltato fuori dal petto? Come se volesse restare su questa montagna; più ci allontaniamo e più mi viene l'ansia a lasciarlo qui.

Ma per favore. Volevo che mi facesse sua? Che mi tenesse con sé?

No, cazzo.

Non resterei mai su questa montagna dimenticata da Dio con un branco di pazzi. Sono le persone più arretrate e folli che abbia mai visto, e negli anni mio padre ha dato ospitalità a un sacco di forestieri.

Anche se fossero i lupi più affascinanti sulla faccia della

Terra, non vorrei restare. Ho ventun anni. Non ho neanche finito l'università. Ho appena iniziato a divertirmi. Cielo, le vacanze di primavera a San Carlos sembrano lontanissime. Distantissime. Cos'hanno pensato i miei amici quando sono scomparsa dalla spiaggia?

"Come avete fatto a trovarmi?" chiedo a Garrett, parlando per la prima volta dopo credo due ore. Gli riconosco di non avermi assillato di domande per tutto il tempo, ma Garrett è un tipo ricettivo. Sono contenta di non aver fatto il viaggio nel furgone di mio padre.

"Ti ha trovata la mia compagna."

Prego? Garrett non ha una compagna. Sono anni che fa il signor scapolone con il suo branco di giovani maschi. "La tua *compagna*?"

Garrett mi tocca la ferita fresca. "A quanto pare entrambi ci siamo accoppiati con questa luna piena."

Garrett sembra davvero felice. Quindi ora correrò il rischio e scoprirò che il suo accoppiamento non è stato per niente simile al mio. Lui non è rimasto rinchiuso nudo in una stanza con lei e costretto ad accoppiarsi. Lui ha scelto una femmina. Come io ho sempre pensato che avrei scelto un compagno.

E ora mi sto lasciando andare all'autocommiserazione, mi sono buttata nella palude dove avevo detto che non avrei nuotato. "Raccontami di lei." Ho bisogno di una distrazione.

"Si chiama Amber. È un'umana sensitiva e fa l'avvocato. Ed è la mia vicina di casa. Quando sei sparita, le ho detto che avevamo bisogno del suo aiuto e l'abbiamo portata con noi in Messico. Lei ci ha aiutati a seguire le tue tracce fino a Città del Messico, dove abbiamo trovato i tuoi rapitori."

Aggrotto la fronte, ricordando la gabbia e il magazzino.

"Sono già morti," mi assicura Garrett.

"Un'umana?" Garrett si è accoppiato con un'umana. Non

si è mai sentito che un lupo alfa si scelga una compagna umana. Spero che questo non significhi che perderà la posizione di alfa. Il suo branco gli è leale, ma non si sa mai. Alcuni lupi potrebbero sfidarlo per questo. L'avversario più probabile sarebbe Tank, il suo beta, a parte il fatto che Tank è originario del branco di mio padre e la sua fedeltà a lui lo tratterebbe dal farlo.

"L'ha scelta il mio lupo." Garrett scrolla le spalle, ma il suo sorriso imbarazzato mi dice che è irrimediabilmente innamorato.

È questo che è successo con me e Carlos? I nostri lupi si sono scelti anche se i nostri umani non l'avrebbero mai fatto?

E tutta quella roba che Carlos ha detto prima che ci sedassero? Del fatto che non gli dispiace avermi marchiata? Era la verità? O solo l'effetto della luna piena e di un lupo felice dentro di lui?

"Sei sicura che non vuoi che torni lì ad ammazzare l'intero branco dei Montelobo? Perché non esiterei un secondo se me lo ordinassi."

"*No.*" Mi giro e afferro la spalla di Garrett prima di rendermi conto di cosa sto facendo. "Non puoi farlo."

Garrett rimane in silenzio e mi scruta in volto. Io stringo più forte. "Non puoi. Promettimi che non lo farai." E se facessero del male a Carlos? O a qualcuno dei suoi cari, come sua madre o Juanito?

"Sei sicura, piccola?" La sua voce è dolce, ma per un secondo scorgo la freddezza del predatore in agguato dietro alla facciata umana. Il lupo per prima cosa ammazzerebbe senza fare domande, lasciandosi alle spalle una scia di cadaveri.

"Sì, sicura. E non permettere neanche a papà di tornarci. Promettimelo."

"Va bene, sorellina. Calmati. Te lo prometto." Vedo che

vorrebbe chiedermi di più, quindi mi giro tra le sue braccia, accoccolandomi contro al suo corpo. Mi tengo stretta a lui finché il cuore non smette di correre all'impazzata.

Il furgone sfreccia in mezzo a una vasta città, che Garrett mi spiega essere la capitale del Paese, Città del Messico. Ci fermiamo davanti a un hotel altissimo e Garrett si muove sul sedile, gli occhi fissi sulla finestra di un piano alto. La sua compagna dev'essere là dentro."

Argh. Mi strofino il naso. Come si sta ad essere felicemente accoppiati, invece di aver abbandonato il più incasinato degli accoppiamenti? "Allora, dov'è Amber adesso?" Cerco di mostrarmi entusiasta. Per la prima volta avrò una sorella. Dato che Garrett è tanto più grande di me, mi sono sempre sentita più una figlia unica. "Quando posso conoscerla?"

"È nella suite. Andiamo. Te la presento adesso."

Garrett fa strada dentro all'hotel e saliamo in un ascensore, ma quando entra nella stanza capisco che qualcosa non va. Non si sente l'odore di una femmina, né umana né mutante.

Garrett prende un biglietto e lo legge, poi ringhia, sbattendo il pugno contro al muro.

Merda.

Mi sa che non sono l'unica con l'accoppiamento incasinato.

# CAPITOLO CINQUE

*Carlos*

Percorro il perimetro esterno della cittadella. Il ronzio nelle orecchie mi fa battere la testa, ma procedo. Ho intenzione di battere l'intero territorio del branco ogni giorno finché non saprò chi vive in ogni capanna, i nomi dei membri delle famiglie, cosa fanno per noi. Anche se lo giuro, però, il paesaggio mi scorre accanto senza che veda nulla.

Tutto ciò che vedo è Sedona, incatenata nuda a quel letto. Il mio terribile e meraviglioso trofeo.

Guardarla andare via è stato come permettere a qualcuno di scappare con un organo vitale strappatomi dal corpo. Sono rimasto lì, indolenzito, senza capire come potessi essere ancora in vita, come potessi ancora respirare senza lei accanto. Mi ci è voluta tutta la forza di volontà immaginabile per trattenermi dal trasformarmi e inseguire i furgoni del suo branco come un cane comune. Per non ululare.

Ma in qualche modo sono riuscito a restare sulla terrazza a guardare, proteggendo il branco dal pericolo.

I membri del Consiglio non potevano credere che la

lasciassi andare. Quando l'hanno vista là fuori, col vestito bianco che le fasciava il corpo nella brezza, le loro espressioni pompose sono scomparse.

"Perché la tua femmina è fuori dalla stanza?" ha chiesto Santiago.

"L'ho fatta liberare," ho risposto con voce calma.

"Sei pazzo?" ha chiesto Mateo. "È la tua compagna."

*Sì, mia*, ha ululato il mio lupo.

Ma non importa. Non avevo intenzione di mostrare i denti al suo branco, alla sua famiglia. Tenerla così sarebbe stato sbagliato. È stato sbagliato comprarla, fin dal principio. Tutto quello che le abbiamo fatto è stato un errore.

"Vai a combattere per la tua femmina. O sei troppo codardo?" mi ha sfidato Don Santiago.

Gli ho dato un pugno in faccia. Non avrei mai fatto una cosa del genere a un umano anziano, ma a un vecchio mutante sì. Il branco si è irrigidito attorno a me: non so se avessero intenzione di fermarmi se avessi continuato, ma nessuno mi ha toccato.

"Pazzo come sua madre," ha dichiarato Don José.

"Non terrò mai una femmina contro la sua volontà," ho ringhiato. "Neanche se l'ho marchiata. E se qui tra voi c'è qualcuno che lo ritiene accettabile, è proprio per questo che il branco sta cadendo in rovina." Ho camminato in cerchio, guardando negli occhi ogni singolo maschio, costringendo tutti ad abbassare lo sguardo di fronte alla mia autorità. Una piccola vittoria, ma il mio lupo è rimasto soddisfatto.

Don Santiago si è massaggiato la mascella ed è balzato in piedi. "E allora? Non intendi combattere per ottenere il suo amore? Il suo affetto? Oserei dire che l'hai già conquistato."

Il mio cuore in quel momento ha accusato una fitta, e ancora soffre. Vorrei credere che fosse vero. Ma potrebbe essersi trattato di semplice biologia. Quelli del Consiglio sapevano perfettamente quello che stavano facendo quando hanno messo una lupa fertile e nuda in una cella con un uomo virile durante la Luna piena. E le avversità ci hanno uniti. Tenerla con me sulla base di ciò che avevamo condiviso là dentro non sarebbe stato giusto. Non avrebbe avuto altra scelta che accettarmi. Non significa però che mi voglia come suo compagno. Se mi avesse voluto, non sarebbe stata così veloce a saltare sul furgone e scomparire.

Ma anche se non vorrà rivedermi mai più, io la vendicherò comunque. Ho dato al Consiglio una settimana per tirarmi fuori i rapitori che l'avevano presa. Quando hanno tentennato, ho messo le cose in chiaro. "Spargerò sangue per quello che è stato fatto alla mia femmina. Che sia il loro o il vostro."

Faranno meglio a consegnarmeli.

Cammino attorno a una piccola piantagione di caffè. Il versante frontale di Monte Lobo è ricoperto di alberi, ma quello posteriore è pieno di piccoli appezzamenti che formano una scacchiera variegata di diversi colori e densità. Il vulcano spento che chiamiamo Monte Lobo non fornisce il clima ideale per il caffè – a differenza degli stati costieri, come Chiapas – ma il branco è sempre riuscito a coltivarne a sufficienza per uso personale. La varietà che produce anche solo per la propria sussistenza è impressionante.

Secoli fa i nostri antenati spagnoli, nello stabilirsi pacificamente tra la gente indigena, hanno messo in piedi un sistema meraviglioso per la sopravvivenza sostenibile in condizione di isolamento. Hanno fatto allontanare gli indigeni non con la violenza ma facendo leva sulle superstizioni. Gli uomini che si trasformano in lupi con la luna piena hanno ottenuto il rispetto e la venerazione delle tribù, che si sono spostate ai piedi della montagna per sorvegliarla dai visitatori esterni. Questo ha permesso al branco di chiudersi e isolarsi.

"*Buenas tardes*, Don Carlos." Un lupo anziano con indosso abiti sporchi e logori e con un cappello a tesa larga in testa interrompe il lavoro per salutarmi.

Io mi fermo e alzo la mano in segno di saluto. A giudicare da come mi fissa, sa già cos'è accaduto oggi. O c'era? È triste non averne la certezza. Non so neanche come si chiami il lupo. Sono stato un leader davvero misero per il branco. Non merito la posizione di alfa.

Mi costringo a restare, anche se preferirei procedere immerso nelle riflessioni su Sedona. "Come va?" Sì, debole come attacco, ma non so come altro intavolare una conversazione con questo vecchio.

L'uomo annuisce. "Va. Quasi finito con il raccolto di quest'anno. Poi passo al cacao."

"Bene." È tutto quello che mi viene in mente di dire, ma sono contento quando il suo nome mi passa per la testa: Paco.

Una donna esce di casa e si scherma gli occhi dalla luce guardando verso di noi. Sale la collina e si porta accanto all'uomo. Deve essere la sua compagna.

"Alfa," dice l'anziana signora piegando la testa di lato. "È vero?" Indossa un vestito che sembra uscito direttamente da un baule degli anni Cinquanta. Probabilmente è proprio del periodo, in effetti. Un'associazione benefica degli Stati Uniti spedisce abiti di seconda mano. Guardo verso la loro capanna, dove si vede il fumo salire dal camino. L'hacienda ha tutti i lussi immaginabili, e questa gente non ha neppure l'elettricità. Sapevo che le cose non andavano bene, ma questa cosa mi fa venire la nausea. Che genere di alfa lascia il proprio branco nella povertà?

"Zitta, Marisol," la ammonisce Paco.

"Se è vero cosa?" Mi preparo a qualsiasi voce su di me. Che sono pazzo o che ho lasciato andare la mia compagna.

"Hai dato un pugno a Don Santiago?"

*Ah, quello. Già.* Mi infilo le mani in tasca. "È vero. Io e il Consiglio non concordiamo su alcune azioni intraprese da loro." Giusto. Dubito di emanare la sicurezza che vorrei, ma meglio di così non riesco a fare, ora che la mia compagna è salita su un furgone e si trova a miglia di distanza da me.

"Fai attenzione, Don Carlos." La voce di Marisol è titubante, ma non riesco a capire perché. È paura? O ira? Il branco è pronto ad ammutinarsi contro di me?

Ringhio. Non per spaventarla, ma il branco deve sapere che non mi tirerò indietro.

La donna fa un passo indietro e suo marito le afferra un gomito per tenerla in piedi.

"Il Consiglio ha superato i limiti." Il mio tono è di ghiaccio. "Non insulteranno me o la mia compagna senza pagarne lo scotto."

Marisol e il marito hanno un'espressione indecifrabile. Probabilmente pensano che io sia il nemico, dato che gli permetto di vivere in povertà viaggiando e frequentando le migliori università. Non li biasimo. È esattamente quello che ho fatto. Non merito di essere il loro capo.

Per un momento nessuno parla, quindi annuisco e mi allontano.

"Che il cielo ti aiuti." La benedizione di Paco mi fa girare a guardarlo. Lui e la moglie sollevano una mano per salutarmi.

Faccio lo stesso.

Non so come lo farò, ma le cose qui devono cambiare. Dare una ripulita a questa fogna sembra la cosa più urgente. Sono sicuro che c'entri con Sedona, ma non oso ammettere per cosa il mio cuore continua a battere.

*Sistema le cose. Fallo per lei.*

È una follia. Sedona non tornerà. Nemmeno fra un milione di anni. Continuare a pensarla così è pazzia pura.

~.~

*Sedona*

Appoggio la testa contro al finestrino dell'aereo e fisso le nuvole gonfie e tondeggianti sotto di noi. Garrett, seguito dalla maggior parte del nostro branco, ieri notte ha fatto irruzione all'aeroporto giusto in tempo per trovare Amber, la sua compagna. Davanti a tutti noi ha dichiarato il suo amore e la sua intenzione di rimediare ai suoi errori, e lei ha accettato di tornare con lui.

Ora sono seduti accanto a me, le dita intrecciate, la testa bionda di lei appoggiata alla sua spalla. Se fosse stato per me, avrei concesso loro un po' di privacy, li avrei lasciati sedere accanto a uno sconosciuto così che potessero avvinghiarsi l'uno all'altra, ma Garrett ha insistito perché il membro del suo branco, Trey, prenotasse un posto accanto a lui. Immagino che l'abbia fatto per lanciarmi di tanto in tanto qualche occhiata preoccupata.

"Piantala," gli dico di scatto, quando lo fa per l'ennesima volta.

"Piantarla di fare cosa?"

"Di guardarmi come una disperata."

Garrett fa una smorfia. "È solo che non so cosa fare per aiutarti. Se non andare a squarciare qualche gola."

"È questo che hai fatto ai tizi nel magazzino? I rapitori?" Voglio sentire la sua risposta, e allo stesso tempo no.

Garrett si passa una mano sul viso. "Sì. Ho perso il controllo perché c'era Amber e il mio lupo aveva bisogno di proteggerla. Ho ammazzato tutti prima di fare domande. Grazie al cielo questo non ci ha impedito di trovarti, o sarebbe stata solo colpa mia."

"Carlos li ha definiti trafficanti. Ha detto di aver sentito che ci sono mutanti che vendono altri mutanti, ma che non ci credeva. Per cosa pensi li vendano? Non può essere solo traffico sessuale, perché nel magazzino c'era un mutante maschio in una delle gabbie."

"Sì, ci hanno catturati quando siamo arrivati e hanno messo anche noi nelle gabbie." Garrett si gratta un orecchio come se fosse imbarazzato. "Amber ha scassinato le serrature per farci uscire. Ma mi sono chiesto perché non ci abbiano ammazzati e basta."

"Erano mutanti anche loro, giusto? Non umani che volevano studiare i nostri geni o roba del genere."

"Io ho sentito odore di mutanti, anche se non ho visto nessuno di loro tramutarsi. Avevano pistole che probabilmente ritenevano sufficienti alla difesa. Li ho uccisi prima che potessero usarle."

"E se fossero stati mutanti incapaci di tramutarsi? Carlos ha detto che il suo branco è pieno di gente così, a causa della troppa consanguineità. Non ricordo come li abbia definiti, difettosi o qualcosa del genere. È per questo che il loro Consiglio mi ha comprata: per rinvigorire la linea di sangue."

"Carlos. È così che si chiama? Il tizio che non hai voluto che facessi fuori?"

Oh signore. Solo sentirne il nome mi riempie di dolore. Abbasso la testa. "Già."

Garrett allunga una mano e mi tocca un ginocchio. "Ti ha fatto del male, sorellina?"

Il mantello da vittima mi cade addosso come una coltre soffocante. Lotto senza successo per liberarmi dalla sua morsa e gli occhi mi si riempiono di lacrime. "No."

"Ma ti ha marchiata?" Garrett si schiarisce la gola, ovviamente a disagio nel parlare di sesso con me, la sua sorellina. "Ti ha fatta sua?"

"Sì." La voce esce in sussurro.

"A me puoi dirlo, Sedona."

Cerco di mandare giù il nodo che ho in gola. "Stavo facendo jogging sulla spiaggia quando un tizio mi si avvicina. Un mutante. Mi parla in spagnolo, non capisco, e poi sento una frecciata alla nuca e mi trovo stesa sulla spiaggia a guardare quattro mutanti attorno a me. Mi infilano in una gabbia e mi caricano su un aereo. Ero mezza incosciente, penso mi abbiano somministrato il tranquillante più di una volta. Mi sono svegliata nel magazzino, e poi mi hanno caricata in un furgone e mi hanno portata dal branco di Carlos, dove mi hanno venduta a due anziani. Mi hanno sedata un'altra volta e mi hanno tirata fuori dalla gabbia. Mi sono svegliata in una cella, incatenata a un letto. Non ho idea di come abbiano fatto a farmi ritramutare in forma umana, ma l'ultima sostanza sembrava diversa dagli altri tranquillanti."

Garrett sta ringhiando, gli occhi argentati. Gli lancio un'occhiata d'avvertimento. Siamo su un aereo pieno di umani. Ho omesso apposta della nudità, perché sapevo che sarebbe esploso.

"Magari faremmo meglio a parlarne più tardi."

"No," dice Garrett con tono secco, tirando fuori il tono da alfa, della serie mi-devi-obbedire-e-basta. "Racconta adesso."

"Ti racconterò tutto, se tieni a bada il tuo lupo." Obbedirò, ma non mi farò trattare come una bambina. È ora che mio fratello e mio padre lo imparino.

Le dita di Amber stringono le sue e subito mi placo, sapendo che ha preso una compagna che ovviamente lo ama e lo appoggia.

Garrett si sgranchisce il collo, come se stesse per lanciarsi in un combattimento. "Ho il controllo."

Sbuffo ma continuo. "La porta si apre ed entra Carlos. Sembra scioccato, si avvicina per liberarmi e loro lo chiudono dentro."

Garrett socchiude gli occhi e so cosa sta pensando. Poteva benissimo essere tutto architettato.

"Si tramuta per la rabbia e fa il diavolo a quattro nella stanza per un po', ma loro non aprono la porta. Ci tengono chiusi là dentro insieme durante la luna piena fino a che non ci accoppiamo, poi sparano a entrambi il tranquillante. Io mi sono svegliata in una stanza al piano superiore. Al vostro arrivo Carlos ha mandato il ragazzino a liberarmi."

Il volto di Garrett si contorce in una smorfia, ma pare senza parole.

Gliele fornisce Amber. "Non c'è stata una chiusura. Deve essere ancora più difficile."

Caccio indietro le lacrime, grata che lei abbia capito il mio malessere. Non dovrei sentire il bisogno che qualcun altro mi dica il motivo per cui soffro tanto, ma effettivamente mi serve. "Sì," dico con voce spezzata.

"Mi devi dire una cosa." Garrett è accigliato. "È stato uno stupro, Sedona?"

Arrossisco in volto. Non dovrei essere costretta a parlare dei miei momenti più intimi con i parenti , ma capisco. Garrett tornerà a uccidere Carlos se gli dico di *sì*. Sono contenta di non dover mentire. "No."

Le sue spalle si rilassano un poco. "Quinci tu credi che lui non c'entri nulla? Che sia una vittima come te?"

"Non chiamarmi vittima."

Garrett mi scruta. "Scusa."

"Sì, penso di sì. Per rispondere alla tua domanda. Ma non sono ottimista al riguardo. Se lui c'entrasse qualcosa, perché lasciarmi andare?"

"Perché li avremmo ammazzati tutti e sapeva che ti avrebbe persa comunque?"

Sento una stretta al plesso solare. "Giusto. È una possibilità."

Garrett si volta verso la sua compagna. "Vedi niente del tipo?"

Inizialmente non capisco quello che le sta chiedendo, ma Amber chiude gli occhi e ricordo che è una sensitiva. Mi sento fremere dall'ansia. Voglio sentire la risposta? E se dicesse che Carlos è un imbroglione? Mi si rivolta lo stomaco al solo pensiero.

Amber scuote la testa e io trattengo il fiato. "Non lo so." *Grazie al cielo.*

Si china in avanti e mi guarda. "Immagino che tu non abbia niente di suo che potrei toccare, vero? Abbiamo scoperto che è utile quando cercavo di rintracciare te."

"No, niente." Me ne sono andata con nient'altro che quella stupida veste da camera che mi avevano messo addosso. Per fortuna Garrett mi ha portato la valigia da San Carlos e non devo arrivare a casa vestita a quel modo.

La testa di Trey appare dalla fila davanti a noi. "E il marchio? La sua essenza è contenuta là dentro."

Bello sapere che la nostra conversazione non ha avuto la minima privacy. Avrei dovuto ricordare che i membri del branco erano proprio davanti a noi e potevano sentire ogni singola parola. L'udito dei mutanti è molto più sviluppato di quello degli umani. *Oh, benone.* Comunque la privacy non c'è quasi mai in un branco.

Copro la ferita quasi guarita e mi appoggio al finestrino, lontana da Amber, anche se lei non ha allungato la mano per toccarmi. Non voglio sentire quello che hanno da dire le sue abilità da sensitiva.

"Va bene così," dice sommessamente. "Non penso che dovreste fare affidamento sulle mie visioni per prendere una decisione, comunque."

Garrett si acciglia. "Le tue visioni ci hanno permesso di trovare Sedona. Ci fidiamo. E dovresti farlo anche tu."

Allunga una mano per accarezzare la fronte corrugata di Amber. È un gesto dolce e mi fa sorridere. È bello vedere questo lato di lui. Ho sempre saputo che mio fratello sarebbe stato un compagno fantastico, ma finora non è mai stato interessato a una compagna. Avrebbe potuto scegliere da ogni cucciolata, da ogni branco, ma ha fatto qualcosa solo quando mio padre organizzava i giochi di accoppiamento tra branchi a Phoenix.

E no, non mi hanno mai fatta partecipare. Non che mi interessasse, comunque.

Trey scrolla le spalle e si rigira. È come un secondo fratello per me. Tutti i membri del branco di Garrett lo sono. Mi fido ciecamente di loro, so che farebbero qualsiasi cosa per me, in qualsiasi momento. Ma non perché mi vogliono un mondo di bene. Per mio fratello. A Phoenix per mio padre. Ecco perché all'università frequentare umani è stata una boccata d'aria fresca.

Solo che quando adesso penso ai miei amici, lo faccio con un senso di vuoto totale. A loro non potrei mai spiegare niente. Cosa potrei dire?

La pressione mi sale ancora dietro agli occhi e al naso mentre la rete del vittimismo cala di nuovo su di me. Lacrime calde mi pungono gli occhi.

"Ehi." Garrett mi infila una mano dietro alla nuca, ma io lo caccio. "Cosa c'è?"

"Non voglio tornare a scuola," dico con voce spezzata. Mi resta solo un trimestre. Sarebbe stupido non finire, ma l'idea di tornare a quella stupida farsa che stavo vivendo, facendo finta di stare bene in mezzo agli umani, mi fa fisicamente male.

Stamattina ho mandato un messaggio ai miei amici umani per dire che sto bene e che ho avuto un'esperienza tormentosa con un messicano trafficante di droga, ma che ho bisogno di un po' per riprendermi. Lontano da Tucson. Non è vero, ma non voglio che si presentino alla mia porta con volti compassionevoli, facendomi sentire sempre più una vittima.

"Ok. Non è necessario."

I nostri genitori potrebbero avere un'opinione diversa in merito, ma Garrett sostiene il mio sguardo, le sopracciglia inarcate e l'espressione decisa. Vedo una promessa nei suoi occhi. È riuscito a gestire nostro padre su quella montagna. Lo ha portato ad ascoltarlo e a non combattere. Non so come abbia fatto, nostro padre è il più grosso alfa del mondo. Ma ora Garrett è più grosso. Più giovane. Sono finiti i giorni in cui nostro padre lo prendeva a calci in culo. Magari il potere si è spostato. Mi sorprende che abbia accettato senza scenate la scelta di Garrett di accoppiarsi con un'umana.

"Cos'è che *vuoi* fare, sorellina?"

"Un giro per l'Europa, zaino in spalla," dico senza mezzi termini.

Garrett mi guarda sbattendo le palpebre. Mi mordo un labbro. Cosa stavo pensando? Lo posso praticamente vedere mentre si trattiene dal gridare *Non se ne parla proprio!* Cioè, a malapena mi ha dato il permesso di andare a San Carlos per le vacanze di primavera, e guarda com'è andata a finire. L'idea che mi permettano di bighellonare per l'Europa farebbe davvero ridere i sassi. E sì, anche se ho ventun anni chiedo ancora il permesso ai miei e a Garrett per fare quello che voglio. Ovviamente loro mi danno sostentamento: abito in uno degli appartamenti di proprietà di Garrett e i miei pagano tutte le altre spese.

*Solo tu puoi vivere la tua vita. Dovresti essere libera di fare le tue scelte.* Il migliore consiglio che mai abbia ricevuto, e mi è stato dato in una prigione, da un uomo rinchiuso più per tradizione e storia del branco che altro.

*Promettimelo.*

Garrett arriva alla sua decisione. "Non succederà."

Che orrore. Giro la testa verso il finestrino per mettere fine alla conversazione. Magari non sono più chiusa in una cella, ma sono ancora la principessa iperprotetta del branco. Non sarò mai libera.

~.~

*Anziano del Consiglio*

"Come hanno fatto gli americani a trovarci?" chiedo ai quattro volti grinzosi dei compagni del Consiglio in sala riunioni. Avrebbero dovuto essere irrintracciabili.

Don José taglia l'estremità di un sigaro Cohiba da cento dollari e lo accende. È cubano, da una scatola in edizione limitata prodotta nel 2007. Lo so perché sono stato io a comprarla all'asta l'anno scorso per le riunioni. José fa scivolare la scatola verso l'uomo alla sua sinistra. "Attraverso i trafficanti. O il Mietitore."

Il Mietitore no. Probabilmente i trafficanti.

"Vado giù a *el D.F.*" – come i messicani chiamano Città del Messico – "per fargli una visitina." Non dico che ho già tentato di chiamarli a Città del Messico. Inesorabilmente. Gli americani si sono fermati prima lì, temo. Quindi o qualcuno ha venduto l'informazione, oppure sono tutti morti.

Se la risposta giusta è la prima, saranno tutti morti prima che abbia finito con loro. Ma li darò a Carlos, per placare la sua sete di vendetta. Diavolo, lo porterò lì di persona e lo guarderò farli fuori. Osservarlo in azione farà bene alla mia ricerca. Non ho ancora visto combattere quell'alfa.

"E il ragazzo? Non ha lottato per tenerla con sé." Don Mateo prende il suo turno con la scatola di sigari, portandosene uno al naso e inspirando profondamente. "Pensate che non sia realmente legato?"

Il fatto che chiamiamo Carlos *il ragazzo* piuttosto che *l'alfa* è indicativo del poco potere che detiene. Ma dobbiamo stare attenti. Adesso è arrabbiato con noi, e la cosa potrebbe provocare increspature impreviste. Io avrei preferito un piano molto più semplice, con le procedure di fertilizzazione *in vitro*.

"Penso che Carlos possa essere molto più audace che egoista." Cammino per la stanza. "Può darsi che abbia voluto risparmiare il sangue del nostro branco."

"O il suo," dice Don Mauricio con tono asciutto.

"No, non è un codardo. Il ragazzo è intelligente." Dopotutto è mio pronipote. "Gli studi di economia in America gli hanno insegnato a ideare strategie. Ha preso la migliore decisione possibile per proteggere tanto la ragazza quanto il branco. Non pensate che non andrà a cercarla, quando le acque si saranno calmate."

"Sai quale servitore l'ha liberata? Juanito?" chiese Don José.

"Sì, ma lascialo stare. Carlos lo proteggerà dalle punizioni ed è meglio non scatenare ulteriormente la rabbia dell'alfa. Se gli unici membri del branco dalla sua parte sono un ragazzino di nove anni e una madre pazza, male non va."

Gli uomini attorno al tavolo ridono con me.

"Porterò Carlos dai trafficanti. Gli permetterò di vincere questo round. Ha avuto modo di dire la sua e fare come voleva. Andrà a cercare la sua femmina e la riporterà qui, magari incinta della sua prole."

"Come fai a esserne sicuro?"

Alzo le spalle. "È un maschio alfa all'apice della virilità. Il suo lupo vorrà starle vicino."

"E se lui deciderà di mantenere le distanze?" chiede Don Mateo.

Sorrido. "Ancora meglio. Alla fine ci serve solo il piccolo."

*E mi piacerebbe un sacco tenere il suo corpo per i miei esperimenti.*

# CAPITOLO SEI

*Carlos*

Sono seduto nella stanza di mia madre e la guardo rigirare nel piatto la colazione sul vassoio che ha davanti. Ha gli occhi lucidi e il volto pallido. Sono passati tre interminabili giorni dalla partenza di Sedona. Tre giorni, un'ora e quarantatré minuti, per essere precisi.

Maria José, la madre di Juanito, mi versa un bicchiere di cremoso caffelatte. Adoro il caffè coltivato sulle nostre montagne. Lo bevo da quando ero un cucciolo. È tanto leggero che potrei berne a iosa durante il giorno.

"Quando arriva tuo padre?" mi chiede mamma.

Mi si stringe il petto, come succede sempre quando si dimentica che è morto.

"Papà non c'è più, mamá. Ci sono solo io adesso."

Vedo un lampo di terrore nei suoi occhi, ma poi svanisce subito e china la testa sul suo pane imburrato.

"Ho... trovato una femmina, mamá." Sorprendo me stesso. Non mi aspettavo di parlare di Sedona, ma lei ha preso possesso di ogni angolo della mia mente. Mia madre in genere non comprende ciò che dico, ma questa volta mi capisce.

Alza la testa e mi fissa.

"È americana. Si chiama Sedona. Bellissima." Bellissima non le fa giustizia. Squisita. Da perdere la testa. Dieci e lode. È magia pura.

Mia madre si alza in piedi come se Sedona fosse qui e io scatto su, mettendole una mano sulla spalla e invitandola, con una delicata pressione, a risedersi sulla sedia. "Non è qui ora, mamá." Mi risiedo pure io e prendo la tazza, fissandola rimestandone il contenuto. "A dire il vero, non so se tornerà." Ecco. L'ho ammesso. La spaventosa verità che non voglio guardare in faccia. "Non voleva essere marchiata."

Con mio orrore, le lacrime salgono agli occhi di mia madre e le sue labbra iniziano a tremare. "Neanche io volevo," dice.

*Oh cielo.* Perché mi sono infilato in questo ginepraio?

"Lo so, mamá. Ecco perché non le avrei mai chiesto di restare, se non voleva."

Le lacrime cadono libere dagli occhi color cioccolato di mia madre, gocciolando sul vassoio. "Perché non posso andare a casa mia?" dice piagnucolando.

"Mamá." Allungo un braccio e poso una mano sulla sua. "Perché qui ci possiamo prendere cura di te meglio. E io ho bisogno di te… sono tuo figlio," dico, nel caso abbia dimenticato chi sono. "Carlos ha bisogno di te."

Lei scoppia in singhiozzi. Merda. Spingo indietro la sedia e faccio il giro del tavolo per cingerle le spalle con le braccia. "Carlitos." Pronuncia il mio nome come un lamento. "Il mio unico figlio."

Mia madre ha avuto altre cinque gravidanze, ma nessuna è andata a buon fine. E poi io sono stato via tanti anni, lasciandola sola con un branco che mai ha percepito come suo. Sono un figlio terribile.

Guardo Maria José in cerca di aiuto e lei si avvicina subito. "Va tutto bene, Doña Carmelita. È triste solo perché oggi non ha ancora preso le sue pillole." Prende dal vassoio una tazzina contenente medicinali e la scuote. "Prenda queste e si sentirà subito meglio."

Mia madre spinge via la tazza, facendo cadere le pastiglie sul pavimento. Maria José si inginocchia per raccoglierle e io la aiuto.

"Di solito le prende di sua volontà?"

Maria José scrolla le spalle. "A volte. Il suo comportamento è imprevedibile."

"Cosa succede quando non le prende?"

"Se riesco, gliele nascondo nel cibo. Altrimenti posso farle delle iniezioni, ma le odia."

Lascio cadere le pastiglie raccolte nella tazzina che Maria José tiene in mano. "Grazie." La guardo negli occhi e sostengo il suo sguardo. "Ti sei presa cura di lei per tanti anni. Te ne sono grato."

"Don Carlos…" Maria José guarda verso la porta, poi si volta di nuovo verso di me.

"Sì?"

"E se…" Trattiene il fiato. Le dita che stringono la tazzina diventano bianche per la tensione. "E se non avesse bisogno di queste?"

La fisso, cercando di capire cosa sta dicendo. "Pensi che siano le medicine sbagliate? Che le facciano più male che bene?"

Lei annuisce. "Magari c'è il modo di… potrebbe controllare?" Lancia un'altra rapida occhiata alla porta.

"Chiederò a Don Santiago," dico, spostandomi verso la porta. Don Santiago, il fratello di mio nonno, ha una laurea in biochimica. Non è esattamente un dottore, ma opera in qualità di consulente medico del branco.

"No!" Maria mi afferra un braccio e i suoi occhi si dilatano, pervasi dal panico. Mi lascia subito il braccio, resasi sicuramente conto dell'inappropriatezza del gesto. Abbassando la testa, inclina la tazzina delle pillole da una parte all'altra con mano tremante. "Qualcun altro," sussurra. "Non del branco. La porti in città. In America. Non chieda a Don Santiago."

Mi viene la pelle d'oca per ciò che rimane tacito e sottinteso nel suo discorso. Ora sta a me afferrarla. Le stringo entrambe le braccia all'altezza delle spalle e la costringo a sollevare gli occhi su di me. "Perché non dovrei chiedere a Don Santiago?" La mia voce è minacciosa. La rabbia non è indirizzata a lei, ma deriva dall'insinuazione che il lupo che sta curando mia madre possa non essere affidabile.

La povera Maria José si contorce nella mia stretta. "Per favore, *señor*. Non è niente. Dimentichi quello che ho detto. La prego."

"No, Maria José. Dimmi. Pensi che dovrei chiedere a qualcuno che non sia Don Santiago. Perché?"

Maria José sbatte rapidamente le palpebre, sempre dimenandosi nella mia stretta. Allento le dita, temendo di farle male. "Sono una stupida," mormora, ma sembra lo dica più a se stessa che a me. "Non volevo dire niente. Non consideri le parole di una serva idiota." Tira ancora per liberarsi, e questa volta la lascio andare.

Nodi di agitazione mi aggrovigliano lo stomaco. Qui sta succedendo qualcosa, qualcosa che non mi piace. Per niente.

Con i pensieri che mi vorticano nella mente guardo Maria José persuadere mia madre, ora docile, a prendere le medicine. Considero le mie possibilità. I lupi in genere non richiedono l'intervento di un dottore, dato che guariamo velocemente e raramente ci ammaliamo, ma è possibile che negli Stati Uniti ci siano medici mutanti. Solo che non lo so.

Bacio mia madre sulla testa ed esco per tornare in camera mia, che funge anche da ufficio. Da quando Sedona se n'è andata passo le giornate a compilare elenchi e riorganizzare i piani e le idee che mi ero fatto per la crescita e modernizzazione di Monte Lobo. La maggior parte delle operazioni richiedono denaro, il che significa che devo indagare sulle finanze del branco e capire quanto abbiamo a disposizione. Il problema è che ho chiesto cinque volte al branco di passarmi i conteggi, ma non ho ancora ricevuto niente.

Non ho neanche deciso cosa fare del maledetto Consiglio. Devo togliere loro parte del potere, punirli delle azioni intraprese contro di me. Ma prima devo realmente capire tutte le dinamiche di qui. Non ho alcun supporto dai membri del branco, e perché dovrei? Non sono mai stato qui per guidarli. E senza il branco, con il Consiglio che mi definisce pazzo come mia madre, potrei facilmente ritrovarmi di nuovo rinchiuso in quella cella del cazzo. Oppure finire morto. Ma quella parte non mi preoccupa. È la sicurezza di mia madre a rendermi cauto. Il Consiglio sa essere feroce: l'ho già visto in altre circostanze.

Ricordo che una volta, da ragazzo, ho sentito l'odore del sangue dalla loro sala riunioni, dove avevano chiamato membri del branco accusati di crimini indicibili. C'era stata segretezza e paura nelle procedure. Sussurri e terrore. Mio padre non c'era. Al suo ritorno, ricordo che aveva gridato contro il Consiglio, litigando con loro per ore. Ma alla fine non era successo nulla.

Anche lui era inefficace quanto me nei loro confronti? Perché? Da quanto tempo a Monte Lobo ha preso piede questa forma di regolamento ? Perché la cosa certa è che non è questa la natura di un lupo. Nessun altro branco al mondo viene governato in questo modo, per quanto ne so io.

Ma solo perché le cose sono sempre state così, non significa che io non possa cambiarle. Devo solo essere furbo. Ideare un piano.

Mi strofino il volto mentre cammino per la mia stanza. È la suite padronale dell'hacienda, la stanza che apparteneva ai miei genitori. Me l'hanno ceduta al mio ritorno come vuoto simbolo del mio stato di alfa.

Mi fermo davanti alla finestra e guardo fuori. È difficile convincere il cervello a concentrarsi su altro da Sedona. Mi pare ancora di sentire il suo odore sulle dita, il suo sapore sulla lingua. L'immagine del suo sorriso, delle sue adorabili gambe lunghe, di quel corpo perfetto. Tutto danza davanti ai miei occhi senza sosta.

Sento la sua voce sensuale. Sogno ripetutamente di possederla, per tutta la notte. I miei giorni sono un'infinita tortura di ricordi su Sedona.

E non sopporto di non averle neanche parlato da quando se n'è andata. Non so neanche che cognome abbia. Non ho il suo numero di telefono. L'indirizzo. Ma è meglio così. Del resto, che le direi? *Mi spiace che il mio branco ti abbia tenuta prigioniera. Non vorrei mai farti una cosa del genere, quindi ti auguro una buona vita?*

Sospiro e mi passo le dita tra i capelli.

Si sente bussare alla porta. "Avanti."

Don Santiago apre ed entra con andatura rilassata.

Io mi volto ancora verso la finestra. "Quando mi tirerai fuori i trafficanti?"

"Non riesco a rintracciarli al telefono. È possibile che gli americani si siano già occupati di loro. Ho l'indirizzo del magazzino, se vuoi andare a dare un'occhiata."

Sono al contempo sorpreso e sospettoso nei confronti dell'offerta. Per quale motivo me l'ha proposta?

"Dov'è?"

"A *el D.F.*" Città del Messico. Combacia con quello che mi ha detto Sedona.

"Quando andrai a cercare la tua femmina?"

Mi giro di scatto, sorpreso dal presupposto contenuto nella domanda.

"Se è incinta, dovrai prenderti le tue responsabilità con il bambino."

*Incinta.* Sono sicuro che sono diventato pallido come un cencio. Perché non avevo considerato la possibilità? Sedona potrebbe avere in grembo il mio cucciolo in questo momento. Potrebbe avere bisogno di me. Negli ultimi giorni ho sempre pensato di farle un favore standomene alla larga, ma potrebbe darsi che invece non stia rispettando i miei doveri nei suoi confronti. Se è incinta di mio figlio, le devo appoggio e protezione.

Sedona, incinta. Oh cielo. Il pensiero mi fa venire voglia di correre e ululare, non so se di gioia o disperazione. Tutto il desiderio di starle vicino ritorna con violenza in superficie. Avevo cercato di sopprimerlo ma ora, con il pensiero della mia bellissima femmina sola, abbandonata e incinta, non riesco a stare fermo.

Volo in azione, preparando una valigia prima di aver ammesso con me stesso ciò che sto facendo.

"Ti accompagnerò a *el D.F.*, ho una commissione da sbrigare lì," dice Don Santiago con indifferenza. "Prima puoi passare a dare un occhio al magazzino."

Adesso non me ne può fregare di meno. Non riesco a pensare ad altro che a raggiungere Sedona. Devo trovarla, verificare che stia bene, e farle ogni promessa di cui abbia bisogno. Ci sarò per lei. Le darò quello che serve. La proteggerò.

Che lei lo voglia o no.

~.~

*Sedona*

Parcheggio la Jeep fuori dal condominio di Garrett e smonto.

È venerdì sera, quindi Garrett dovrebbe essere al lavoro al locale, ma con una nuova compagna può anche darsi che sia a casa. Comunque non sono qui per vedere lui. Ecco perché sono venuta di venerdì sera. Voglio parlare con Amber. Perché in aggiunta ai pensieri che girano e rigirano su Carlos e me, ho una nuova ansia. Un'ansia grossa. Una domanda per la cui risposta dovrei aspettare una o due settimane... a meno che non fossi una sensitiva.

Entro nell'edificio e prendo l'ascensore per salire al quarto piano. So che l'appartamento di Amber è accanto a quello di Garrett. Immagino che si siano trasferiti entrambi lì, dato che Garrett abita con Trey e Jared, e dubito che Amber abbia voglia di far parte del gruppo.

Sento l'odore di Amber dalla porta a sinistra di quella di Garrett e busso. La sento muoversi dall'altra parte, ma l'odore di Garrett non mi arriva alle narici. "Amber? Sono Sedona."

La porta si spalanca. "Sedona." I capelli biondi di Amber sono raccolti in un french twist e ha ancora addosso gli abiti da professionista: una camicetta di seta e una gonna a tubino che la fanno sembrare piuttosto sexy. Vedendola così, sono ancora colpita da quanto poco corrisponda al genere di femmina con cui avrei immaginato Garrett. È elegante e raffinata, mentre lui è tutto tratti ruvidi e forza bruta, ma il suo calore è reale quando mi invita a entrare.

"Garrett non c'è, ma ha detto che avrebbe provato a tornare presto."

"Nessun problema. A dire il vero sono venuta per te."

Non sembra sorpresa. Immagino che i sensitivi sappiano quando stanno per ricevere visite.

"Vuoi qualcosa da bere?" Va verso il frigo a piedi scalzi e lo apre. "Non ho molto, ma c'è del gingerino portato da Garrett. E birra." Si gira a guardarmi interrogativa.

"Il gingerino va benissimo." Accetto la bottiglia ghiacciata e Amber prende un cavatappi dal cassetto. Apre prima la sua e poi me la passa, prendendo in cambio quella che ho in mano.

Mi guardo attorno. L'appartamento è pulito e splendente ma non ordinato, se può avere senso. Non ci sono polvere e sporcizia, ma carte sparpagliate sulla scrivania e un paio di scarpe con i tacchi mollate senza tante cerimonie davanti alla porta d'ingresso.

"Allora… ehm… come stai?" chiede Amber.

Uff. Questa non è assolutamente la conversazione che volevo avere, anche se so che me lo sta chiedendo con sincerità e sembra interessata alla risposta. Faccio un respiro e mi lancio sul motivo della visita. "So che non ho voluto che tu, ehm, usassi le tue abilità per dirmi qualcosa di Carlos, ma…" Deglutisco. Spiegarsi è più difficile del previsto. "Mi stavo solo chiedendo se… cioè, ho iniziato a preoccuparmi, che…" Cammino per il salotto, incapace di guardarla negli occhi.

"Sì." Lo dice in un sussurro, e mi fa venire la pelle d'oca su tutte le braccia.

Ma non so neanche se stia rispondendo alla domanda. Giro su me stessa e la fisso.

Lei arrossisce, l'espressione velata di incertezza, quasi un diretto specchio dei miei sentimenti.

"Sì, sono incinta?" dico velocemente.

Lei arrossisce ancora di più e annuisce. "È quello che ho visto."

Mi aggrappo allo schienale di una sedia per evitare di cadere. La stanza ruota e anche il pavimento, se possibile, pare inclinarsi. Non so cosa penso o provo, ma lo stomaco crede che abbia ragione. Lo sapeva già due giorni fa, solo che non mi sono data il permesso di ascoltarlo.

Merda!

"Sei sicura?"

La maniglia gira e impreco tra me e me quando entra la figura imponente di Garrett con la cena. "Sicura di cosa?" La sua voce è seria.

Ovvio che ha sentito, è un mutante.

"Gliel'hai detto?" chiedo debolmente, sempre tenendomi alla sedia per restare in piedi.

Lo sguardo di Amber passa di scatto da me a Garrett. "No."

Garrett si avvicina a grandi passi, schiacciando il contenitore. Chiunque non sappia che mio fratello con le donne che ama è un orsacchiotto potrebbe spaventarsi. I membri del branco si metterebbero sull'attenti nel vedergli il lampo argentato negli occhi. Io non sono impaurita però, e neanche Amber, anche se percepisco il suo disagio. Gli va incontro per salvare la cena, appoggiandola velocemente sul bancone prima che il contenuto cada per terra.

"Dirmi che cosa?"

Mi sforzo di respirare.

Amber non risponde, probabilmente per rispettare il mio diritto di dirglielo o meno.

Sposto la mano sul basso addome, in gesto protettivo, e Garrett sgrana gli occhi.

"Oh cazzo." Si lascia cadere sul divano. "Ho bisogno di sedermi."

"Anch'io," riesco a dire.

Garrett si massaggia la faccia. "Oh, piccola. Avrei dovuto pensare alla possibilità. Ma ero preoccupato solo di liberarti e di salvaguardare il tuo stato mentale."

"Lo so," dico con voce roca. "Anch'io."

Garrett solleva la faccia dalle mani, salta in piedi e mi viene accanto. Mi stringe i gomiti. "Io sarò al tuo fianco, qualsiasi cosa tu decida di fare."

Mi scosto, odiando la vicinanza del suo sguardo indagatore. Apprezzo quello che sta dicendo, ma l'istinto materno della mia lupa la fa ringhiare all'idea che possa fare qualcosa di diverso dal tenere il cucciolo.

Ma sarò in grado di tenerlo?

Mi inumidisco le labbra. "Co-cosa pensi che farà Carlos se lo scopre?"

Mio fratello serra le labbra e gonfia il petto, e so che farà qualsiasi cosa in suo potere per proteggere me e il cucciolo da qualsiasi minaccia. "Se anche solo tenta di portarti via il cucciolo…"

"Pensi che lo farà?" dico interrompendolo.

La bocca di Garrett si incurva verso il basso. "Ogni lupo maschio accoppiato ha il bisogno di proteggere la femmina. Moltiplica quel bisogno per cento, per un maschio alfa. E un maschio alfa con una femmina incinta?" Garrett scuote la testa. "Ci vorrà un branco intero per tenerlo a bada."

Avrei dovuto lasciare che Garrett mi stringesse, perché il pavimento si inclina di nuovo. Sento la pressione sanguigna precipitare sotto ai piedi. Non posso mettere in pericolo il branco di Garrett o di mio padre. Ma magari Carlos non lo scoprirà. Non è ancora venuto a cercarmi, non ha fatto nessun tentativo di mettersi in contatto. Magari riuscirò a mantenere il segreto e né lui né il suo branco verranno mai a sapere che ho concepito un cucciolo.

"Verrai a vivere in questo edificio: è dove ti ho voluta fin dall'inizio," dichiara Garrett.

Ricordo la discussione. Lo avevo implorato di lasciarmi stare in un edificio di sua proprietà più vicino al campus. E quindi più lontano dal suo sguardo vigile. Alla fine aveva ceduto, perché sebbene sia un alfa iperprotettivo, ha anche un cuore d'oro.

"Io…" Faccio per contestare, ma poi cambio idea. Meglio non dirgli quello che ho in mente. "Ok."

Le spalle di Garrett si afflosciano. "Domattina raduno subito il branco. Non ti preoccupare: faranno tutto loro. Non ti devi preoccupare di niente, ok piccolina?"

Annuisco, ma sto già andando verso la porta. "Ok, grazie. Grazie, Amber." Giro la maniglia.

"Magari stanotte dovresti restare a casa mia," dice Garrett.

Sapevo che l'avrebbe detto.

"No, sto bene. Domani va benissimo. Buonanotte." Me ne vado prima che gli venga in mente di insistere.

Carlos potrebbe venire a cercarmi, e se lo farà dovrò essere lontanissima da Tucson. Sarò più al sicuro se nessuno sa dove mi trovo.

~.~

*Carlos*

Sto in agguato nell'ombra accanto al condominio di Sedona, come un ladro.

Mi sa che sono davvero un ladro che aspetta di rubare. Che cosa? Il cuore di Sedona? Il suo corpo? *Carajo*, mi accontenterei di pochi minuti del suo tempo.

Ma non è a casa al momento. Trovarla non è stato difficile. Invece di chiedere in giro nella comunità dei mutanti, cosa che avrebbe allertato il branco di suo fratello, ho cercato le parole *Sedona* e *università dell'Arizona, arte* finché non ho trovato il riferimento a una mostra a cui ha partecipato, e lì ho scoperto il suo cognome. Da lì ho proseguito la ricerca fino a un indirizzo, che ho pregato fosse quello attuale. A giudicare dal suo odore che ancora aleggia attorno a un appartamento del piano di sopra, direi di sì.

Ora, solo per il fatto di trovarmi vicino a dove vive, vicino alla possibilità di vederla, sento tutto il corpo fremere di ansia. Non riesco a levarmi dalla testa l'immagine delle sue labbra tumide, appena baciate. O delle sue ciglia sbattere rapide pochi istanti prima dell'orgasmo. E, oh cielo, il suo sapore. Muoio dalla voglia di infilarmi in mezzo a quelle meravigliose cosce e leccarla fino a farla gridare.

*La mia Sedona.*

Una Jeep accosta, e prima ancora di vederla dietro al volante so che è lei. Smonta dall'auto; il suo corpo è l'immagine divina di giovinezza e fertilità. I suoi capelli castani sono tirati indietro in una folta coda di cavallo che oscilla mentre cammina. Indossa un paio di shorts corti: gambe lunghe, lisce e abbronzate. Oh cavolo, la curva del sedere quasi si vede dietro, dove sono tagliati. Un ringhio sommesso mi riverbera in gola al pensiero di tutti i maschi che l'hanno vista vestita così.

Non penso che mi abbia sentito, ma si dà un'occhiata alle spalle e accelera il passo. Scivolo lungo il lato dell'edificio mentre si avvicina alla porta d'ingresso.

*Cazzo.*

Serve una chiave magnetica per entrare. La porta dev'essere chiusa solo di notte, perché prima sono entrato senza problemi. Scivola dentro e la chiude, scrutando nel buio come se sapesse che sono qui.

Dannazione. Resto immobile, nascondendomi nell'ombra. Quando la vedo scomparire, mi avvicino di più per controllare la porta.

Sono fortunato. Esce una coppia che discute di qualcosa, quindi passo oltre come se fossi a casa mia e blocco la porta. C'è un ascensore ma prendo le scale, usando un po' della mia forza da mutante per salirle a tutta velocità. Arrivo al terzo piano nello stesso istante in cui le porte dell'ascensore si aprono. Sedona mi vede e sgrana gli occhi.

"Carlos."

Faccio per andare verso di lei, ma le parole che pronuncia poi mi impietriscono.

"Ti ha mandato il Consiglio?"

"Cosa?" Mando giù un ringhio. "No, certo che no." Anche se Santiago ne ha parlato, l'idea ce l'avevo già in testa. "Sono fortunati a essere vivi, dopo quello scherzo. Sono venuto perché dovevo vederti." Allargo le braccia. "Sono solo io, Sedona. Non c'è nessuno con me."

Vorrei poterle dire che ho vendicato il rapimento, ma quando sono arrivato al magazzino ho trovato il posto delimitato dal nastro giallo della polizia, e pregno dell'odore di sangue mutante. Santiago probabilmente aveva ragione: il branco della sua famiglia è arrivato per primo.

Sedona annuisce lentamente, ma con mio shock si gira e scappa verso il suo appartamento come se pensasse di riuscire a sfuggirmi.

Dovrebbe sapere che non si può scappare a un lupo alfa. Frenare l'impulso di seguirla mi è impossibile. La raggiungo prima ancora di avere il tempo di inviare al cervello l'ordine di fermarmi. La afferro vicino alla porta e le stringo un braccio attorno alla vita, afferrando con l'altro la mano che tiene la chiave.

Il suo odore non mi aiuta a tenere a freno il mio lupo. Sa di mele e luce del sole. Ancora meglio di quello che ricordo. Inebriante. Non sento l'odore di gravidanza, ma sarebbe troppo presto. Affondo il viso nella sua spalla, trascino le labbra lungo il suo collo. Il mio uccello, già duro per averla vista, si irrigidisce di più nei pantaloni.

"Sedona, meravigliosa lupa, perché hai paura di me?"

*Ha* paura, sta addirittura tremando, ed è questo a farmi apparire un grosso stronzo perché non la lascio stare. Ma non riesco a decidermi, perché ora che è tra le mie braccia sono incapace di mollarla. La sua schiena preme contro il mio petto a ogni respiro che fa, e ho una perfetta visuale del decolté che sale e scende. Sono rassicurato dal fatto che ha i capezzoli duri, tesi contro la maglietta sottile.

Il suo corpo ricorda il proprio padrone.

Inebriato dalla sensazione, faccio scivolare la mano dentro alla sua maglietta, salendo fino a un seno, che stringo come a volerne memorizzare peso, dimensione e grado di morbidezza.

Lei espira a fondo. "Le-levami le mani di dosso." La voce non corrisponde alle parole pronunciate e il mio lupo non le crede.

"Pensi che potrei farti del male, splendore?" Le mordicchio il lobo dell'orecchio.

L'odore della sua eccitazione mi arriva alle narici e inspiro a fondo.

"N-no."

"Volevi solo che ti inseguissi?" Scendo con l'altra mano in mezzo alle sue gambe, premendo il dito medio sulla cucitura degli shorts.

Lei tira indietro la testa e si lascia scappare un gemito che mi arriva dritto all'uccello.

Anche attraverso la stoffa dei pantaloncini e delle mutandine, sento che si sta bagnando mentre premo le dita contro il suo sesso eccitato. "Ti inseguirò sempre, *ángel.*" Le graffio la spalla con i denti, passandoli sopra al marchio che le ho lasciato meno di una settimana fa. "Perché mi appartieni."

Sedona si irrigidisce, e subito mi rendo conto dell'errore colossale che ho commesso. "Io non ti appartengo." Questa volta, quando si tira indietro, anche se con riluttanza la lascio andare. "Solo perché mi hai marchiato, non significa che sia di tua proprietà. È per *questo* che sono scappata."

Infila la chiave nella serratura, ma le dita tremano troppo e non ci riesce al primo tentativo, donandomi così alcuni secondi preziosi per tentare di riguadagnare terreno.

"Sedona. Scusa." Sbatto la mano sopra al buco della serratura prima che possa riprovarci. "Non era quello che intendevo dire. Il mio lupo sta ringhiando per averti, ecco tutto." Appoggio anche l'altra mano sulla porta, imprigionandola tra le mie braccia, bloccandola lì con il calore del mio corpo. "Non sono così stupido o maschilista da pensare di avere dei diritti da esercitare su di te. Sono venuto perché volevo assicurarmi che stessi bene. Non potevo più restarti lontano."

"Beh, dovrai farlo. Ho bisogno di spazio, Carlos." Si gira; le sue curve morbide mi sfiorano i vestiti, accendendo il fuoco ovunque mi tocca. Mi posa una mano sul petto e cerca di spingermi. È una lupa alfa, quindi è forte, ma io non mi sposto comunque.

"Non farmi chiamare mio fratello, Carlos. Una parola da parte mia e ti fa a pezzi."

Odio la direzione che sta prendendo la discussione. Ho mandato tutto a puttane. Suo fratello potrà anche provarci, ma sono certo che nessun lupo potrebbe tenermi lontano da Sedona, se mi sentissi sfidato. Ma non voglio combattere contro la sua famiglia. "Avresti potuto scagliarmelo contro a Monte Lobo, ma non l'hai fatto."

La sua baldanza si incrina e il dolore le vela il volto. "Mi hai lasciata andare," sussurra.

Non riesco a capire se mi sta ringraziando o ammonendo. L'idea che non volesse essere liberata non mi ha mai sfiorato la mente, e l'idea che le mie azioni possano averla ferita mi fa venire voglia di piantarmi un coltello nel petto. Ma non sarebbe mai voluta restare. È impossibile.

L'agonia di non sapere mi incoraggia. Senza toccarla con le mani, premo la bocca sulla sua, spingendo fino a farle appoggiare la testa alla porta. Ottenuto l'appoggio necessario, la lecco tra le labbra, piegando le mie e inclinando la testa per ottenere l'angolazione migliore.

Se non avesse risposto al bacio mi sarei ritirato – indipendentemente dal volere del mio lupo – ma lei si scioglie, la sua lingua incontra la mia, le sue labbra premono contro le mie. Poi mi morde il labbro inferiore tanto forte da farlo sanguinare.

Resto immobile mentre lo tira indietro. Quando lo lascia andare, c'è un lampo di rabbia e sfida nei suoi bellissimi occhi azzurri. "Fatti indietro, Carlos."

Mi ritiro immediatamente, le mani in aria.

Merda. *Piantala di pensare con il cazzo, stronzo.*

"Sedona, ti prego. Nessuna pretesa su di te. Voglio solo…" Mi scervello per trovare la cosa giusta da dire. "Un appuntamento. Lascia che ti porti a cena – a colazione – quello che ti pare. Vediamoci in un posto pubblico. Non ti toccherò. Voglio solo un'occasione per starti vicino. Per parlare. Per favore…"

Sedona annuisce, ma indietreggia verso la porta senza

guardarmi negli occhi. "Sì, ok. Domani sera. Alle sette."
Apre la porta ed entra in casa, chiudendola senza voltarsi.

Il mio lupo agita il pugno in aria in segno di vittoria, ma il mio cervello ne sa più di lui. Sedona non ha intenzione di vedermi domani. Ha solo detto la cosa più utile per terminare la conversazione.

Mi passo le dita tra i capelli e fisso le piastrelle del pavimento del corridoio.

*Carajo.*

Ho conquistato il suo corpo con l'aiuto della Luna piena e di uno spazio confinato. Ma cosa posso fare per conquistare il suo cuore?

## CAPITOLO SETTE

*Sedona*

Alle tre del mattino suona la sveglia. Sono subito in piedi e prendo il piccolo trolley viola. Lo stesso che ho portato a San Carlos poco più di una settimana fa. Una vita fa.

Se fossi furba, andrei in banca a svuotare i conti per avere dei contanti, ma non c'è tempo. Ho trovato un aereo per Parigi che parte alle sette meno un quarto, e ho in programma di prenderlo. Devo andarmene dalla città, dal Paese. *Adesso.*

*Dovresti essere libera di fare le tue scelte*, mi ha detto Carlos. Sì, giusto. E ci crederà pure, ma nel momento in cui scoprirà che sono incinta del suo cucciolo, sarò fortunata se non mi trascinerà di nuovo nella cella. Non potrà trattenersi. Proprio come non è riuscito a trattenersi dal marchiarmi. I lupi alfa sono lupi dominanti. Possessivi. Bisognosi di controllo. Dominatori.

"Non ha nessun diritto su di me," mormoro buttando magliette e mutandine in borsa. Un vestito, un paio di stivali. Sento un formicolio alle labbra al ricordo del bacio, e caccio subito il fantasma di quel contatto. "Sono stata solo una bella gnocca comodamente a portata di mano. Non sono la sua compagna." Ignorando le proteste della mia lupa, infilo un altro paio di jeans in valigia e la chiudo. Non ho idea di che bagaglio preparare per l'Europa, ma immagino che abbiano negozi di vestiti. Se avrò bisogno di qualcosa, potrò comprarlo. Se mio padre non mi bloccherà la carta di credito per costringermi a tornare a casa.

Grazie al cielo mi ero già presa la scocciatura di fare un passaporto per andare a San Carlos.

Il telefono mi manda una notifica all'arrivo dell'uber. Quando l'autista fa per aiutarmi a caricare la valigia nel bagagliaio, faccio un gesto per dirgli che è tutto a posto e mi arrangio. Poi monto sul sedile posteriore dell'auto e mi guardo attorno per perlustrare la zona circostante. Non c'è nessuno in giro, ma sento un formicolio alla nuca come se qualcuno mi stesse spiando.

In aeroporto faccio il check-in, compro una bottiglia d'acqua e dico al mio cuore martellante di calmarsi. *È impossibile che sappia che sono qui* Ma ripeterlo non mi è di aiuto. Posso ancora percepirlo, come se mi avesse appena toccato passandomi accanto. Stanotte ho dormito a malapena e per quel poco che ho preso sonno, i sogni sono stati tutti su Carlos. Ho la pelle che freme dal bisogno di tramutarmi, come se potessero aggredirmi da un momento all'altro.

Ma è una sciocchezza. Carlos non mi aggredirebbe mai. Ha detto di voler solo parlare. Uscire insieme, come una normale coppia.

Come sarebbe uscire con Carlos? L'idea di starmene di fronte a lui a lume di candela mi attira più di quanto voglia ammettere. Se solo ci fossimo incontrati in circostanze diverse... Mi crogiolo in una sciocca fantasia: Carlos viene in visita negli Stati Uniti, magari per studiare il mercato per le finanze del branco. Ci incontriamo per caso, ci incrociamo in un vicolo, oppure lui viene alla mia mostra d'arte. No, è davanti a me in fila da Starbucks. Sente il mio odore, riconosce ciò che sono e si gira, con gli occhi scuri luccicanti di interesse.

Flirtiamo. Mi chiede di uscire a cena. Io sono affascinata da lui, attratta dal suo bell'aspetto, incantata dalla sua intelligenza e dai risultati che ha ottenuto. Mi racconta di Monte Lobo.

*Argh,* magari no. Un argomento più allegro allora. Mi racconta aneddoti divertenti di quando era al college. Mi ammalia al punto che finiamo a letto. La mia prima volta è tesa ed eccitante. Lui la rende romanticissima versando vino fresco in due bicchieri. È delicato e sensibile.

Uhm. O magari no. Che fantasia piatta. Mi sa che preferisco la durezza selvaggia del modo in cui mi ha presa a Monte Lobo.

*Volevi solo che ti inseguissi?*

Un'altra fantasia si dipana nella mia mente. Siamo nel bosco, ma sotto forma umana. Sto correndo, lui mi insegue. Mi prende e mi spinge a terra, bloccandomi i polsi sopra alla testa ed entrando con forza dentro di me. Io tiro indietro la testa e grido in un miscuglio di dolore e piacere. Lui riscuote ciò che desidera, infervorato, incapace di fermarsi. Io gemo e mi contorco sotto di lui, opponendo resistenza ma solo perché adoro sentire la sua forza, per indurlo a tenermi giù e a costringermi...

Stringo le cosce per alleviare la pulsazione eccitata che sento crescere in mezzo alle gambe. Vedendo che non funziona, le accavallo.

*Maledizione.*

Mi sentirò meglio non appena ci sarà un oceano tra noi. Avrò spazio e tempo per considerare le mie opzioni e decidere come procedere. Magari quando arriverò a casa, permetterò a Carlos di farmi la corte, come lui ha proposto.

Solo che… Ho davvero intenzione di mettermi con un maschio appartenente a un branco che mi ha *comprata*? Che mi considera un *trofeo* per il loro alfa? Come apparirebbe la nostra relazione? Mi dovrei trasferire a Monte Lobo?

*Mai!*

E non potrei chiedere a un lupo alfa di abbandonare il suo branco per me.

No, la cosa migliore è tenere segreta la gravidanza e non avere mai più alcun contatto con Carlos. Magari quando il cucciolo sarà adulto, gli racconterò la verità sul suo concepimento.

Ma ho diciotto anni per pianificare quella parte.

Per ora ho deciso. Basta Carlos.

Sarò anche marchiata, ma non significa che non possa trovare la felicità con un altro lupo. Un lupo che difenderà me e il mio cucciolo contro Carlos e il suo branco.

Perché questo pensiero mi porta una terribile ondata di nausea?

Ok, magari non troverò un altro lupo. Sposerò la mia arte e troverò la felicità così.

*Promettimelo.*

Mi strofino il petto come a cacciare via il dolore. Probabilmente non farà sempre così male. No?

~~

*Carlos*

Compro una maglietta dell'università dell'Arizona, un cappellino e dopobarba al duty-free dell'aeroporto. Entro nel bagno degli uomini e mi passo il dopobarba sul viso, sul collo e sulle mani per mascherare il mio odore. Mi levo la camicia, stropicciata dopo la lunga notte di sonno nell'auto a noleggio fuori dal condominio di Sedona. Ho comprato apposta la maglietta rossa di una taglia in più, in modo da non richiamare l'attenzione sul muscoloso fisico da mutante. Non che pensi che le donne mi si getterebbero ai piedi, ma oggi preferisco mescolarmi all'americano medio. O il messicano-statunitense medio, di cui Tucson pullula. Se mi concentro posso anche riuscire a parlare senza accento.

Strappo l'etichetta dal cappellino e me lo abbasso sugli occhi, poi mi guardo nello specchio. Può andare. Ora devo solo ricordarmi di rimettermi il dopobarba durante il volo, e con un po' di fortuna Sedona non sentirà il mio odore mentre sto sull'aereo con lei. Fino a Parigi.

È stato difficile nascondermi dietro di lei abbastanza vicino da origliare le sue parole durante la prenotazione del volo ma abbastanza distante da non innescare il suo sensibile senso dell'odorato. Ma ce l'ho fatta.

Adotto una camminata disinvolta per uscire dal bagno e superare il gate, scegliendo invece di andare a sedermi a quello dalla parte opposta. Da lì posso vedere perfettamente la mia bellissima femmina.

Ha i capelli sciolti stamattina: le ricadono sulle spalle, incorniciando i suoi seni sodi. Ha indosso un paio di jeans che dovrebbero essere illegali su qualsiasi femmina con un sedere come il suo, e sta tenendo le gambe strette tra loro...

Cazzo! Si sta procurando piacere?

Le guance di Sedona arrossiscono e lei continua a premere le ginocchia, muovendo le labbra come se fosse eccitata.

Quasi non riesco a mandare giù il ringhio che mi sale alla gola mentre mi guardo attorno tra le poltrone. Chi è che l'ha fatta eccitare così? Chiunque sia, *lo faccio fuori*.

Ma non vedo nessun maschio che potrebbe aver suscitato la sua eccitazione.

Allora devono essere stati i pensieri.

*È possibile che stia pensando a me?*

L'idea mi fa quasi cadere in ginocchio: il desiderio di allargarle le cosce e appoggiare la mia lingua sul suo cuoricino rosa è tanto travolgente da farmi girare la testa.

Sedona. La mia splendida lupa.

Mi sposto per sistemarmi l'uccello gonfio nei pantaloni. Ho bisogno di lei come ho bisogno dell'aria per respirare.

Per fortuna chiamano il volo e Sedona raccoglie le sue cose e si alza in piedi. Un altro minuto così e sarei finito sul pavimento tra le sue ginocchia.

Svelando la mia presenza.

Prendo la valigia e mi alzo, infilandomi tra la folla, mescolandomi alla gente. Saliamo a bordo e riesco a passarle accanto senza che mi noti. Prendo posto dall'altra parte del corridoio, indietro di un paio di file, e mi abbasso il cappellino ancora di più sul viso.

Al decollo Sedona tira fuori un quadernetto e lo apre su una pagina bianca. Con rapidi movimenti di un pennino a inchiostro nero, abbozza qualcosa che da qui non riesco a vedere.

Muoio dalla voglia di sapere cosa sta disegnando. Non ho mai visto le opere della mia compagna, e la cosa mi fa male. Ci sono tantissime cose che non so di lei: cosa le piace, cosa non le piace. Perché voglia andare a Parigi.

Non so neanche cosa sto facendo. Da qualche parte, nei recessi della mente, c'è l'inquietante pensiero che il Consiglio si sia comodamente sbarazzato di me prima che gliela facessi pagare per ciò che hanno fatto a Sedona. Prima che potessi interferire nello status quo che giova solo a loro. Il mio branco ha bisogno di me e io sono ancora fuori dal gioco.

Ma il mio lupo mi ha obbligato a seguire Sedona. Ora le ronzo attorno come uno stalker, nascondendomi pur restando in bella vista. Qual è il piano? Convincerla a uscire con me a Parigi?

Una risata mi sfugge dalle labbra.

Se la mia presenza a Tucson l'ha innervosita al punto di farla scappare dal Paese, cosa mi fa pensare che mi accetterà dopo che l'ho seguita per mezzo mondo? Sono venuto a scoprire se è incinta: per sostenerla, per proteggerla.

Ma è troppo presto per sapere se aspetta un cucciolo, e ovviamente il mio sostegno o la mia protezione non le interessano. Neanche farle la corte è una strada percorribile. Chiaramente non vuole vedermi. E non prenderei mai possesso di lei contro la sua volontà. Quindi eccomi qui: in agguato nell'ombra. A guardare. Ad aspettare di scoprire se è incinta. Pronto a proteggerla se avrà bisogno di me.

Ma cosa farò se è incinta del mio cucciolo?

La costernazione mi attanaglia.

Le opzioni a mia disposizione fanno schifo in tutto e per tutto.

Catturarla. O lasciarla andare.

*Merda.*

# CAPITOLO OTTO

*Garrett*

Sedona non risponde al telefono né alla porta, sebbene la sua auto sia parcheggiata fuori. Un mese fa non me ne sarei curato, vedendoci un'altra delle tante mosse da studentessa irresponsabile. Ma dopo quello che le è successo la settimana scorsa, la paranoia sale alle stelle.

Batto contro alla porta con il pugno, facendo scricchiolare il legno solido. "Sedona!"

Trey e Jared di spostano accanto a me. Il resto del branco arriverà tra pochi minuti per traslocare le cose di Sedona nel mio condominio.

"Hai una chiave, sai," mi ricorda Trey.

Impreco e tiro fuori il portachiavi, trovando il passe-partout per tutti gli appartamenti dell'edificio, e lo inserisco nella serratura.

All'interno è un casino. Non come se qualcuno l'avesse messo a soqquadro, ma il suo solito caotico disastro. È evidente che non ha impiegato il minimo sforzo nel fare i bagagli, ma ero stato io a dirle di non farlo.

Mi guardo attorno, con la pelle che freme dal nervosismo.

"Ti ha lasciato un biglietto, G." Jared mi porge un pezzo di carta strappato da un bloc notes con la calligrafia frettolosa di Sedona.

*Garrett,*

*vado fuori città per un po'. Non preoccuparti per me: sto bene, ho solo bisogno di un po' di tempo da sola per pensare ed elaborare.*

*Ti voglio bene.*

*Baci, Sedona*

Accartoccio il foglio e lo scaglio contro il muro, incapace di frenare un ringhio di frustrazione che mi esce dalla bocca.

Ovviamente il mio branco – eccetto il beta Tank, ancora impegnato a tenere d'occhio Foxfire, la migliore amica di Amber – sceglie questo momento per fare la sua comparsa. Si ammassano nella stanza; i loro corpi imponenti riempiono il piccolo spazio fino a farlo assomigliare al mio night club di sabato sera. Ordino di impacchettare tutto e caricare sul furgone ed esco, mentre tento un'altra volta di chiamare mia sorella.

Parte subito la segreteria. Proprio come lo scorso fine settimana. Ma questa volta ha lasciato un biglietto. E probabilmente non risponde perché non vuole che la fermi.

Stringo il telefono, sforzandomi di fare un respiro profondo per non sbriciolarlo in mano. Mando a Sedona un messaggio: *Per favore, chiama o scrivi per dirmi che sei arrivata sana e salva.*

Ecco. Non troppo invadente, ma chiaro e deciso. Il problema sarà evitare che mio padre dia di matto. Come quando è scomparsa. Mi trovo nella posizione di decidere cosa dirgli e quando. E di trattenerlo dall'interferire, quando

il mio personale istinto è di gridare e lanciarmi all'insegui-
mento per assicurarmi che mia sorella sia al sicuro.

Ma forse il modo c'è. Prendo il bigliettino accartocciato e
me lo infilo in tasca. "Ci vediamo in quello che doveva essere
il suo nuovo appartamento," dico a Jared, ed esco tornando
alla motocicletta.

Amber odia che le sia fatta pressione perché usi le doti da
sensitiva, ma più fa pratica con il suo dono e più riuscirà ad
accettarne il lato magico. E chi può insistere meglio del suo
nuovo compagno?

Torno a tutta velocità al condominio e trovo Amber
ancora a letto che dorme. Proprio dove dovrebbe essere,
considerato che è sabato e l'ho tenuta sveglia per buona parte
della notte, facendole gridare i suoi orgasmi fino a farla
diventare roca.

Rotola sul letto, sorridendo e mormorando sommessamente appena entro nella stanza. Il suo corpo nudo è avvolto
in un lenzuolo color lavanda e non posso resistere all'impulso
di tirarglielo via e fissare ciò che ora mi appartiene.

Amber si solleva sui gomiti e mi scruta. Non nel modo
improvvisamente confuso dal sesso con cui la sto fissando io,
ma con preoccupazione. Come se interpretasse le emozioni
che ho portato con me.

"Cosa c'è?"

Mi chino su di lei e faccio scorrere la lingua sulla ferita
del marchio ancora non del tutto rimarginata. Diversamente
da Sedona, a cui il marchio si è chiuso subito, Amber è
umana, quindi la sua carne non si rigenera rapidamente
quanto la nostra. La mia saliva però accelera il processo.

Amber inclina la testa di lato e produce ancora quell'adorabile mormorio, ma continua a starmi addosso. "Cos'è
successo?"

"Sedona è sparita. Ha lasciato un biglietto dicendo che

lascia la città. Secondo me sta assecondando il suo desiderio di visitare l'Europa." Estraggo dalla tasca il biglietto accartocciato e glielo porgo. Non perché legga, ma perché ne percepisca l'energia. A San Carlos abbiamo scoperto che questo metodo funzionava, con gli abiti di Sedona.

Amber prende il foglio e tiene gli occhi fissi su di me. "Magari le serve del tempo per capirsi. Cambiare aria per un po'."

"Lo so. Ma odio il pensiero di lei tutta sola, senza protezione. Potrebbero seguirla..." Taccio non appena vedo lo sguardo di Amber che si fa fisso, non più presente.

Fissa oltre il mio corpo per un momento, poi mormora: "La protezione non le manca."

Mi irrigidisco. "Chi è?" Ma so già la risposta e mi viene voglia di ammazzare quel figlio di puttana.

"Carlos la sta seguendo... non per farle del male," aggiunge Amber rapidamente, lo sguardo di nuovo su di me. "Ha bisogno di proteggerla, ma non penso che voglia catturarla."

I miei impulsi più protettivi si rilassano, ma borbotto e siedo accanto alla mia incredibile compagna. "La cosa continua a non piacermi."

Amber sbatte le palpebre diverse volte, poi parla con voce lontana. "La gravidanza assicura a lei una certa sicurezza... ma non a lui."

~.~

*Sedona*

Mi vibra il telefono per un messaggio. Appoggio blocco e matita sulla panca dove sono seduta e prendo il cellulare dalla borsa. Mi ha scritto Garrett. Per qualche miracolo non ha mandato nessuna stronzata da alfa, ordinandomi di tornare a casa o di starmene chiusa in hotel fino al suo arrivo. Il messaggio è invece una lista di risorse: i capi branco di ogni Paese europeo e dove trovarli o come contattarli. Gesto dolce, ma per niente necessario. Non ho bisogno di aiuto. A meno che non sia sotto forma di appuntamento con un vampiro che possa eliminare dalla mia mente ogni ricordo di Carlos.

Ma poi immagino che resterei piuttosto confusa riguardo alla gravidanza. Pazienza.

Non ho ancora sentito i miei, il che significa che probabilmente Garrett non gli ha detto niente. Mia madre aveva pensato di venire a Tucson per stare con me al mio ritorno, ma sono riuscita a dissuaderla, anche se così ho ferito i suoi sentimenti. È solo che adesso non ho la minima voglia di farmi coccolare dai genitori come una bambina.

Sfumo con il dito una linea del bozzetto della *Nike di Samotracia*. Le ho aggiunto la testa e le braccia, ma ho creato il disegno in maniera semplice: una versione per bambini della dea greca. Devo dire che le ali sono meravigliose.

In parte ho la sensazione che venire al Louvre a disegnare faccia un po' troppo cliché: la studentessa d'arte che studia i maestri. Ma in effetti mi sono scordata del Messico e della gravidanza non appena ci ho messo piede; una vera benedizione.

Una bambina – probabilmente nove o dieci anni – si ferma e guarda da dietro la mia spalla. "Wow, mamma, guarda! C'è una vera artista qui, dal vivo!" La bimba è americana. Molto graziosa.

"Shh, non la disturbare, tesoro." La madre ha il tono indulgente di chi sa che la figlia non è un disturbo, ma che si sente comunque obbligata a dire qualcosa.

È tutta la mattina che gli umani si fermano a sbirciare quello che sto facendo, mormorando commenti in varie lingue, ma questa è la più carina. Stacco il disegno dall'album e glielo porgo con un sorriso.

"È... *gratis*?" A giudicare dall'espressione incredula, pensa che sia una specie di Michelangelo.

È per questo che voglio illustrare libri per bambini. O realizzare biglietti di auguri. Alcuni artisti la chiamerebbero arte commerciale da vendita facile, ma per me non si tratta di fare soldi. È semplicemente il tipo di arte che mi piace fare. Il pubblico che preferisco raggiungere.

"Sì. Ed è per te. Come ti chiami?" Tiro indietro il disegno e mi preparo a scrivere con la matita.

"Angelina."

Scrivo: *Ad Angelina da Sedona. Al Louvre*. E la data.

Lei lo prende raggiante. "Grazie mille." La madre le tiene un braccio attorno alle spalle mentre si allontanano. Angelina si gira. "Parli inglese davvero bene."

Rido e la madre sembra imbarazzata. "È americana, tesoro."

Di punto in bianco, l'odore di Carlos mi riempie le narici. È successo almeno cinque o sei volte durante il giorno, dalla partenza. Penso che sia perché il suo odore è dentro di me ora.

Potrebbe far impazzire una lupa.

Perché non ho proprio idea di come farò a lasciarmelo alle spalle, se il suo odore continua ad assalirmi ogni due passi. Anche con l'oceano di mezzo. Non che possa dimenticarlo... eccetto nei rari momenti in cui disegno. Tutto me lo ricorda. Ricordo il ringhio della sua voce che mi parla sommessamente nell'orecchio, la sua grande mano che mi accarezza la pelle. Il modo in cui i suoi occhi diventano d'ambra quando il suo lupo sale in superficie.

E ho un milione di domande su di lui. Come sarebbe correre insieme a lui in sembianze di lupo, cosa penserebbe di

Parigi, della mia famiglia, della mia arte. Sarò in grado di tenere nascosta a lui e al suo branco la gravidanza?

Prendo la matita e ricomincio a disegnare, solo che questa volta non è la Nike, ma un lupo nero. Sta ringhiando, i denti scoperti, il pelo dritto dal collo alla schiena. Quando finisco, sfumo i peli attorno alle orecchie e poi sollevo il foglio a braccia tese per avere una prospettiva migliore.

La pelle d'oca mi pervade la pelle. È Carlos, ma non so perché l'ho disegnato così. Penso che mi stia proteggendo?

O che mi stia dando la caccia?

~.~

*Carlos*

Guardo Sedona entrare nella stanza d'albergo e mi accascio contro alla parete sconfitto. È possibile avere la malattia della Luna quando hai già preso una compagna? Perché proprio non riesco ad accostarla senza stare con lei. Smanio dal bisogno di toccarla, di avvicinarmi. Voglio essere io a ricevere i sorrisi che sembra dispensare solo ai bambini. *E meno male* che non sorride ad altri maschi, altrimenti sarebbero morti prima di toccare terra.

Sono consapevole di non avere le idee chiare. Sono ebbro di bisogno. Ho dimenticato quello che sto facendo qui.

O meglio, ho cambiato idea cento volte. In questo momento la mia mente è decisa a riconquistare Sedona. Non che l'abbia mai davvero conquistata. Ma si stava sciogliendo un po' con me in quella cella. Se solo potessi restare insieme a lei ancora un po', so che potrei sedurla. L'attrazione fisica è forte. Partiremmo dal sesso e costruiremmo le cose da lì. Imparerei tutto quanto su di lei e le mostrerei che posso essere il compagno che si merita.

Ma come trovare del tempo per stare solo con lei?

È sbagliato. Sbagliatissimo. Ma sono tanto stronzo da pensare di poter risolvere tutto. Esco dall'hotel e trovo un sexy shop. Di quelli che vendono manette. Corde da bondage. Ball gag.

Cosa che potrebbe scatenare una reazione orripilata. Oppure essere proprio ciò di cui abbiamo bisogno…

# CAPITOLO NOVE

*Sedona*

Metto il piede in un'altra pozzanghera e l'acqua piovana mi infradicia scarpe e calzini. È tutto il giorno che piove, e non ne sono entusiasta come mi ero aspettata nella passeggiata per Montmartre sui passi di Picasso, Renoir e Degas.

Non so neanche quanto di Parigi ho realmente visto girovagando oggi per le strade. Il petto mi fa male come se mi avessero preso a pugni. Alcuni francesi mi guardano in modo strano, e mi rendo conto che la mia lupa sta piagnucolando. Le uniche volte che è felice è quando penso a Carlos, o mi addormento e lo sogno.

È la sindrome di Stoccolma, vero?

Mi fermo a un bistrò lungo il marciapiede per prendere qualcosa da mangiare, abbandonandomi su una sedia sotto a un'ampia tenda parasole blu. L'acqua scroscia scendendo dai bordi, bagnandomi le gambe e raccogliendosi in piccole pozze accanto al mio tavolino.

A Tucson quando piove festeggiamo sempre, perché il deserto generalmente è arido, ma oggi la pioggia mi deprime e basta. Fisso il menù senza realmente vederlo. Non ha molta importanza: non parlo francese e nessuno sembra capirmi – e se mi capiscono di certo non si preoccupano di aiutarmi – quindi ho sempre ordinato *frites* e *chocolat chaud*, oppure *café au lait* ovunque. Molto presto patatine fritte e cioccolata calda mi daranno la nausea.

L'odore di Carlos aleggia nuovamente attorno a me e la tristezza mi fa salire le lacrime agli occhi. Una parte di me si chiede come sarebbe stato il nostro appuntamento, se fossi rimasta a Tucson e gli avessi permesso di portarmi fuori a cena. Mi avrebbe tenuto la porta aperta e avrebbe pagato, come un perfetto gentiluomo. Questo lo so. Ma saremmo riusciti a ridere insieme? Avremmo scherzato? Ci saremmo presi in giro amabilmente? Avremmo percepito le stesse scintille esplose tra noi durante la Luna piena?

Ah, come posso anche solo avere il dubbio. A Tucson non riusciva a levarmi le mani di dosso e stava tentando di farsi perdonare.

Fisso il bar dall'altra parte della strada, senza realmente vedere niente o nessuno. Almeno finché non incrocio lo sguardo di un uomo che ha l'aspetto di una spia scrutatrice.

Uno scatto di elettricità mi pervade.

*Carlos.*

Distoglie lo sguardo, facendo finta di niente.

Aspetta un attimo, ma è lui? Non posso dirlo adesso, perché ha girato la testa. Ma deve essere. Ha le stesse spalle larghe, gli stessi capelli scuri e la pelle color del bronzo.

*Fanculo.*

Cosa diavolo ci fa qui? Mi ha seguito per tutto il viaggio?

Resisto all'impulso di attraversare la strada e dargli un pugno in faccia. No, non sa ancora che l'ho smascherato, quindi ho un vantaggio. Se vuole seguirmi, renderò la sua esperienza entusiasmante.

Finisco e pago il conto, poi faccio l'americana legittima-mente ignara e attraverso la cucina uscendo dal retro, scivo-lando nel vicolo dietro al bistrò.

*Prendimi, se ci riesci*, mormoro a denti stretti.

Non ho dubbi che mi troverà presto, e al momento non nutro alcuna tenerezza nei suoi confronti. Ma come posso punirlo per questa incredibile infrazione della mia privacy e del mio spazio?

Il messaggio di Garrett ieri diceva che posso trovare il suo contatto a Parigi in un bar paranormale chiamato La Segreta. Non mi interessa incontrare il contatto, ma un bar paranormale potrebbe essere il posto giusto per innervosire Carlos.

In condizioni normali non sarebbe il genere di posto che frequenterei da sola. Per tutta la vita mi hanno sempre messo in guardia dall'avvicinarmi a luoghi del genere. In quanto mutante, sono piuttosto al sicuro in un bar normale: nessun umano potrebbe farmi del male, a meno che prima non mi drogasse. Ma un bar paranormale pullula di guai ed è perico-loso per una femmina da sola. O magari sono solo stronzate che mi hanno fatto credere.

Comunque ho la sensazione che Carlos si incazzerà di brutto quando mi vedrà lì, e gli starà bene per avermi pedi-nata come un viscido verme.

Cerco il posto nel telefono e la fortuna è dalla mia: è a soli sei isolati dal boutique hotel dove alloggio. Prendo un taxi per tornare all'albergo, certa che Carlos si farà vedere lì quando si sarà reso conto di aver perso le mie tracce.

Quasi allegra per la prima volta dall'arrivo a Parigi, mi faccio una doccia e mi metto il vestito che ho infilato in vali-gia. Un abito rosso con una gonna corta svolazzante. Mi asciugo i capelli con il phon, poi mi metto un po' di mascara e un lucidalabbra. Dev'essere la gravidanza, perché nonostante il pessimo umore dell'ultima settimana, ho un aspetto radioso.

*Carlos, ora ti faccio vedere io.*

Mi infilo un paio di stivali neri alti fino al ginocchio ed esco dall'edificio, aprendo l'ombrello e facendo ruotare i capelli dietro le spalle con un colpo della testa. Ora che lo so, noto che quando le porte si aprono dietro di me percepisco la presenza del lupo nero alle mie spalle.

*Volevi solo che ti inseguissi?*

Sì, mi sa di sì. Perché la mia lupa adora questo gioco. Con camminata baldanzosa percorro le strette stradine di ciottoli alla ricerca de La Segreta. Ci passo davanti un paio di volte prima di notare una porta non contrassegnata in fondo a una scalinata. Beh, ovvio che La Segreta sia sotterranea. Direi che avrei dovuto immaginarlo.

Allungo la mano verso la maniglia, mettendomi prima in ascolto per accertarmi di non entrare in casa di qualcuno. No. Si sente della musica. Spingo la porta.

È come il cliché di molti film: la puntina gratta sul disco, il silenzio cala su tutto e ogni paio d'occhi si gira verso di me.

*Speriamo bene.* La folla che riempie il locale è squallida. Con la S maiuscola. E io spicco come un grappolo splendente e succoso in mezzo all'uvetta secca.

Gli odori mi aggrediscono le narici: ci sono mutanti di ogni genere qui, insieme a vampiri e qualsiasi altra cosa ci sia nella stramba Parigi. Sembra che siano di casa in questo bar, i volti arrossati e segnati dall'uso e abuso di alcool.

Sono una delle tre femmine presenti, e le altre due sono delle mutanti per niente attraenti. Mi dirigo al bancone. Il pavimento è sporco, i tavoli non vengono puliti da secoli, se mai hanno avuto un minimo di pulizia.

Dietro al bancone un uomo basso e trasandato sta asciugando un bicchiere con uno strofinaccio, fissandomi come tutti gli altri.

Deglutisco e avanzo spavalda, infilandomi tra due maschi dallo sguardo lascivo che non hanno neanche la decenza di spostarsi per farmi passare. "Prendo un gingerino," dico.

Il barista non si muove. Continua solo a lucidare il bicchiere come se non avessi detto niente. Magari non mi capisce. Sospiro e ci riprovo. *"Café au lait?"*

Questa volta le labbra del barista si piegano e scuote la testa.

Bene, molto divertente.

Anche se non avessi percepito Carlos entrare, non permetterei mai che la mancanza di ospitalità di questo stronzo mi facesse scappare. Pianto tutti e due i gomiti sul bancone, come se avessi tutte le intenzioni di restare un bel po'. "Beh, che cos'hai?"

Lui versa un liquido trasparente da una bottiglia senza etichetta in un bicchierino, e lo spinge verso di me.

Sa di alcool puro. Per quanto ne so, è fatto in casa. Magari mescolato a una di quelle droghe dello stupro. Che probabilmente tengono da parte per le femmine stupide che capitano di qua.

Non lo tocco.

Un mutante dalle spalle larghe e una maglietta nera aderente si avvicina e si appoggia al bancone accanto a me, con un ampio sorriso stampato in faccia. Non riconosco il suo odore fino a che non vedo il tatuaggio del drago con la coda che gli sale fino al collo.

Non. Se. Ne. Parla. Non ne ho mai incontrato uno.

Prima di Carlos avrei anche potuto restare impressionata. Il tipo è grande e grosso, di bell'aspetto e trasuda potere maschile. Ma tutto quello a cui riesco a pensare è quanto i muscoli di Carlos siano molto meglio definiti, e quanto i suoi occhi con le lunghe ciglia scure appaiano più gentili.

E improvvisamente non sono più tanto sicura del piano di entrare qui per mandare Carlos su tutte le furie. Non voglio *realmente* farlo ingelosire, non nel vero senso della parola, e questo tizio potrebbe portare a un risultato del genere.

Cerco di fare un passo indietro, ma mi trovo bloccata da un altro tipo alla mia sinistra. Un altro drago. Sono a caccia insieme.

Il drago mormora qualcosa in francese e io scuoto la testa, girandomi e guardandomi attorno con forzata indifferenza. Dov'è andato Carlos?

Il drago si acciglia e mi prende il bicchierino, avvicinandomelo alle labbra.

Giro la testa di lato e parte del liquido mi si riversa davanti, le goccioline fredde mi piovono tra i seni. Gli occhi del drago si accendono guardando le gocce e l'uomo si china in avanti come se volesse leccarle. Gli spingo via la testa, cercando di tenere la sua lingua alla larga dalla mia pelle. Il suo amico mi prende da dietro, ridendo nel bloccarmi le braccia dietro la schiena. Grido.

Vedo un lampo di pelle e sento lo schianto di ossa contro ossa. Il drago mutante ringhia e balza in piedi, massaggiandosi la mascella, mentre novanta chili di lupo infuriato si portano davanti a me.

*Carlos.*

Ho decisamente fatto il passo più lungo della gamba. Non ho mai voluto che fosse costretto a difendermi o a combattere per me. Volevo solo farlo innervosire un po'. Costringerlo a venire allo scoperto.

Ora ci troviamo entrambi in serio pericolo. In forma umana, Carlos potrebbe essere anche alla pari con questi tizi, capace magari di affrontarli contemporaneamente. Ma se si tramutano, un lupo non può competere con un drago. Cavolo, il drago potrebbe incenerire questo posto con un solo ruggito.

Il drago dietro di me ride, ma ha lasciato andare le braccia. "La lupa ha un compagno," dice nella mia lingua.

Prendo il braccio di Carlos e lo tiro verso la porta. "Carlos, va tutto bene. Vieni, andiamo."

Carlos non la smette di ringhiare, né distoglie lo sguardo dall'avversario.

Tiro con tutte le forze. "Carlos, andiamo."

I draghi non si sono mossi per procedere con la lotta, ma non ho dubbi che lo faranno se Carlos non molla.

Cambio tattica e mi spingo davanti a Carlos, come se volessi difenderlo. Lui mi prende subito per la vita e cerca di spostarmi di lato, ma io sono irremovibile. Ripeto l'azione di spingermi tra loro. Pare funzionare, perché lo vedo accigliarsi. Sto facendo leva sul suo istinto di allontanarmi dal pericolo, in teoria più forte della necessità di dare prova di sé davanti ai miei occhi.

Carlos mi solleva di nuovo e mi porta verso la porta, fermandosi un momento solo per caricarmi in spalla non appena ci siamo allontanati dai draghi.

Miracolosamente, nessuno ci segue, nessuno lo sfida.

Non dice una parola, né a me né a nessun altro, mentre spinge la porta e sale i gradini. Non piove più e una nebbiolina avvolge gli edifici e i lampioni. Il respiro di Carlos è quello di un uomo arrabbiato e va a ritmo con i suoi passi che colpiscono l'acciottolato.

Mi sento attraversare da un brivido di eccitazione.

*Mi piace da morire quando è incazzato.*

Ovviamente non ha senso. Non so neanche come analizzare la cosa, se non riconoscendo che la sua autorevole dimostrazione di predominio maschile mi eccita. Magari mi sento anche un pelino colpevole, dato che là dentro l'ho fatto quasi ammazzare.

Prosegue a grandi passi fino all'hotel, e non mi mette giù finché le porte dell'ascensore non si chiudono alle nostre spalle. A quel punto mi posa a terra, mi gira verso la parete e mi costringe a premervi contro entrambe le mani, tenendoci sopra una delle sue. L'altra si abbatte diverse volte con forza sul mio sedere.

*Ahi.*

E... *gnam.*

Mi si inzuppano le mutandine, il cuore batte forte contro alla gabbia toracica.

*Diavolo d'un Carlos.*

"Mai, mai entrare da sola in un bar paranormale," dice severamente, con accento più marcato del solito.

L'ascensore si ferma al mio piano. Carlos stacca le mie mani dalla parete della cabina e mi fa ruotare su me stessa, facendo svolazzare la gonna del vestito. "Vieni."

Va dritto verso la mia porta, prendendomi la borsa dalla spalla e recuperando la chiave.

Dovrei essere infuriata per questo suo spadroneggiare, e invece no. Continuo a trovare la sua rabbia molto stimolante.

Lo so, è strano.

Nel momento in cui la porta si apre, Carlos indica la parete opposta. "Mani al muro, come prima."

Cerco di raccogliere un po' di baldanza, spingendo in fuori un'anca. "Che diritto hai di..."

Carlos mi è addosso in due secondi, mi spinge contro alla porta chiusa e preme la bocca sulla mia in un bacio infuocato. Le sue grandi mani toccano tutto il mio corpo. Trova la cerniera del vestito sulla schiena e la tira giù. L'abito mi cade ai piedi e mi ritrovo con addosso reggiseno e mutandine di pizzo nero e stivali di pelle. A bocca aperta.

"Via le mutande. Tieni il reggiseno e gli stivali," mi ordina.

Sento le farfalle nello stomaco per l'eccitazione. Non sono per niente spaventata dalla sua mascolinità, e forse è una follia. Ma ne abbiamo passate di peggio ed è riuscito a essere un gentiluomo. Adesso sarà anche arrabbiato, ma nei suoi occhi non c'è traccia del suo lupo, solo oscure promesse.

Oscure e *deliziose* promesse.

Comunque non gli obbedisco e non mi muovo. Forse voglio solo vedere che farà. Fino a che punto si spingerà con questo atteggiamento autoritario?

Ho ragione. Non si arrabbia, ma socchiude gli occhi e lo vedo sistemarsi i pantaloni in mezzo alle gambe, dove preme il sesso gonfio. "*Muñeca*, mettiti come ti ho detto."

Mi si rizzano i capezzoli. Sono sicura che sente l'odore della mia eccitazione, perché la sento fiorire anche io tra le cosce. Sono troppo eccitata per rifiutarlo, quindi attraverso la stanza a grandi passi con stivali, mutandine e reggiseno e appoggio i palmi alle pareti, spingendo in fuori il sedere.

"Brava ragazza." La sua voce mielosa è ipnotizzante. Mi si avvicina da dietro e infila i pollici nell'elastico delle mutandine. Mi aspetto che le tiri giù, ma le abbassa appena sotto alle natiche. "Non vuoi levarle?" Ha le labbra vicine al mio orecchio. "Ora dovrai tenerle su. Allarga le gambe, *ángel*. Se ti cascano le mutandine, ricomincio da capo con le sculacciate."

Sento una stretta in mezzo alle gambe alla parola *sculacciate*, che in qualche modo mi eccita più di tutte le cose che abbiamo già fatto, inclusa la scopata a base di mango. Allargo le gambe di più per tenere su le mutandine tendendo l'elastico con le cosce. È per metà umiliante e per metà erotico. Mi piace un sacco.

Ma poi le mani di Carlos si abbattono sulle natiche più

forte di quanto avrei mai sognato possibile, e il divertimento termina.

Lancio un grido e ruoto su me stessa staccandomi dal muro. "Ahi! Che *male*." I mutanti potranno anche guarire velocemente, ma non significa che non proviamo lo stesso dolore di un umano medio.

Carlos mi afferra il sedere; le dita si aggrappano alle natiche che ha appena marchiato con i palmi. Porta il suo corpo addosso al mio, facendomi passare un braccio attorno alla vita per tenermi stretta. Il suo sesso duro preme contro alla mia pancia, solido e insistente. "Lo so, *ángel*, l'ho fatto apposta per farti male." Allenta la presa sul sedere e lo massaggia per alleviare il dolore. "Devi rimetterti in posizione."

Non so come riesca a far apparire così sexy quelle sue parole autoritarie. È il timbro ruvido della voce? O che abbia le labbra vicinissime al mio orecchio?

Ma non mi lascio abbindolare. Non ora che so quanto forte sa sculacciare. "No."

Mi mordicchia un orecchio, poi ne segue il contorno con la punta della lingua. "*Sí, mi amor*. Ho bisogno di mostrarti che ti voglio tanto bene da arrivare a farlo. Non permetterò che tu ti metta in pericolo."

Il mio cuore batte al doppio della velocità. Sento che mi sta dicendo qualcosa di importante, ma è tutto mescolato tra sesso e dolore e non riesco a districare la matassa.

"Ora torna al muro e mettici sopra le mani. Spingi indietro quel tuo culo perfetto per me, così che possa dipingerlo di rosso. E la prossima volta che penserai di mettere a repentaglio la tua sicurezza, ricorderai quanto ti venero." Ora mi sta massaggiando le natiche con entrambe le mani e non posso fare a meno di strofinarmi con il sesso contro alla sua coscia, che mi tiene premuta tra le gambe.

"N-non ha senso." Sembro del tutto senza fiato.

"Ah no?" La sua voce ha una nota divertita. "Lo vedremo quando avrò finito, se ha senso o no." Mi prende per le braccia e mi ruota verso la parete.

Ora sono troppo curiosa per non obbedire. Appoggio i palmi sul muro e ruoto indietro il bacino. Le mutandine sono cadute sul pavimento nel salto di prima, quindi ho il sedere scoperto e le gambe che tremano, in attesa.

~.~

*Carlos*

Gloria del cielo, Sedona è qui che mi si offre come il più succulento assaggio di paradiso.

È meravigliosa con l'impronta della mia mano stampata sulla pelle color crema, i folti capelli castani che le scendono ondulati sulla schiena. Faccio una foto mentale del momento, cercando di stamparlo nella memoria per sempre. Gli stivali, le cosce muscolose, il delizioso culo nudo. Aggiungo l'istantanea a quelle che mi perseguitano da quando siamo stati insieme nella cella di Monte Lobo.

Avrei fatto a brandelli quei draghi, pezzo per pezzo, se mi avessero sfidato per Sedona. Sono sicuro che è per questo che non l'hanno fatto. Devono aver sentito il mio odore sotto la sua pelle, capendo che mi appartiene. Nessun mutante intelligente si intromette tra un maschio e la sua femmina marchiata, indipendentemente dalle specie.

E tutta quell'aggressività adesso necessita di essere reindirizzata. Se Sedona avesse mostrato paura o rabbia, mi sarei tirato indietro. Ma sento l'odore dell'interesse. Ha i capezzoli turgidi, il petto ansimante che le fa alzare e abbassare rapidamente le tette. E gli occhi lucidi, come se l'avessi già scopata.

Ne ha bisogno. Ne abbiamo bisogno entrambi. Allevierà la mia aggressività e mostrerà a lei tutta la preoccupazione che ho provato.

Tiro indietro la mano e la abbasso con uno schiaffo sonante. Lei sussulta, ma stavolta riesce incredibilmente a restare ferma al suo posto. La sculaccio ancora, colpendo l'altro lato. Poi tempesto le sue perfette natiche tondeggianti di una raffica di colpi che la lasciano senza fiato, ansimante.

Ha il culo bellissimo con il rossore provocato dalle manate a imporporarne la metà inferiore. Quel che basta per scaldarlo. In quanto mutante, il dolore sarà solo momentaneo, e scomparirà del tutto nel giro di pochi minuti.

Stringo una natica con una mano e le infilo le dita tra i capelli, tirandole indietro la testa. "Cosa pensavi di fare?" Ringhio, e le assesto un altro forte schiaffo sul fondoschiena.

Lei sobbalza, ma la stretta tra i suoi capelli le impedisce di muoversi. "Sa-sapevo che mi avresti seguito," mi confessa.

Resto immobile. Sapeva che ero qui. Ma certo che lo sapeva. Mi sono fatto talmente trasportare dagli eventi, che neanche avevo notato la sua mancanza di sorpresa quando al bar mi sono intromesso per salvarla.

"Volevo solo attirarti."

Cosa significa? Mi vuole qui?

Allento la stretta sui capelli e mi chino in avanti, appoggiando la testa alla parete in modo da poterla vedere in viso. Devo guardarla negli occhi, cercare di capire. "Sapevi che ero qui? Da quanto?"

Lei si mordicchia il labbro inferiore. "Ti ho visto prima, al bistrò."

Non posso fare a meno di sorridere. Lupacchiotta furba. Ecco perché al ristorante è svanita nel nulla. Ho dato di matto per cercare di capire dove fosse finita una volta pagato il conto. Con la pioggia non sono riuscito a sentire il suo odore quando sono entrato per controllare il locale, ma poi ho sollevato lo sguardo e l'ho vista salire su un taxi.

Strofino le nocche sulla sua pelle splendente, accarezzandole il contorno della mandibola. "Eri arrabbiata con me, bellezza? Stavo solo cercando di lasciarti spazio, ma al contempo avevo bisogno di salvaguardare la tua sicurezza."

Si inumidisce le labbra con la lingua, e sento il cazzo premere contro alla cerniera. "Ero arrabbiata, sì. Un po'."

Ha gli occhi sgranati. Sarei uno sciocco se scegliessi questo momento per una chiacchierata a cuore aperto. La mia femmina adesso è pronta a essere scopata. Tutto sommato il giretto al sexy shop non è stato una cattiva idea.

Stringo il suo mento tra pollice e indice e lo sollevo. "Quindi mi hai punito infilandoti in una situazione pericolosa?" Inarco un sopracciglio, guardandola severamente.

Socchiude leggermente le palpebre, come se le piacesse essere rimproverata così da me. "Non avevo intenzione di ficcarci realmente nei guai. Volevo solo stuzzicarti. Renderti geloso per le attenzioni che avrei potuto ricevere là dentro."

Il mio lupo ringhia all'idea di altri maschi che le prestano attenzione, ma non voglio perdermi quello che sta dicendo. La mia compagna mi stava *stuzzicando. Non* può essere una brutta cosa. Significa che vuole qualcosa da me... ma cosa? Attenzioni? Una dichiarazione d'intenti? Il comando? Qualsiasi cosa sia, la prendo come una vittoria, proprio come questo momento stesso. Ho la mia magnifica compagna quasi nuda e tremante per me, le gambe larghe, il culo rosso, le labbra gonfie per il bacio di prima.

"Sei stata cattiva, Sedona." La rimprovero, scostandole i capelli dal viso. Abbasso la voce. "Dovrò castigarti ancora."

Vedo il lampo di eccitazione in lei nello stesso istante in cui si gira e scatta via.

La afferro per la vita e la lancio in aria, facendola atterrare sul letto.

Lei grida, ridendo mentre rotola verso il bordo. Mi tuffo sopra di lei, fermandola e bloccandola giù.

"*Ahi, ahi, ángel.* Con questo ti sei assicurata una punizione ancora più grossa." Non posso impedirmi di sorridere. Il mio lupo adora inseguire tanto quanto correre. Le tengo i polsi fermi ai lati della testa e mi prendo un momento per godermi la visuale. È adorabile. I suoi capelli folti e lucidi le fanno da aureola attorno alla testa, le guance sono tinte di un grazioso rossore.

Piego la testa sui suoi seni e mordo ciascun capezzolo attraverso il reggiseno di pizzo nero, poi stringo i denti al centro e tiro.

"Aspetta, aspetta, aspetta." Sedona si dimena per liberare i polsi. "Me lo levo, Carlos. Non strapparlo. Adoro questo reggiseno."

"Lo adoro anche io." Ammicco con le sopracciglia e le lascio andare i polsi. La aiuto a sfilarsi le spalline e a slacciare il gancetto sulla schiena. Uso il reggiseno per stringerle insieme i polsi, poi glieli lego alla testiera del letto. "Non ti muovere, Sedona," la ammonisco. "Oppure strapperai il tuo reggiseno preferito. Torno tra due minuti."

"Aspetta!" Si gira a occhi sgranati.

Non le piace essere lasciata in una situazione così vulnerabile. Oh, cielo, spero che non le tornino in mente brutti ricordi. Avevo solo intenzioni positive. Mi riporto sopra di lei e bacio la pelle sensibile all'interno delle sue braccia. "Sai che puoi liberarti dalla posizione con il minimo sforzo, giusto, *ángel*? Ti giuro che torno subito. Tre minuti al massimo. Devo solo andare a prendere una cosa in camera mia. Ok, bellezza?"

Sedona annuisce, visibilmente rilassata.

Tiro giù la cerniera degli stivali alti e glieli sfilo dai piedi, insieme ai sottili gambaletti di nylon che si era messa, perché stia più comoda. Per ripristinare l'atmosfera precedente, ritorno serio in viso. "Usa questo tempo per pensare a quale dovrebbe essere la tua punizione, lupacchiotta bianca. E vedremo al ritorno se le tue idee corrispondono alle mie."

Quando la vedo ruotare le anche, sono sicuro che non è né spaventata né tantomeno traumatizzata. La mia lupa ama quello che ho in serbo per lei. Prendo la chiave della stanza di Sedona per scendere di corsa due piani, dove si trova la mia, e recuperare la borsa con i giocattoli che ho comprato.

I miei occhi si fissano su Sedona nel momento in cui rientro e non posso più staccarglieli di dosso. Tutto in lei mi ipnotizza: la pelle liscia, i seni sodi, la pancia piatta, il monte di Venere perfettamente rasato. Lei mi guarda, stringendo le cosce tra loro come se avesse bisogno di sollievo. E io ho proprio intenzione di fornirglielo. Dopo una giusta torturina.

"Oh, *ángel.*" Mi sbottono rapidamente la camicia avvicinandomi al letto. "Non posso credere di non aver ancora succhiato questi capezzoli perfetti." Getto via la camicia e le monto sopra, deliziato dal brivido che le percorre il corpo nel momento in cui mi metto a cavalcioni delle sue cosce. Lecco un capezzolo con la lingua, una, due volte, portandolo al massimo della durezza. Poi ci chiudo sopra le labbra e succhio con forza.

Lei geme e si inarca, spingendo indietro la testa, il mento puntato verso il soffitto.

"Adorabile, adorabile ragazza."

"Carlos." Amo sentirle pronunciare il mio nome così, senza fiato.

"Giusto, *ángel,* Carlos ti dà piacere. Solo Carlos."

Lei si dimena, ansima, geme. "No."

"No?" Smetto di torturare il suo venerabile capezzolo e alzo la testa.

Lei scuote la testa e poi cambia e si mette ad annuire. "Sì. Aspetta…"

Non mi muovo. So che è confusa… cavolo, sono confuso pure io. Ma non voglio andare avanti manco morto, se rischio di farmi odiare.

"Carlos… cosa stai facendo?"

Striscio indietro sul suo corpo seducente e mi posiziono in mezzo alle sue gambe. Infilo le mani sotto alle sue natiche e la sollevo, avvicinando il suo sesso alla mia bocca. Inizio a leccare. "Ti sto punendo."

Tutto il suo corpo ha un sussulto e il grido che le esce dalle labbra mi fa gemere di desiderio. Ho l'uccello che muore dalla voglia di entrare nella mia bellissima compagna.

"Ti meriti questa punizione, giusto, bellezza? Per essere stata una tremenda stuzzicatrice?" Faccio scattare la punta della lingua sul clitoride.

Lei fa un suono che sembra una specie di *ooh-ooh* e spinge il bacino contro alla mia bocca.

"Così, bambola." Succhio avidamente il suo piccolo bocciolo gonfio.

Lei lancia un gridolino e mi stringe le gambe ai lati della testa.

"Ho grossi programmi per te, lupacchiotta. E tutti ti prevedono nuda alla mia mercé."

Ha la fica che cola, e faccio del mio meglio per trattenermi dal tirare fuori il cazzo e infilarlo nel suo canale stretto.

Ma stasera voglio fare con comodo. Il programma era riaccendere la nostra intimità. E questo farò, anche se ci vorrà tutta la notte.

~.~

Da qualche parte nel mio cervello si cela l'urgenza di protestare contro l'inaspettata svolta degli eventi. Avevo programmato di punire Carlos con il vestitino rosso e il salto al bar, ma ora mi ha privato di ogni briciolo di controllo.

Ma non mi sento debole. Al contrario, essere l'oggetto esclusivo dell'attenzione di Carlos, vedere l'oscuro bisogno e il desiderio di cui sono pregni i suoi occhi mi fa sentire incredibilmente potente, pur legata al letto.

Succhia un'altra volta il clitoride, poi mi fa rotolare a pancia in giù, stando attento a sistemare il reggiseno che mi stringe i polsi in modo che abbia le braccia comode.

La mente potrà anche avere riserve, ma il corpo è d'accordissimo con il piano di Carlos, qualsiasi esso sia, perché sollevo il sedere per offrirgli una visuale migliore delle mie parti più intime.

"Mmm." Carlos afferra una natica e la stringe rudemente. "Tieni questo culo ruotato così per me, *ángel,* mostrami che sai accogliere il castigo come una brava ragazza."

Mi sento sciogliere e l'eccitazione mi pervade. Adoro quando Carlos usa le parole sporche e adoro il gioco che sta facendo. Mi aspetto che si avvicini e mi penetri da dietro. A dire il vero lo bramo, ma lo sento trafficare nella borsa che ha portato, e poi avverto un rumore, come di un coperchio di plastica che si apre.

Quando lo sento prendermi le natiche e dilatarle, mi spavento. Tirando i polsi legati in cerca di appoggio, raccolgo le ginocchia sotto di me e striscio via.

Carlos mi afferra un polpaccio e mi ritira indietro, sdraiata sulla pancia. "Ah ah, *mi amor.* Non è così che fa una brava ragazza." Cerca ancora di allargarmi le natiche, ma io mi piego di lato, rotolando e premendo il sedere contro al copriletto.

Il bel volto di Carlos è divertito. È in ginocchio dietro di me e tiene in mano un tubo di lubrificante, ma lo lascia cadere e mi afferra entrambe le caviglie. Tenendole tutte e due con una mano, le solleva e mi assesta sul sedere una serie di schiaffoni.

Grido, sorpresa dalle sculacciate e dalla posizione incredibilmente vulnerabile: il sedere in aria, le parti intime esposte. Carlos mi piega le gambe verso il torace e fa gocciolare un po' di lubrificante tra le natiche.

"Carlos." Ora sto piagnucolando. Nonostante mi abbia fatta eccitare enormemente, non sono per niente pronta a concedergli sesso anale.

Si china in avanti e mi bacia le natiche. "Shh, bellissima lupa. Non hai niente di cui avere paura da me."

La stretta che sento alla pancia mi dice qualcosa di diverso, ma analizzando le sue parole capisco che ha ragione. Mi fido di questo maschio, so che non mi farà del male. Lo stesso scuoto la testa.

Carlos prende quello che dev'essere un dilatatore anale – non ne ho mai visto uno, ma posso immaginarne l'utilizzo – e ne avvicina la punta all'ano. "Questa è la tua punizione, *mi amor*." Solleva le mie caviglie – questa volta non tanto da staccarmi il bacino dal letto – e spinge la punta arrotondata dell'affusolato aggeggio d'acciaio contro il buco del mio sedere.

Stringo l'ano, ma poi, contro la mia volontà, il corpo si apre per accoglierlo. Carlos preme e lo infila. La sensazione è contemporaneamente deliziosa e orribile. Non voglio che mi piaccia, ma è così. Il piacere mi pervade mentre Carlos spinge ancora più a fondo il piccolo fallo di freddo metallo. Non è grandissimo, quindi malgrado l'allargamento e il riempimento non è fastidiosa, salvo per l'imbarazzo di avere qualcosa nel sedere. Lo spinge fino a fissarlo in posizione, poi mi fa rotolare a pancia in giù e mi dà uno schiaffetto a una natica.

Sono stranamente contrariata, non per il dilatatore nel sedere ma perché, ora che c'è, sono ancora più eccitata e desiderosa di averne ancora. "Carlos?"

"*Madre de Dios, sì*, Sedona. Continua a dire il mio nome con quella tua voce roca. Mi fai venire voglia di farmi una sega e venire spruzzandoti tutto il corpo.

Mi esce di bocca un piccolo verso sciocato, metà risata e metà gemito. Come prima, sollevo il sedere, invitandolo a prendere ciò che ha già reclamato come suo.

Sa il cielo quanto voglia sentire ancora il suo sesso, proprio come l'avevo voluto la notte che mi ha marchiato.

Carlos geme. "Mi stai offrendo quella tua bella fichetta, *ángel?*" Mi fa scivolare le dita in mezzo alle gambe e mi accarezza.

Ruoto gli occhi indietro. "Sì, Carlos." Quasi non riconosco il mio gemito di piacere.

Carlos affonda le dita tra i miei succhi e li spalma sulle mie labbra interne, lubrificandole naturalmente, ruotando poi attorno al clitoride a una lentezza impossibile da sopportare. Poi, allo stesso tempo, inizia a muovere il dilatatore anale spostandolo dentro e fuori.

Grido di sorpresa; l'intensità del piacere e il desiderio si impennano.

"C-Carlos!"

"Ti piace, bambola?"

"Oh *cielo*, ti prego!"

"Ti prego cosa, bellezza?"

"Ti prego non ti fermare. Ti prego, più veloce… Carlos!"

Cerco di comunicargli la voglia che ho battendo i piedi sul letto, come un nuotatore.

In qualche modo, nonostante la poca esperienza sessuale, sono piuttosto certa che l'unica cosa migliore di questa sarebbe che mi penetrasse. Come se mi avesse letto nel pensiero, Carlos fa scivolare due dita dentro di me, muovendole dentro e fuori in alternanza con il dilatatore.

I miei gemiti si fondono in un lungo grido gutturale. Probabilmente tutti mi sentono in questo maledetto hotel, ma chi se ne frega. È Parigi. "Carlos, Carlos, *ti prego*," lo imploro. Ho seriamente voglia di piangere: sono così bramosa, così bisognosa di venire.

Carlos inizia a spingere dita e dilatatore contemporaneamente, con lo stesso ritmo rapido, e le stelle mi danzano davanti agli occhi. Mi sento come se stessi sfrecciando in un tunnel buio sulle montagne russe. È lo Space Mountain, lanciato verso la linea d'arrivo. È più come un portale, però, perché nel momento in cui lo varco, il mio corpo si irrigidisce e si stringe, spremendo ogni briciolo di piacere mentre la mia mente cosciente si libra nell'aria. Mi trovo alla deriva nello spazio esterno, lanciata così lontano e così in alto che neanche ricordo come mi chiamo. Né quanti anni ho. Né di che specie sono.

E poi torno. Ansimante sul copriletto, mentre Carlos tira fuori sia le dita che il dilatatore. Mi cosparge di baci la schiena e poi scompare in bagno per usare il lavandino.

Sono esausta, incapace di muovermi. È come se mi fossi sciolta sul letto. Quando Carlos torna, mi libera i polsi e mi prende tra le braccia.

"Tutto ok, *ángel*?"

In qualche modo riesco ad annuire. Cerco di muovere le labbra per chiedergli del suo piacere. Lo inviterei a soddisfare la sua fantasia di prima, facendosi una sega e venendo sul mio corpo, ma non mi esce un solo suono di bocca.

Mi porta alle labbra una bottiglia d'acqua e mi fa bere.

"Sei bellissima," mormora meravigliato.

Non occorre che me lo dica: in quanto femmina alfa, è una cosa che ho sempre saputo. Ma non sembra dirlo a mio beneficio. È più come un'osservazione inevitabile.

"Hai fame, *mi amor?* Ho comprato qualche stuzzichino per noi."

Riesco ad annuire debolmente. "Quando pensavi di nutrirmi?" chiedo, quando torna con un contenitore con fragole fresche, una baguette e un barattolo di Nutella.

"Non avevo ancora immaginato questa parte." Il suo sorriso mesto è umile e bello, e i residui della mia irritazione si dissolvono del tutto. Questo è il maschio che ricordo della cella in Messico. Il maschio con cui ho formato un legame, che mi piaccia o no. Immerge una fragola nella Nutella e me la avvicina alle labbra.

Do un morso, sentendo i suoi occhi fissi sulla mia bocca. Un rigoletto di succo mi sfugge dalle labbra e Carlos scatta non appena la mia lingua esce per prenderlo. Si ferma e deglutisce.

"Sedona. Ho... ho tantissime cose da dirti, ma nessuna sembra sufficiente. Scusa. Inizio da qua. Scusa."

Lo guardo da sotto le ciglia. "Per cosa ti scusi, esattamente?"

"Per quello che ti ha fatto il mio branco. Non potrò mai tornare indietro. Non potrò mai rimediare. Ma il cielo sa quanto lo vorrei."

Inspiro. Devo chiederglielo. Devo sapere quanto di quello che è successo in Messico è stata biologia – la luna piena e due alfa rinchiusi insieme – e quanto invece reale. "Che mi dici di quello che avevi detto nella cella? Che non ti dispiaceva dell'accaduto?"

Carlos serra la mandibola e si concentra per strappare un pezzo di pane e intingerlo nella Nutella. Me lo dà da mangiare. "Anche quello è vero." La sua voce ha il timbro di una pesante confessione, come se non volesse ammetterlo ma non gli fosse possibile mentire.

Sono turbata dalla leggerezza scatenatami dalla confessione. Fino a che punto ho perso la testa per quest'uomo?

Lo spuntino di pane e nutella mi piace un sacco e alzo il mento per spingerlo a darmene ancora. Lui obbedisce immediatamente. Non ho nessun termine di paragone, ma è difficile immaginare un amante più attento.

"Sedona, non voglio farti pressioni. L'ultima cosa che voglio è complicare ulteriormente la situazione. Ma sono incapace di lasciarti andare. Non lo dico per spaventarti: sto solo cercando di spiegarti perché sono qui, perché ti ho seguito come un cane randagio che sente l'odore della carne."

Faccio un sorrisino al paragone e vedo un'espressione di sollievo sul suo volto.

"Lascia che ti faccia da accompagnatore in questo viaggio. So che sei venuta qui per dimenticarmi. Per dimenticare quello che è successo. Ma sono giorni che ti guardo, *mi amor*, e la tua malinconia non è diminuita. Magari ti serve un... *amico* con cui condividere il viaggio. Parlo un po' di francese e sono bravissimo a tenere in mano gli ombrelli, e a tenere alla larga le orde di fan di una futura famosa artista quando si ferma per fare qualche disegno."

Inarco un sopracciglio "Amico, eh? Spogli tutte le tue amiche e le leghi alla testiera del letto?" Non appena faccio la domanda, mi sento ardere di gelosia. L'ha già fatto prima? Sembrava piuttosto esperto. Voglio cavare gli occhi a tutte le donne che sono state con lui.

Le sue labbra si piegano. "Quella te la sei cercata tu, *blanca*. Dovresti sapere bene che non bisogna provocare un lupo." Parla col tono autoritario che mi fa bagnare tutta.

"Cosa vuole dire *blanca*… bianca?"

"Sì. Allora, che dici, *muñeca?* Mi permetterai di rimanere? Di essere il tuo accompagnatore?"

"Dipende." So già che la risposta è *sì*. La pesantezza che mi avvolge dal Messico sta svanendo e il viaggio europeo diventa improvvisamente eccitante come quando lo programmavo un tempo.

"Dammi le tue condizioni, *mi amor*. Le rispetterò."

Adoro l'onore e il rispetto che mi dimostra. "Quando dico che ho bisogno di spazio, tu ti tiri indietro. Non ti accetto come compagno."

Annuisce con serietà. "Capito. Non te lo chiederò."

Improvvisamente intimidita, afferro una fragola e la mordo. Amo l'espressione famelica che appare sul volto di Carlos nel guardarmi. Mi chiedo se intenda chiedere la sua parte di piacere o se preferirà negarselo per dare prova della sua capacità di comportarsi come si deve. Sono tentata di confessargli che la prossima volta vorrei provare il dilatatore anale insieme al suo membro, ma mi trattengo.

Non è il mio compagno, ma un accompagnatore. Non abbiamo ancora parlato di quanto sarebbe impossibile una relazione futura in questi termini, ma l'argomento è sospeso, incombente sopra di noi.

"Forse dovremmo andare in Spagna," dico velocemente, nel tentativo di trattenermi dal saltargli addosso.

"Perché?"

"Parli la lingua. Potrebbe essere più divertente."

Appoggia la fronte alla mia mentre mi infila in bocca un'altra fragola. "È un'idea meravigliosa, *mi amor*. Andremo a visitare i posti di Gaudì e Picasso. Dalì. Mirò. Chi altri?"

Lo guardo raggiante. Anche se sono stata per tutta la vita la principessa del branco di mio padre, e molti mi definivano viziata, ho sempre avuto la sensazione che nessuno mi conoscesse. Come se fossi poco più di un oggetto o di un simbolo. Carlos presta attenzione. Sa con precisione quello che mi piace, e adoro la sensazione che provo sentendomi veramente *vista* da qualcuno. E l'idea di andare con lui per musei mi rende davvero elettrizzata.

Accoccolo la testa contro alla sua spalla, mettendomi comoda. Nonostante tutti i coraggiosi desideri di fare questo viaggio da sola, è molto più bello avere qualcuno con cui condividerlo. Soprattutto se si tratta di un uomo così capace e premuroso come Carlos.

# CAPITOLO DIECI

*Carlos*

Dovrei uscire dalla stanza di Sedona prima che il mio uccello pulsante mi faccia fare qualcosa di stupido e scalfisca la fiducia appena costruita. Inalo il suo odore, che mi tortura e allo stesso tempo allevia la pena. La mia dolce compagna si è addormentata sulla mia spalla: un piacere che intendo guadagnarmi per il resto della mia vita, anche a costo di dovermi fare il culo. Niente mi fa sentire meglio che offrirle ciò che le serve: nutrimento e riparo tra le mie braccia.

Beh, niente oltre a farle raggiungere l'orgasmo.

Il mio lupo si sta ancora facendo le unghie sul tema. È stato rischioso spingerla oltre i suoi limiti, ma il risultato è stato enorme. Ad Harvard ci insegnavano ad analizzare i rischi e capire come ridurli. Mi è subito apparso chiaro che scommettere sulla sicurezza non mi è mai servito a nulla. Va contro la mia natura di lupo, contro la mia natura di alfa. Ed è sicuramente il motivo per cui a Monte Lobo ho da gestire una bufera di merda.

Fanculo i rischi. Il branco ha bisogno di una scossa. Il

Consiglio ha bisogno di un calcio in culo, e io sono l'unico che possa mandarli a gambe all'aria. Sono necessari cambiamenti, va instillato il progresso.

Qui sdraiato con Sedona tra le braccia, tutto è chiaro e limpido come l'aria. Come se tutto ciò di cui avevo bisogno per realizzarmi nella vita fosse diventato il compagno di Sedona. Se sono abbastanza uomo – beh, lupo nel nostro caso – da essere suo compagno, sono diventato l'alfa che farà debitamente da guida al proprio branco. E questo potrebbe voler dire fare le cose in modo diverso da mio padre.

*Wow.* È vero che parte della mia riluttanza a procedere sorge dal desiderio di non surclassare mio padre? Stupido e complesso, ma è così. Mi sono sempre trattenuto per senso dell'onore nei suoi confronti. Se lui non ha mai sfidato il Consiglio, cosa mi faceva pensare che potessi farlo io?

Un inaspettato dolore mi attanaglia il petto. Mi sento sleale anche al mero pensiero di poter fare meglio. Ma se non agisco, non conquisterò mai e poi mai la mia compagna. Come posso sperare di portare Sedona all'intero di un branco devastato? Che vita potrei darle?

Le do un leggero bacio sulla fronte e la adagio sul letto, sotto alle coperte. Devo fare qualcosa per questo cazzo duro come la roccia che ho in mezzo alle gambe, o dormire sarà impossibile. Se fossi un lupo migliore, la lascerei qui e scenderei in camera mia. Ma è assolutamente impossibile.

Non lascerei mai Sedona per mia volontà. Non posso farlo, a meno che non sia lei a chiedermelo.

Vado in bagno e mi libero dei vestiti. Mi infilo nella doccia. Nemmeno l'acqua ghiacciata riesce a convincere l'uccello a starsene buono.

Che vada a farsi fottere. Mi sarà più facile dormire accanto a Sedona se mi faccio una sega. Rimetto l'acqua a temperatura tiepida e prendo in pugno l'erezione. Tutto quello che devo fare è pensare a Sedona, sdraiata a meno di dieci metri da me. Nuda.

Muovo la mano sull'uccello, gli occhi che già ruotano indietro. Devo solo ripensare al momento in cui l'ho posseduta a Monte Lobo ed esplodo, venendo contro alla parete della doccia; il calore dell'acqua è improvvisamente eccessivo.

Rimetto l'acqua fredda e mi risciacquo.

Ora spero di potermi sdraiare vicino a lei senza correre il pericolo di aggredirla mentre dorme. Mi asciugo e mi infilo i boxer. Ma quando rientro in camera, mi si rizza l'uccello solo a vederla.

Maledizione. Sarà una notte lunghissima.

~.~

*Sedona*

Sogno le mani di Carlos dappertutto sul corpo. Sta ringhiando qualcosa di severo e dominatore che mi fa eccitare.

No aspetta. Fermi tutti. *Sento* le mani di Carlos sul corpo. Una mi accarezza il fianco, l'altra è infilata tra i capelli.

Sono sveglia.

Ma non sono sicura che sia sveglio lui. Il suo respiro sembra lento, profondo e regolare come se stesse dormendo. Penso che le mani stiano agendo di loro spontanea volontà.

"Carlos?"

Si sente uno scatto nel suo respiro e le mani si fermano. Poi, a giudicare dall'espirazione lenta, ricade nel sonno e le carezze ricominciano.

Ogni punto dove mi tocca prende vita, scaldandosi e fremendo. La mano mi sale lungo il fianco, passa davanti per posarsi sul seno. Lo stringe, toccando il capezzolo con il pollice.

Ma dai… a letto è tanto bravo da poterlo fare nel sonno? Avrei dovuto davvero domandargli quante femmine ha intrattenuto in questo modo.

Stringo le cosce tra loro per alleviare la pulsazione di rinnovato desiderio che lentamente cresce. Do un'occhiata alla sveglia sul comodino. Sono le quattro di mattina. Se continua così, non riuscirò più a dormire.

Gli prendo la mano e me la infilo in mezzo alle gambe.

Di nuovo si sente una pausa nel suo respiro, ma subito si rilassa e ritorna a un ritmo regolare. Ma le sue dita sanno perfettamente cosa fare. Le infila dentro di me, accarezzandomi. Sono scioccata nel sentire quanto già mi sono bagnata.

Gemo. Carlos ringhia.

È sveglio ora? Non saprei dirlo.

"Carlos?"

I ringhi si fanno più forti, le dita spingono più a fondo, allargandomi le pieghe, penetrandomi.

Trattengo un grido e chiudo le cosce attorno alla sua mano, affamata di un contatto completo.

Un ringhio esce più netto dalla gola di Carlos e improvvisamente mi trovo schiacciata a pancia in giù, la sua altra mano sulla nuca, le ginocchia che mi allargano le cosce.

Il fiato mi esce di bocca in un unico forte soffio quando lo sento cadere di peso sopra di me, spingendo il suo sesso duro in mezzo alle mie gambe.

Quasi rido. Ha i boxer, quindi non riesce a entrare, ma non è abbastanza sveglio da rendersene conto. Ringhia frustrato e spinge più forte. Se non fosse per la mano che mi tiene sulla nuca, volerei contro la testiera del letto per la forza dei colpi.

Finalmente capisce il problema, si scopre l'uccello e

mezzo secondo dopo me l'ha infilato dentro. Del tutto. Così, fino alla base.

Grido, non ferita ma scioccata dalla forza e dall'abbandono di ogni spinta. Si muove rapido e con forza, come il pistone di un ingranaggio, sbattendo il ventre contro il mio sedere. I suoi ringhi riempiono la stanza, facendo da basso al soprano delle mie grida ansimanti.

Allargo le gambe ancora di più, mi inarco per accoglierlo meglio, accecata dalla più profonda soddisfazione.

Sì, *così*.

Non avrei mai immaginato che potesse essere così bello. Così giusto.

E nientemeno che una scopata nel sonno.

I ringhi di Carlos si interrompono e il suo corpo si immobilizza di scatto. "*Oh.*" Espira. Mi toglie la mano dalla nuca e mi scosta i capelli dal viso, ma le anche riprendono a spingere, ancora più veloci di prima.

Mi giro per guadarmi alle spalle e lui mi sta fissando, la fronte corrugata.

"Sedona, oh *cielo...*" Grida raggiungendo l'orgasmo, la voce che riecheggia contro le pareti.

Giuro che sento il suo sperma caldo che mi riempie. Mi porto una mano in mezzo alle gambe e mi accarezzo il clitoride, seguendolo fino alla fine.

Lui sbuffa, sempre venendo, e ruota sul fianco, portandomi con sé e prendendomi entrambi i seni, mentre continua a spingere dentro di me. Il suo fiato è bollente sul mio collo e le sue mani mi massaggiano i seni, pizzicandomi i capezzoli.

Vengo di nuovo, una scossa di assestamento quasi migliore della prima.

Carlos mi bacia e succhia il collo, gemendo. Ho la sensazione che stia già riprendendo coscienza. "Sedona, mi spiace. Non volevo..." Le dita con cui mi sto accarezzando il clitoride sfiorano la base del suo sesso e lui mi afferra il polso, sollevandomi la mano davanti ai nostri volti. "Cos'è questa roba?" Il suo accento è così marcato, così sexy. Si mette le mie dita in bocca e le succhia.

Sento una stretta in mezzo alle gambe, come se mi stesse succhiando *lì*.

"*Mi amor*, non ti devi toccare quando sei a letto con me. Questo è il *mio lavoro*."

Il mio cuore, già martellante per l'interludio, prende ancora più velocità nel sentire il rimprovero.

Mi succhia ancora le dita. "Mmm. Hai un sapore delizioso, *ángel*. Mi spiace se non ho fatto il mio lavoro come si deve questa volta. Ero, ehm…"

"Addormentato?" chiedo ridacchiando.

Lui appoggia la testa sul mio collo e ride. "Scusami davvero," dice sbuffando. "Ti ho fatto male? Stai bene?"

"Va tutto bene."

Solleva la testa e mi scruta in viso con un'intensità che mi fa battere forte il cuore. "Sicura? Non volevo farlo, bellezza. Mi ero fatto una sega prima di venire a letto, in modo da non costringerti. E poi ho sognato che lo facevamo. Senza protezioni."

Sembra sinceramente dispiaciuto.

"Se non mi fosse piaciuto, ti avrei fermato."

Un'espressione meravigliata gli illumina il volto. "Andava bene? Ti è piaciuto?"

"Sapevo che stavi dormendo. Ero in un certo senso stupefatta che potessi arrivare a tanto senza svegliarti. Dovrebbero dare un premio per una cosa del genere!"

Sta ancora spingendo leggermente dentro di me, anche se siamo venuti tutti e due e il suo sesso si sta ammorbidendo. Porta una mano in mezzo alle mie gambe e mi tocca con delicatezza il clitoride. "Non merito nessun premio, se hai dovuto darti piacere da sola, *mi amor*."

Una seconda scossa mi attraversa. Piccola questa volta, ma non meno piacevole.

"Mai più." Sta tirando fuori di nuovo il suo tono autoritario. "Sarò io quello che ti dà piacere, *ángel*. È mio dovere. Dovere che prometto di prendere molto sul serio."

Vorrei ridere, ma Carlos è serissimo. Come se stesse facendo un giuramento sulla tomba di suo padre.

"O-ok." Non so che altro dire.

Lui mi pianta un bacio-succhiotto epico sul collo. "Nessun altro la tocca," dice, la voce bassa e severa che risuona come un ringhio di avvertimento. "Nemmeno tu."

Rabbrividisco al pensiero di altre punizioni per sua mano se mai dovessi disobbedire. L'idea mi eccita e non vedo l'ora di provare, ma sto al gioco. "Ok."

Mi mordicchia un orecchio. "Brava ragazza."

Il calore mi avvolge nel sentire le sue parole, e mi metto comoda tra le sue braccia. Forse riuscirò a dormire di nuovo.

# CAPITOLO UNDICI

*Carlos*

Porto caffè e croissant dal vagone ristorante a Sedona, che sta disegnando sul quaderno. Il viaggio da Parigi a Barcellona dura sei ore e mezza con il treno ad alta velocità e ho fatto tutto quello a cui sono riuscito a pensare per rendere le cose semplici e godibili per lei. Ho comprato biglietti nella classe più comoda e ho pagato tre posti anziché due, in modo da non doverci sedere con nessun altro. Le ho messo il telefono in carica nella presa tra i due sedili e le ho offerto il mio iPod e le cuffie per ascoltare musica.

Amo guardarla lavorare, così immersa nel bozzetto di una fata posata su un fiore.

Quasi non alza lo sguardo quando appoggio il tutto sul mio tavolino, ma non mi offendo. Non voglio intromettermi. Sono semplicemente grato che mi sia concesso prendermi cura di lei.

Tiro fuori il telefono e chiamo Monte Lobo. È domenica, ed è sempre stata mia abitudine chiamare mia madre se sono via di domenica. Ovviamente lei non ha un suo telefono, dato che la tecnologia è bandita per tutti eccetto il Consiglio e l'alfa.

Chiamo Don Santiago, che per il branco fa più o meno da filtro messaggi. Quasi tutte le comunicazioni passano da lui. Don Santiago non mi piace – non mi piace nessun membro del Consiglio – ma probabilmente è il più capace. Come me, anche lui è andato all'università. Ha una laurea specialistica e ha anche lavorato per un certo periodo nel laboratorio di genetica di Città del Messico. Ha visto abbastanza del mondo da capire come funzionano le cose, inclusa la tecnologia e come meglio usarla. È stato lui a fare in modo che sulla montagna venisse portato il WiFi, nonostante le nefaste previsioni degli altri membri del Consiglio, convinti che connetterci al mondo esterno ci avrebbe portati alla distruzione.

Don Santiago risponde al secondo squillo. "Carlos." Sceglie sempre di usare questo tono caloroso e da nonno con me.

"Ciao, Don Santiago," dico in spagnolo. "Come va?" È la stessa conversazione che abbiamo avuto ogni singola settimana durante il college.

"Qui va tutto bene, *mijo*." Mi chiama *figlio mio*, cosa che mi dà sempre i brividi.

Questa volta non gliela lascio passare. "Carlos. O Don Carlo. Non figlio." Sono soddisfatto di riuscire a dirlo con tono freddo e distaccato, senza alcun ringhio.

"Certamente, scusa, Don Carlos," ribatte svelto Don Santiago. "È solo che ti conosco da quando eri un bambino."

"E ora sono un alfa."

"Sì, certamente. Nessuno lo mette in dubbio."

Per qualche motivo le sue parole mi fanno rizzare i peli sulle braccia. L'ha detto troppo rapidamente, con troppa semplicità. Come se in realtà facessi bene a preoccuparmi che ci possano essere sfide in agguato. Metto da parte il pensiero per rimuginarci più tardi.

"Hai trovato la tua femmina, Carlos?"

Trattengo ancora una volta un ringhio. Non mi piace che nessuno parli della mia femmina, soprattutto non quei cazzo di membri del Consiglio. "L'ho trovata."

"E?"

Questa volta il ringhio si sente. "La sto accompagnando a Barcellona. Una specie di luna di miele." Guardo Sedona sentendomi colpevole, anche se so che non capisce lo spagnolo. Non sono sicuro che apprezzerebbe la mia definizione di luna di miele per il nostro viaggio, dato che non ha acconsentito a essere la mia compagna. Ma sto solo dicendo le cose che Santiago vuole sentirsi dire. Per levarmelo dalle palle. "C'è mia madre?" chiedo con impazienza.

"Sto andando ora verso le sue stanze. Vediamo se oggi ragiona."

Stringo i denti, anche se non è colpa di Don Santiago se mia madre ragiona o meno. In effetti mi sono sempre affidato a lui come unica persona in grado di capire alla perfezione le sue condizioni e gestirle. Ma dopo che Maria José mi ha consigliato di farla vedere da qualcun altro, il seme del dubbio si è insinuato nella mia mente. Don Santiago ha a cuore solo i suoi interessi personali? E se non le stessero dando le migliori cure possibili? E se fosse stato meglio riportarla alla sua famiglia alla morte di mio padre?

Non è troppo tardi: me ne posso occupare al ritorno. Un altro problema da gestire.

Sento la voce di Don Santiago e quella di mia madre che risponde e poi viene al telefono. "Carlos?"

"Ciao, *mamá*. Come va?"

"Carlos? Dove sei?"

"Sono a Barcellona, *mamá,* con la ragazza di cui ti ho raccontato."

"A Barcellona?" Sembra confusa. Non è una novità, comunque.

"Sì, con la mia femmina."

Mia mamma sussulta sonoramente, e un lampo di paura mi scorre dentro prima che la senta affermare: "Che meraviglia! Carlos ha una compagna!"

"Stai piangendo, *mamá?*"

"È solo che sono felicissima per te, Carlos. Quando la porterai a casa?"

"Non ne sono sicuro." Cosa che mi ammazza. "Presto, spero." Non è una bugia: posso sempre sperare.

"Nipotini, voglio dei nipotini, Carlos."

Un'ondata di desiderio mi pervade così intensamente che devo chiudere gli occhi. *Sedona, incinta del mio cucciolo.* Tutta la mia vita avrebbe un senso se fosse così. E io mi assicurerei che la sua vita sia perfetta.

Mi schiarisco la gola. "Lo voglio anche io, *mamá.*"

Sedona mi sta guardando curiosa, togliendosi le cuffie dalle orecchie.

"Senti, *mamá,* devo andare. Ti chiamo la prossima settimana. Stammi bene."

"Ti voglio bene, Carlitos, *mijo.* Porta qui la tua lupa. Voglio conoscerla."

"Sì, *mamá.* Ti voglio bene anche io. *Ciao.*"

Termino la chiamata e mi giro verso Sedona scrollando le spalle. "Mia madre."

"Stava…" Sedona sembra fare fatica a trovare le parole giuste. Apprezzo la sensibilità.

"C'era abbastanza con la testa, sì. Le ho detto di te." Giocherello con i croissant, tirandone fuori uno dall'involucro di carta e offrendoglielo.

"Cosa le hai detto?"

"Beh, le ho raccontato di te la mattina che te ne sei andata, ma se n'era dimenticata. Le ho detto che adesso sono qui con te. Si è messa a piangere."

Sedona mi sta guardando così intensamente che mi sento quasi a disagio. Spezzo un pezzo di croissant e glielo infilo tra le labbra.

"So mangiare da sola, sai."

"Mi piace nutrirti."

Sorride mentre mastica. "Lo so. Beh, perché ha pianto?"

"È felice per me. Non le ho raccontato niente della, ehm, storia. Solo che sono qui con la mia femmina... una femmina," mi correggo.

La tristezza che ho visto velare il volto di Sedona per tutta la settimana scorsa si ripresenta subito e vorrei spararmi un colpo per averglielo ricordato. C'è così tanta bruttezza nel nostro passato. Per colpa del Consiglio. Non voglio parlarne, ma so che prima o poi dovremo affrontare la questione. Faccio un respiro profondo.

"Senti. Troveremo il modo di risolvere la situazione. So che è molto da elaborare... quello che abbiamo passato, le nostre differenze, dove viviamo. Ma concedi una possibilità alla relazione, Sedona."

"Non lo so, Carlos. Viviamo in mondi diversi."

"Siamo due lupi intelligenti e con un'educazione. Possiamo far funzionare le cose."

Aggrotta la fronte e sposta lo sguardo fissando nel vuoto.

Le afferro la mano perché si giri a guardarmi di nuovo. "Ho pensato molto a come vanno le cose a Monte Lobo. Ho sempre avuto in programma di cambiare le cose non appena diventato l'alfa. Sono tornato solo da poche settimane e il compito non è stato semplice come previsto, ma ti giuro che le cose cambieranno.

"Sedona, prima di tutto voglio che tu sappia che ho tentato di vendicare il tuo rapimento, ma qualcuno era arrivato prima di me."

"Garrett. Mio fratello."

Annuisco.

"Secondo, voglio dire che ciò che il Consiglio ti ha fatto – ci ha fatto – è stato sbagliato. Quando tornò, rovescerò le cose. Ci sono molti buoni lupi nel branco e meritano di meglio." Qualcosa in me cambia mentre parlo. Faccio dentro di me un giuramento, , "Ho intenzione di estirpare la corruzione e portare il branco fuori dal Medioevo. Sarò l'alfa di cui hanno bisogno."

Sedona scruta il mio volto. Io resto immobile, chiedendomi cosa veda in me.

"Ok." Qualcosa si rilassa in lei. "Ne sono contenta."

"Grazie." Sono felice che mi abbia ascoltato. Però non riesco a capire se ho ottenuto la sua fiducia.

"Una cosa è certa," dice. "Il tuo Consiglio…" Scuote la testa. "Non puoi fidarti di loro. Non dopo quello che hanno fatto."

"Lo so. Dopo la morte di mio padre, sono stati loro a dirigere le cose. Io ero troppo giovane per essere il capo e non c'era nessun altro alfa. Hanno acquisito troppo potere. Ci vorrà un po' per riparare ai danni che hanno fatto."

"Quindi tornerai in Messico?" mi chiede, e mi si stringe il cuore. Ecco l'argomento che stavo cercando di evitare.

Faccio un respiro profondo. "Vorrei dire di no. Visto che c'è questa bellissima lupa che mi tiene prigioniero…"

Sedona sorride.

"Ma lei non mi rispetterebbe se abbandonassi i miei doveri."

"No, proprio così."

"Ma dovevo rivederla. Anche solo per pochi giorni.

Monte Lobo è molto opprimente, ma averla accanto mi ricorda ciò per cui sto combattendo. Spero che si godrà i prossimi pochi giorni in mia compagnia. Possiamo fare finta di essere turisti che si sono appena conosciuti e viaggiare insieme come ci pare e piace."

Sedona inarca un sopracciglio.

"È forse un'esagerazione, ma spero che capirà. Ne ho bisogno. Anche se solo per pochi giorni."

"Capisco," dice sottovoce, il volto momentaneamente attraversato da un'ombra.

"Ehi," le dico prendendole il viso tra le mani. "Non dobbiamo decidere niente. Concentriamoci solo sul goderci la Spagna insieme."

"Ok."

Un peso mi si solleva dal petto. Non ho risposte per il futuro, ma il mio lupo è felice di crogiolarsi nel qui e ora, godendosi la presenza della compagna che si è scelto.

Le infilo in bocca un altro pezzo di croissant. "Posso vedere il disegno?"

Sedona prende l'album, poi esita e mi lancia un'occhiata indecifrabile.

"Per favore..."

Trattengo il fiato mentre lei lentamente me lo passa, e spero vivamente di riuscire a dire le cose giuste. La fata è adorabile: grandi occhi sgranati, una bocca a cuore e codine rosse. Lunghe linee appena accennate le avvolgono il corpo dando l'impressione del movimento, come se fosse sul punto di saltare per volare al fiore successivo. Tiene le mani intrecciate dietro alla schiena, come la *Piccola danzatrice* di Degas, ma molto più graziosa. Presenta una certa qualità di gioia e malizia. Non ho sufficiente conoscenza in materia d'arte per capire come Sedona l'abbia realizzata, ma questo è quanto.

"È... *perfetta*. Hai un vero talento, Sedona."

"Oh, per favore." Cerca di riprendersi l'album, ma io glielo tengo lontano. "Non è niente. Roba da fumetti."

"Non è vero che non è niente. È bellissima. Incantevole. E, cosa più importante, è quello che tu vuoi creare." Non posso fare a meno di pensare a quanti soldi trarre dalle sue opere: è ad Harvard che mi hanno inculcato questo modo di ragionare. "Ne verrebbero fuori perfetti biglietti d'auguri. O libri per bambini. Addirittura magliette."

Sedona si mordicchia il labbro, ma una scintilla di speranza le illumina gli occhi e mi viene voglia di agitare un pugno in aria in segno di vittoria. Ho detto la cosa giusta. "Io... non lo so. Non sono brava con il marketing o le vendite. A me piace solo creare."

"E allora lascia che venda io per te. Sarò il tuo agente. O business manager, qualsiasi cosa abbiano gli artisti." Sorrido.

"Sarebbe una figata." Lo dice come se non lo credesse possibile, e la cosa mi fa incazzare. E così divento ancora più determinato a darle prova di quanto sodo sono disposto a lavorare pur di renderla felice.

Giro una pagina e lei cerca di strapparmi l'album dalle mani. Lo giro perché non lo prenda, ma lo tengo in modo da poterlo vedere.

Sono io, il me lupo, nel dettaglio. Ha usato i colori giusti. I miei occhi. Si è ricordata tutto, anche se mi aveva visto solo una volta.

"Sedona." Mi volto verso di lei con gli occhi sgranati dalla meraviglia. "Hai disegnato *me*."

Ha le guance arrossate. Scrolla le spalle come se non fosse niente. "Perché non avrei dovuto?"

"Posso averlo?"

"No." Allunga ancora il braccio per prenderlo e questa volta glielo lascio, anche se con riluttanza.

Mi sento trafitto dalla delusione. "Perché no?"

"Voglio tenerlo io," mormora.

La mia sicurezza ficcanaso ha una brusca svolta. Vuole tenerlo lei. Il disegno che raffigura *me*. Vorrei interpretare questa cosa in un sacco di modi, ma so che non è saggio. Sedona non ha ancora ammesso i suoi sentimenti nei miei confronti.

"Allora io ne voglio uno di te," le dico.

Sbuffa. "Non disegno me stessa." Le sue guance si colorano di un'incantevole tonalità di rosa.

"Provaci."

Ruota gli occhi, ma un sorriso le curva le labbra. "Ci penserò."

Mi appoggio allo schienale e sorseggio il caffè posandole una mano sulla gamba. Toccarla mi dà sicurezza, attenua l'ansia, anche se innesca i motori del desiderio che sempre arde in sua presenza.

Mi sento tranquillo e a mio agio con lei e quasi non oso pensare, ma sto iniziando a credere, che potremmo trovare il modo di far funzionare le cose.

Ancora non so come, ma so di volerci provare.

~.~

*Anziano del Consiglio*

Mi accomodo in prima classe sull'aereo per l'Europa e tiro fuori il mio portatile. Ho da visionare una grossa quantità di risultati dai test di laboratorio condotti a Città del Messico. Per fortuna erano in un laboratorio e non al magazzino. Non mi sono preso la briga di fermarmi lì: non si sa mai che sia sorvegliato. Non dai federali, quelli si possono pagare perché stiano zitti. Ma da mutanti. Gira voce che un lupo non appartenente al gruppo americano si sia liberato al loro arrivo, e che ora il suo branco si sia dato alla caccia.

Buona fortuna a loro. Ho lavorato ottimamente per restare sempre dietro le quinte. È facile se sei disposto a pagare fior di quattrini perché qualcun altro faccia il lavoro sporco per te.

Analizzo i risultati, studiando i marcatori genetici della lupa americana, come anche quelli dei suoi compagni di branco. Tutti in salute. Peccato non avere avuto il tempo di estrarre gli ovuli e il seme per avviare la fertilizzazione *in vitro*.

Ragione in più per cui Carlos deve mettere incinta la sua femmina durante il viaggio, sempre che non l'abbia già fatto.

Barcellona.

Carlos non avrebbe potuto facilitarmi di più il lavoro. Ho un magazzino lì, con due lupe, un giaguaro e due orsi in cattività, tutti trasportati dalla Siberia.

Avrei potuto farli portare in Messico, ma Carlos mi ha facilitato la decisione. Prenderò due piccioni con una fava.

Se non collaborerà, imprigionerò lui e la sua piccola americana e gli farò fare razza in qualche altro modo. Meglio che ucciderlo, come ho dovuto fare con suo padre. Che spreco.

Mando un messaggio ad Aleix, un trafficante. *Ci sono due lupi nuovi nella tua città. Trovali, tienili d'occhio, ma non toccarli: sono sotto la mia protezione.*

~.~

*Sedona*

Carlos mi tiene per mano mentre percorriamo Las Ramblas, l'area commerciale pedonale a cielo aperto di Barcellona. Cerco di non interpretare troppo il suo gesto: se faccio bene a lasciargli tenere la mano o quale messaggio mi stia inviando.

Dorme nella mia stanza, mi sveglia la notte per scoparmi alla grande. Probabilmente tenersi per mano non dovrebbe essere un limite tanto difficile da superare.

La strada è zeppa di turisti e venditori, e devo ammettere che il modo in cui Carlos ha assunto il ruolo del salvatore e protettore mi piace.

Mi fermo a dare un'occhiata a un artista di strada che finge per un momento di essere una statua, poi Carlos mi porta al mosaico di Mirò incastonato nel marciapiede, con i turisti che lo calpestano senza neanche sapere che si tratta di una famosa opera d'arte.

Ammiro una collezione di borse di pelle in una bancarella e Carlos estrae il portafoglio, come ogni volta che ci fermiamo. È ansiosissimo di comprarmi qualsiasi cosa desideri. Peccato che non sia un'artista povera in canna, oppure potrebbe essere proprio questo aspetto a convincermi a legarmi a lui.

Che pensiero strano.

È solo che mi sta facendo la corte in modo proprio esplicito. Sta dando prova del fatto di potermi accontentare, occuparsi di ogni mio bisogno. Dolcissimo, ma dà anche ai nervi se ci penso troppo. Mi sembra di essere in un reality show televisivo, dove ho un tempo definito per conoscere lo scapolo numero uno e decidere se è l'uomo con cui intendo passare il resto della vita.

Uhm, no.

Tra Carlos e me c'è chimica, su questo non ho dubbi. Ma non riesco a decidere quanto di tutto il resto sia reale. È qui a farmi la corte perché la sua natura lo costringe a farlo? Il suo lupo non gli permette di lasciarmi andare, adesso che mi ha marchiata?

Non c'è una ragazza migliore per lui? Qualcuno che appartenga alla sua stessa cultura, che parli la sua lingua e non abbia problemi con quei pazzi del Consiglio?

Ma già mentre ci penso, odio questa compagna immaginaria. Sarebbe la persona sbagliata per lui, ne sono certa.

Rimetto giù la borsa di pelle che stavo guardando.

"Ne vuoi una?" mi chiede Carlos.

Scuoto la testa. "No grazie, sacco di soldi."

Carlos inarca un sopracciglio. "Sacco di soldi?"

"Stai cercando di farmi vedere quanto bravo sei a mantenermi?

Ride. "Sono all'antica. Può darsi."

"E comunque, com'è la tua situazione finanziaria?" gli chiedo, mordendomi subito la lingua nell'udire il tono da aspirante sposina che fa l'interrogatorio al promesso.

"Il branco è abbiente. Generalmente, tutto va all'hacienda e agli altri non resta nulla."

Lo dice obiettivamente, ma so che non è una cosa che ha accettato, altrimenti non la porterebbe alla mia attenzione.

"Quindi intendi ridistribuire le ricchezze?"

"Non è così semplice. Vorrei investire i soldi nelle infrastrutture: opere idrauliche e corrente elettrica, meglio ancora nelle case. Ma penso anche che potremmo cambiare il modo in cui lavoriamo per aumentare i profitti. Sto analizzando i registri, e dovremmo avere più denaro. Molto di più."

"Pensi che qualcuno lo stia rubando?"

Mi guarda negli occhi. "Sinceramente? Sì."

Gli stringo la mano. "Bene, sono sicura che scoprirai chi è e che te ne occuperai. È per questo che sei lì, giusto?"

Mi passa un braccio attorno alla vita e mi stringe a sé; i miei seni gli premono contro alle costole. "Sembra tutto fattibile, quando sono con te."

Sento il cuore che tentenna e mi sciolgo a contatto con il suo corpo, sollevando il viso per ricevere un bacio.

Tiene le sue labbra sospese sopra alle mie. "Tu mi dai la motivazione," mormora.

Una parte di me vorrebbe allontanarsi, negargli che sono *io* la motivazione. Non sono pronta per un tale impegno. Ma mi stanno esplodendo i fuochi d'artificio nel petto e gli sto sorridendo come una scema.

Il suo bacio è caldo e tenero, imbevuto di qualcosa di più profondo della passione.

Mi fa una paura da matti.

~.~

*Carlos*

Esco dalla doccia dopo una giornata passata a visitare la Casa Museo di Gaudì con Sedona. Giuro che sa rendere tutto magico. L'architettura di Gaudì è impressionante, non c'è dubbio, ma vederla con i miei occhi rende tutto ancora più meraviglioso.

Con un asciugamano attorno alla vita, esco dal bagno nella stanza d'hotel e trovo Sedona. Con il vestito rosso.

"Oh no, *muñeca*. Non ti metti quello per uscire," dico con totale autorità. Devo evitare questa catastrofe, oppure sarò costretto a strappare gli occhi a ogni maschio che la guarderà stasera.

Per non parlare del rischio di saltare la cena, perché ora mi viene voglia di sbatterla contro al muro e scoparla di brutto.

"Via il vestito. Non puoi mettertelo." Pessima mossa da parte mia, ma non riesco a evitare che l'ordine mi esca dalle labbra.

Lei si mette le mani sui fianchi. "Fanculo. Io metto quel cacchio che mi pare."

Ok, va bene. Ho proprio cannato.

Vado verso di lei, un cacciatore che insegue la preda. Questa volta spingo giù il mio lupo prima di parlare. "Perdonami, *mi amor*. Non volevo dirlo." Poso le mani sui suoi fianchi e sollevo un po' il vestito, rivelando un pezzo in più delle cosce. "Intendevo solo dire che se indossi questo, l'unica cosa che mangerò stasera sarai tu."

Uno di quei meravigliosi sorrisi le illumina il volto. "Ci conto."

Gemo. "Ma stai morendo di fame. L'hai già detto – due volte – prima che tornassimo qui a docciarci e cambiarci."

"Dovrai trattenerti fino a dopo cena" Appoggia i palmi sui miei per tenermi a freno le mani.

"Impossibile."

Sedona scrolla le spalle. "Allora vado a mangiare da sola."

"Col cavolo," ringhio. Questa volta non riesco a trattenermi e la blocco contro alla parete, intrappolandola tra le braccia. "Toglilo. Il vestito."

Lei sgrana gli occhi. Gli angoli della sua bocca si curvano all'insù. "No." Sento il tono di sfida nella voce. È lo stesso che mi dice di inseguirla quando scappa.

Ma riesco a ricordare anche che ha fame. Ho il dovere di procacciare il cibo alla mia femmina. Quindi dovrò sbrigarmela velocemente. La faccio ruotare con la faccia rivolta al muro e prendo il bordo della gonna per tirargliela su.

Indossa mutandine minuscole: fili di seta con un pezzetto di stoffa in mezzo alle gambe.

Gliele strappo di dosso, incapace di contenermi e di levargliele con delicatezza. "Per chi sono queste?" La mia voce è un ringhio, pregna di folle gelosia per averle viste addosso queste mutandine, per il fatto che le abbia portate a Parigi prima ancora di sapere che sarei venuto.

"Vacci piano, ragazzone," mi ammonisce. "Sono per te. Solo per te. Come questa farfallina." Si mette una mano in mezzo alle gambe e si tocca.

*Oh no, non può averlo fatto.*

Faccio passare un braccio attorno alla sua vita e la tengo ferma mentre sculaccio il suo magnifico culo, la mano che cade sulle natiche rapida e forte. Le faccio scivolare l'altra sotto alla pancia andando a stringerle il monte di Venere. È bagnata fradicia. Premo un dito contro la sua umida eccitazione e lo uso per massaggiarle il clitoride. Lei chiude le dita sulle mie e ruota in avanti per reclamare maggiore attenzione in zona.

Inspiro tra i denti e smetto di sculacciarla, stringendo e massaggiando le sue curve calde mentre le tocco la fica bagnata. "Girati." La mia voce è tre ottave più bassa del solito, più bestia che uomo.

Sedona si gira e mi levo l'asciugamano dai fianchi. Quando sento una sua gamba scivolare attorno alla mia vita, le metto un braccio sotto al sedere e la sollevo per posizionarla a contatto con il mio membro pulsante.

E poi sono dentro di lei. Esattamente dove ho desiderato stare per tutto il giorno. Dove avevo bisogno di stare ieri notte, e anche la notte prima.

Spingo su e giù, premendo la sua schiena contro alla parete, ma tenendola stretta per i fianchi. È una dea scompigliata; il vestito arricciato su fino alla vita, i capelli sparpagliati sul muro. La scopo forte e fino in fondo, senza sosta.

"Stasera volevo dartelo lentamente, piccola. Volevo prendermi il tempo necessario. Ma no, dovevi metterti *questo* vestito," ringhio, mentre continuo a sbatterla.

Lei mi afferra le spalle, le sue unghie mi graffiano la

carne lasciandomi il segno come io l'ho lasciato su di lei. "Carlos," dice con voce strozzata. La disperazione è già lì: deve venire.

Buona cosa, perché la lunga durata non è una carta che posso giocare al momento.

"Prendilo," ringhio. "Prendilo fino in fondo, *muñeca.* L'hai chiesto tu."

Come al solito, la mia femmina è eccitata dalle parolacce. Sussulta, le cosce si stringono contro la mia vita, sento la fica che pulsa, spremendo e mollando mentre il suo ultimo grido resta come sospeso nell'aria tra noi, perché le si è strozzato il respiro in gola.

Sbatto dentro di lei altre tre volte e vado fino in fondo per venire anche io.

Il petto di Sedona riprende a muoversi e lei fa scivolare le mani dietro alle mie spalle, mi pianta le unghie nella schiena, chiude gli occhi.

Mi impossesso della sua bocca, sbattendo le labbra sulle sue, leccando e succhiando fino a che smetto di venire. Poi resto immobile. "Mi sono scordato di nuovo il preservativo." Ieri notte ne avevo messo uno, ma la notte prima, quando l'ho scopata nel sonno, non ce l'avevo, e neanche adesso me lo sono messo. Per quanto suoni orribile, il subconscio probabilmente la vuole incinta, per legarla a me.

"Nessun problema." Mi preme il viso contro al collo. Sta ancora prendendo fiato. "Non puoi mettermi incinta."

Il sollievo mi pervade. Beh, sollievo per lo più. Magari con un dieci percento di delusione. Probabilmente prende la pillola. Strano, ma non ne avevo sentito l'odore come di solito mi succede con le femmine umane.

Le sento brontolare lo stomaco.

"Piccola, hai fame," la rimprovero. Esco da lei e la poso a terra. "Andiamo a cena."

Lei resta immobile e alzo gli occhi a guardarla da dove mi sono piegato per raccogliere il mio asciugamano.

"Sedona, cazzo." Torno a grandi passi verso di lei e la copro con l'asciugamano. "Ti ho fatto male? Sono stato troppo rude, forse. Scusa, *ángel*."

Lei si appoggia a me, un gesto che mi dona un sollievo immenso. Mi avvolge le braccia attorno al collo e mi permette di tenerla stretta. "Mi piace quando sei rude," mormora contro il mio orecchio. Il suo corpo però sta tremando, e io mi sento uno stronzo pazzesco per averla scopata e poi messa giù per asciugarmi l'uccello.

La stringo, le accarezzo la schiena e affondo il viso tra i suoi capelli folti e lucidi. Sto ripensando alla scena, cercando di capire cosa possa essere andato storto o se abbia solo bisogno di un momento di coccole. Ma poi lei parla: "Comunque, mi devi un paio di mutandine."

Scoppio a ridere.

"E ho sempre intenzione di uscire con questo vestito."

Gemo. "Ok, *muñeca*, tieni il vestito. Ma sarai ritenuta responsabile per tutti gli uomini che dovrò prendere a pugni per averti guardata."

Mi lascia andare e faccio con riluttanza un passo indietro. "Ti comporterai bene." Sembra crederci, e la cosa mi porta a giurare di assecondare le sue aspettative. Anche se farò una fatica pazzesca.

~.~

*Sedona*

Non ho mentito. Non completamente.

Non può mettermi incinta perché lo sono già.

Ho lo stomaco tutto attorcigliato per la menzogna, e tutti i problemi che finora ho tentato di evitare mi si riversano addosso.

Non ci vorrà molto perché senta l'odore degli ormoni che cambiano in me. Perché il mio corpo inizi a modificarsi per dare spazio alla piccola vita che mi sta crescendo dentro. Il nostro cucciolo.

Cosa significherà per lui?

Non so neanche cosa significhi per me.

Cielo, questo viaggio in Europa non era un tentativo di guarire, ma uno sforzo estremo per spiegare le ali prima di trovarmi imbrigliata da un bambino. Ho fatto finta che il bambino non esista, che nessuno dei miei problemi esista, mentre intanto me la godo a guardare opere d'arte famose e a fare sesso contro al muro con un lupo mannaro libidinoso.

Ma molto presto dovrò affrontare la realtà. O semino presto Carlos e cerco di tenergli nascosta la gravidanza, o restiamo insieme e lo scoprirà da solo nelle prossime una o due settimane.

E poi?

Se già ha esagerato per proteggermi durante il viaggio, cosa farà quando saprà che porto in grembo il suo cucciolo? Credo davvero che mi lascerà stare?

Cos'ha detto Garrett? *Ci vorrà un branco intero per tenerlo a bada.*

Mi infilo un altro paio di mutandine e liscio la gonna mentre Carlos si veste.

Mi guarda come se sapesse che c'è qualcosa che non va nella mia testa, e la cosa lo preoccupa. Mi presta attenzione. Questo glielo concedo. In momenti come questo, vorrei che fosse meno attento.

No, non è vero.

Carlos mi accompagna fuori e andiamo a piedi fino a Las Ramblas per trovare un ristorantino all'aperto da dove poter guardare il via vai lungo la strada costeggiata da alberi.

Sono indolenzita e sensibile in tutti i punti giusti, ma so che nelle prossime ore la sensazione sparirà, lasciando spazio a piacevoli pulsazioni e formicolii.

Carlos ordina una bottiglia di vino dopo avermi consultata sulle preferenze. Quando la bottiglia arriva bevo un sorso, ma anche se volessi bere alcool non potrei. Il mio corpo lo rifiuta. Fatico anche solo con questo piccolo goccio.

Dopo le ordinazioni Carlos mi chiede: "Cosa sta succedendo in quella tua meravigliosa testolina, Sedona? Sei troppo silenziosa."

Scuoto la testa. "Niente. Sto solo cercando di non pensare a cosa succederà dopo tra noi."

La sua espressione si fa seria. Mi fissa con intensità, quasi mi perfora con lo sguardo e non riesco a respirare. "Ora non intendo chiederti quello a cui stai tentando di non pensare."

Rido brevemente, riconoscente per l'abilità di essere così reale con me. E trasformare una cosa così difficile di cui parlare in qualcosa di più semplice.

Il cameriere ci porta la cena e io mi ci tuffo, divorando la portata come se non mangiassi da una settimana. Spero che non sia l'inizio delle voglie dovute alla gravidanza, perché non voglio passare i prossimi nove mesi a mangiare tutto quello che vedo.

Uff. E adesso sto ripensando alla gravidanza. Non che abbia mai veramente smesso.

Guardo una coppia di musicisti che hanno appena iniziato a suonare sulla via pedonale, e Carlos segue il mio sguardo. Gli va di traverso il vino e mi giro a guardarlo divertita.

"Va tutto bene da quella parte?"

Si tampona le labbra con il tovagliolo. "Sì, vado un attimo al bagno, *muñeca*. Torno tra un secondo."

Mi ci vogliono trenta secondi perché il mio cervello capisca che non è andato dalla parte del bagno, ma si è diretto invece verso l'uscita.

L'istinto prende vita di colpo, mi si rizzano i capelli alla base del collo, la vista mi si fissa come se avessi bisogno di tramutarmi e scappare. Ma qual è il pericolo? Mi guardo attorno e scorgo Carlos fuori sulla Rambla parlare con…

*Oh no, cazzo.*

È un membro del Consiglio. Mi ricorderei ovunque di quel figlio di puttana. È uno dei due maschi che sono venuti incontro ai trafficanti al cancello.

Getto qualche euro sul tavolo e mi alzo in piedi, uscendo a grandi passi dal ristorante. Sono così concentrata su Carlos e il membro del Consiglio che non vedo un gruppo di uomini che mi viene incontro finché non gli finisco addosso. Qualcosa mi punge il braccio e quasi perdo l'equilibrio, ma uno di loro mi prende al volo. Stanno ridendo e parlando spagnolo. No, non spagnolo, ma catalano, la prima lingua di Barcellona. Uno di loro mi sorregge per il gomito e mi dice qualcosa di amichevole, ma io mi divincolo e continuo ad avanzare rapida verso Carlos.

Quando faccio per massaggiarmi il bruciore che ancora sento al braccio, ritraggo la mano insanguinata.

Non è niente, ma aggiunge impeto al senso di violazione e alla furia. Furia che adesso si scatenerà con tutto il suo peso addosso a Carlos.

~.~

*Carlos*

Don Santiago è a Barcellona.

Sono pronto a buttarlo a terra. Non so quale gioco stia facendo, ma intendo scoprirlo. Adesso.

Se non fossimo in un luogo pubblico, gli avrei già messo le mani alla gola.

"Rilassati, *mijo* – Don Carlo – non ti sto *spiando*, come dici tu. Avevo delle faccende da sbrigare qui e ho pensato che fosse un buon momento per farti visita."

"Stronzate."

Don Santiago non si è ancora levato dalla faccia l'espressione esageratamente divertita, e sono pronto a fargliela sparire io con un pugno sul naso. "*Bueno*. Hai ragione. Il Consiglio è interessato a quello che stai facendo qui con la tua femmina. Sono venuto a vedere se potevo tornarti utile in qualche modo."

"*Tornarmi utile?*" Mi ci vogliono tutte le forze per non gridargli addosso. "Cos'è, hai intenzione di mandare un mango e del vino nella nostra stanza d'albergo? Per aiutarci a trovare l'atmosfera giusta?"

Don Santiago incrocia le braccia sul petto. "C'è bisogno che lo faccia?"

Stringo i pugni con tanta forza che mi si piantano le unghie nei palmi.

"È già incinta?"

Don Santiago guarda alle mie spalle nello stesso istante in cui colgo l'odore di Sedona.

*Carajo!*

Mi giro di scatto, ma è troppo tardi. Ha sentito.

Ha il viso pallido come la neve, ma nei suoi occhi imperversa la furia.

"Sedona… non è come pensi."

Mi ha già voltato le spalle e si sta allontanando decisa in direzione dell'hotel.

"Sedona… aspetta! Lasciami spiegare!" Le corro dietro.

Mi fermo un secondo prima di raggiungerla, perché sono sicuro che mi aggredirà se le metto una mano addosso. Opto per allungare il passo e portarmi accanto a lei. "Non so perché è qui. Non sapevo che sarebbe venuto. *Ascoltami.*"

"No." Si ferma e mi spinge una mano contro al petto, bloccando anche me. "Non ho il dovere di sarti a sentire. In effetti, non posso. Ho sentito quello che volevo. Che ti proclami innocente o meno nei confronti del subdolo e sporco piano del tuo Consiglio, ne fai comunque parte. E questo significa che io me ne tiro fuori." Riprende a camminare.

"*Merda!*" Non posso trattenermi dall'imprecare a gran voce prima di allungare il passo. "Non è quello che…"

Solo che lo è. L'ha detto chiaramente. Non posso mettere in discussione il suo punto di vista su ciò che sta succedendo.

"Sedona, non sono qui per metterti incinta. Non ti vedo come un trofeo. Sono venuto qui perché non potevo stare lontano da te. Volevo onorare la tua richiesta di spazio, ma… *non potevo*. Tutto qui."

"Beh, dovrai farlo," risponde lei con tono secco. "Perché per me è finita."

Ha chiuso con me.

Le sue parole mi trafiggono dritto nelle viscere.

Rallento il passo, la lascio andare avanti senza di me. Non intendo tentare di convincerla a restare con me, continuando a mancare di rispetto ai suoi desideri.

Non si gira neanche a guardarmi e va dritta verso l'hotel. Mi sento come se ci fosse un peso di cento chili a opprimermi il petto. Mi appoggio al lato di un edificio, quasi incapace di tirare aria nei polmoni.

Ha ragione. I nostri problemi sono insormontabili. Non sarà mai capace di dimenticare quello che il Consiglio le ha fatto, e che io faccio parte dell'orrore. Come ho anche solo potuto sperare di riportarla insieme a me?

L'idea è ridicola. La rovinerebbe soltanto, come Monte Lobo ha rovinato mia madre. Tutta la sua luce si spegnerebbe, morirebbe un pezzettino di più ogni giorno fino a diventare pazza come mia madre, o a trasformarsi in nient'altro che un guscio vuoto.

Forse, se avessi un altro piano da offrirle... Un branco diverso, un'altra opzione. Forse, se accettassi di lasciare il branco, di andare a vivere con lei... Ma non posso abbandonare la mia gente. La mia assenza è parte del motivo per cui sta andando tutto a puttane. Il branco ha bisogno di me.

No, se voglio bene a Sedona – se le voglio bene veramente, e giuro che gliene voglio –l'unica cosa giusta da fare è lasciarla andare.

Anche se significa che quel peso mi sta spaccando il petto.

~.~

*Sedona*

Percepisco il momento in cui Carlos si ferma e mi lascia andare.

So che dovrei considerarlo un dono, ma mi fa male quanto il suo inganno. Proseguo a grandi passi fino all'albergo, rifiutandomi di guardare indietro. Non voglio vedere la sua espressione. Non voglio pensare a come si stia sentendo ora.

*È già incinta?*

Non posso credere che quel maledetto Consiglio sia già qui a controllarci. Hanno guardato tutto? Il nostro incontro a Tucson? A Parigi? Li odio. Li odio davvero. Li odio con un'amarezza tanto intensa che quasi ci potrei annegare dentro.

Ma no. La rabbia è l'altro lato della medaglia dell'essere una vittima. Cosa che ho deciso di non essere.

Non mi controllano. Non daranno forma alla mia vita o al mio futuro. E soprattutto non daranno forma al futuro del mio cucciolo.

Corro su per le scale fino alla camera d'albergo e butto tutte le mie cose in valigia. Me ne torno a casa. Forse scappo per paura. Sì, scappo per paura. Ma ho altro da considerare, oltre alla mia personale sicurezza. Devo pensare alla sicurezza del mio bambino.

E vedere qui quel membro del Consiglio mi ha scosso. Di brutto. Ho la pelle d'oca dappertutto nel ripensare alla scena. Ci stava guardando.

Ho interpretato la partenza dal Messico come una fuga, ma non è stato così. Sono ancora qui con me.

E pensano ancora che sia la loro fattrice.

Le lacrime mi appannano la vista mentre afferro la valigia ed esco dalla camera. In parte mi aspetto di trovare Carlos fuori dalla porta, o giù nella lobby o sul marciapiede antistante, ma non c'è. Nessuno mi blocca quando fermo un taxi e chiedo di andare all'aeroporto.

So che c'è la possibilità di non trovare un aereo a quest'ora della sera, ma non me ne frega un cavolo. Ogni cellula del mio corpo grida di uscire da qui, e velocemente. Devo tornare dalla mia famiglia. Dal mio branco, che mi proteggerà.

Non mi posso fidare di Carlos. Non so neanche se posso credere a tutto quello che mi ha detto, a tutto quello che è successo tra noi. Poteva essere solo una macchinazione per mettermi incinta.

Ora sono felice di non averglielo detto.

C'è sempre la possibilità che sia malvagio come il suo Consiglio.

Quel pensiero fa più male di ogni altra cosa. Credere che Carlos mi abbia ingannata e raggirata, che non mi abbia mai voluto bene mi costringe a stringermi le mani sul petto per alleviare il dolore.

Voglio credere che i suoi sentimenti fossero reali. Ma non basta. Può darsi che il suo bisogno di stare vicino a me sia biologico, che voglia proteggermi perché mi ha marchiata. Ma questo non significa che mi *ami*. Non significa che siamo ben assortiti come coppia.

Ero vulnerabile e ho interpretato con troppo ottimismo le sue attenzioni, ma ora devo essere più dura e resistente.

Per il bene del mio cucciolo.

~.~

*Anziano del Consiglio*

Apro la piccola fiala di sangue e inspiro profondamente.

Bene. L'americana è incinta. Ho fatto in modo che alcuni umani le andassero addosso per prelevarle un campione . Non è sufficiente per un test di laboratorio, ma lo capisco dall'odore.

Carlos non mi serve più. Se ci causerà altri guai, lo ammazzeremo più velocemente di quanto possa frignare *non chiamarmi mijo*.

E ora ho anche il DNA della sua femmina. Perfetto per i test di manipolazione genetica. Presto avrò raccolto campioni da ogni specie mutante sulla faccia della Terra. Quanto basta per costruire una rielaborazione totale del DNA e determinare i fattori che migliorano o limitano la capacità di tramutarsi, di guarire, di riprodursi.

Quello che è successo nel mio branco non dovrà verificarsi mai più, perché sarò in grado di manipolare i geni e creare dei super-lupi, mettendo insieme non solo i tratti migliori di un lupo mannaro ma anche di altri mutanti.

Attraverso il magazzino con un blocco in mano e collego ogni specie ai dati del rispettivo campione. Una tigre si lancia contro alle sbarre di metallo, ringhiandomi contro mentre mi porto davanti a lei.

"Che bellissimo esemplare. Dove l'avete trovato?" chiedo ad Aleix.

"L'ho comprato da un iraniano, ma viene dalla Turchia."

"Una tigre del Caspio? Molto rara. La controparte animale è estinta. Ottimo lavoro. Ti pagherò un bel bonus."

"Ci conto." Aleix incrocia le braccia sul petto. Vuole che lo paghi ora. Negli ultimi dieci anni ho fatto diventare ricchissimi lui e il fratello Ferran. Non partecipano alla caccia di mutanti ma solo all'acquisto e alla detenzione, ai prelievi di sangue e agli esami di laboratorio. Aleix è l'uomo d'affari, Ferran è il biologo.

Non sarebbero d'accordo con niente di tutto questo, ma gli ho promesso di curare la sorella da una malattia genetica che la sta lentamente consumando. La verità è che avrei potuto curarla anni fa, ma so che non appena lo farò Aleix e Ferran scioglieranno la collaborazione, e mi sono troppo preziosi. Meglio continuare a farli lavorare, a fargli cercare risposte.

Il Mietitore ha bisogno dei suoi seguaci.

## CAPITOLO DODICI

*Carlos*

Trentacinque ore da quando Sedona mi ha lasciato.

Ogni minuto, ogni ora sembra un'eternità. Ogni respiro è una fatica mortale. Ogni battito del cuore mi procura dolore al petto.

Noleggio un'auto per recarmi da *el D.F.* a Monte Lobo. Sento sempre una certa pesantezza al ritorno a casa, ma stavolta è come un macigno che quasi mi impedisce di muovermi. Dev'essere la sensazione che si prova quando si hanno cento anni, con il dolore di ogni singolo anno che ti attanaglia le ossa. Ma nel mio caso è il peso di ogni minuto trascorso lontano da Sedona.

Ogni minuto con la mente che ripensa all'ultimo istante trascorso insieme. Odio che mi veda coinvolto nella stupida ossessione del Consiglio per la progenie futura. Odio sapere che Don Santiago ha scatenato di nuovo il trauma della sua odissea.

Ma ora so con assoluta certezza che per noi due stare

insieme è impossibile. Non potrei mai riportarla qui. Non ricorderebbe che il male inflittole.

Mi sale in gola un ringhio. Avrei dovuto ammazzare ogni membro del Consiglio nel momento in cui ci hanno liberati. Sono un tale codardo da fuggire di fronte all'idea dell'omicidio?

Mi stropiccio la faccia con le mani, ma non serve a eliminare le ragnatele che mi pendono dagli occhi. Se solo potessi trovare il modo di uscire da questo retaggio di tenebra.

Juanito corre fuori per venirmi incontro. Il suo viso da bambino, che a volte sembra più maturo per il peso che anche lui è costretto a portare, appare luminoso. "Don Carlos!" Si ferma in scivolata e allunga le mani con entusiasmo per prendermi la valigia. Gliela lascio portare, non perché è un servitore e penso che sia il suo lavoro, ma perché negarglielo lo lascerebbe deluso.

Gli scompiglio i capelli. "Che novità ci sono, amico mio?"

Il ragazzino scrolla le spalle. "Niente. Hai portato indietro la tua femmina? Hanno detto che l'avresti fatto."

Il buco che ho nel petto si allarga ancora di più. "No. Non può tornare. Non perdonerebbe mai il Consiglio per averla tenuta prigioniera."

Juanito mi guarda. "E tu?"

"No." Non lo farò. E dovrei davvero fare un po' di pulizia: buttarli tutti fuori, almeno. Ma non so se ho alleati qui, a parte il mio amico di nove anni.

Juanito annuisce, come se si fosse aspettato la risposta. "Neanche io." Apre la porta della mia camera e mi lascia la valigia.

Sospiro e vado a trovare mia madre. Prima finisco con questa visita e prima potrò uscire per un giro del territorio. Sperando che le risposte giungano.

Domani salteranno via delle teste. Anche se alla fine una di esse dovesse essere la mia.

~.~

*Sedona*

È stato più facile trovare un aereo per Phoenix che per Tucson, quindi ecco dove sto andando, dopo aver chiamato mia madre perché venga a prendermi all'aeroporto.

Non appena la vedo, torno subito bambina. Scoppio in lacrime e mi getto tra le sue braccia mentre lei parte a raffica con i suoi discorsi da mamma. "Santo cielo, Sedona, sono stata così in pensiero. Stai bene? Sei ferita? Cosa ti hanno fatto? Raccontami ogni cosa."

Mi scosto e mi asciugo le lacrime con il dorso della mano. "Sono marchiata e incinta. Pensavo di essere innamorata, ma non può funzionare. Quindi eccomi a casa."

"Una volta per tutte?" Mia madre non riesce a mascherare la gioia. Ovvio che sia contenta di immaginare un nipotino da viziare in giro per casa.

"Non lo so, mamma." Le lacrime ripartono. "Non so cosa fare."

Mi accompagna fuori fino all'auto, dove mio padre sta aspettando a bordo strada. Esce e mi stringe in un forte abbraccio, e per una volta non dice nulla. Forse l'ho ferito andando con Garrett dopo il Messico.

No, che stupidaggine. Mio padre non resta ferito. Sta probabilmente tentando di darmi spazio. Prima volta in assoluto.

Afferra la valigia e la getta nel portabagagli.

"Sedona è incinta," sussurra mia madre mentre io salgo sul sedile posteriore. Fantastico.

Mio padre si mette alla guida e si immette nel traffico. "Tutto ok, piccola?"

Deglutisco e annuisco. "Sì."

"Ti stanno inseguendo?"

Un brivido mi percorre. Mi stanno seguendo? Hanno mandato Carlos perché mi riportasse indietro, e dato che ha fallito sono venuti loro direttamente? Oppure Carlos è davvero la mente dietro al Progetto Accoppiamenti Sedona?

No, dentro di me so che non è così. Il mio istinto non può sbagliarsi tanto.

"Non lo so, papà," ammetto. "Forse. O forse lo faranno quando verranno a sapere del cucciolo."

"Allora resterai qui. Dove posso proteggerti."

Sussulto, anche se sapevo che avrebbe detto così, e ho veramente bisogno della sua protezione. È solo che lui non chiede: ordina.

"Può proteggermi anche Garrett," dico con tono testardo, anche se non voglio tornare a Tucson. Non adesso, comunque. Lì non c'è niente per me.

Ma non c'è niente per me neanche qui.

E non c'era molto per me neppure in Europa, fino a che non è apparso Carlos.

Cavolo. È così avere il cuore spezzato? La vita senza l'amante non è nient'altro che una merda?

Se ne andrà mai questa sensazione di perdita e solitudine? Troverò ancora un senso nella vita? Forse con il nostro bambino. Cielo, spero di potermi sbarazzare di questa tristezza opprimente prima che nasca.

Mio padre sbuffa, evasivo. Spero vivamente che non stia insinuando che il rapimento sia conseguenza di scarsa attenzione da parte di Garrett. Continua a guidare. "Abbiamo fatto delle ricerche. Tuo fratello ha ammazzato i rapitori, ma non erano loro i lupi responsabili della cosa. C'è qualcuno di più grosso. Nessuno conosce la sua identità, ma si fa chiamare il Mietitore. Compra lupi e anche altri mutanti."

"Che cosa ci fa?" Ho la voce roca.

"Non è chiaro. Nessuno degli scomparsi è mai tornato, a parte te."

Qualcosa stuzzica la mia consapevolezza, l'istinto parte in quarta e mi strofino un punto sul braccio. Ricordo che c'era del sangue lì dopo che sono andata a sbattere contro quel gruppo di umani sulle Ramblas. Mi afferro il braccio ed esamino il punto. Non c'è niente. Perché il ricordo è riaffiorato adesso?

*Il mio sangue.* Qualcuno voleva il mio sangue? Quella piccola folla di umani è stata una scusa per prelevarne un campione? Ma perché?

*Eh.* Per vedere se sono incinta. Ma è stato il Consiglio o il Mietitore? Probabilmente il Consiglio.

"Penso che mi *stiano* seguendo, papà." La mia voce è così roca che non la riconosco.

"Chi? Il tuo compagno o il suo branco? O entrambi?"

"N-non lo so. Il suo branco, penso." Sento la nausea salirmi dalla pancia. Mi appoggio una mano sull'addome, mandando un segreto messaggio di sicurezza al mio bambino.

*Non gli permetterò di averti.*

"C'è una mutante su a Flagstaff che pensiamo possa essere del loro branco. È una vecchia lupa. Le ho chiesto di incontrarci."

"Cosa ti ha detto?"

"Sto aspettando una risposta. Ho contattato il loro alfa. Spero che si metta in comunicazione con me oggi, in modo da poter andare subito da lei a parlarle."

"Voglio venire anch'io," gli dico.

Mio padre esita, incrociando il mio sguardo nello specchietto retrovisore. Annuisce.

Sono sorpresa: sono abituata a essere tenuta fuori dalla mischia. Le cose stanno cambiando.

~.~

*Carlos*

Entro come una furia nell'ufficio di Don José.

Sono tornato da un giorno ed è ora di fare qualche cambiamento. "Secondo i miei calcoli, ricaviamo ogni anno cinquantamila once d'argento dalla miniera, eppure ne vendiamo solo trenta. Dove finisce il resto?"

La sorpresa appare sul volto di Don José, ma la maschera rapidamente. "Vendiamo tutto quello che estraiamo. Cosa stai insinuando? Che qualcuno ne ruba la metà? Impossibile." Ride e agita una mano, come a scacciarmi.

"Andiamo, Carlos. Sei di cattivo umore da quando sei tornato senza la tua femmina. So che ritieni responsabili del fallimento Don Santiago e il resto del Consiglio, ma ora stai diventando paranoico."

Ignoro la frecciatina e sbatto il vecchio registro sulla scrivania. "Qui ci sono i resoconti di ogni miniera, con riportata la produzione." Indico diverse colonne di numeri. "Le cifre non corrispondono ai resoconti presentati dalla squadra di Guillermo giù alla miniera." Appoggio sulla scrivania un registro consunto e logoro che viene da laggiù.

Don José prende il quaderno e osserva lui stesso i numeri, poi li confronta con il suo registro. Aggrotta la fronte, ma poi si rilassa di nuovo.

"Chi inserisce i numeri?" chiedo, puntando un dito sul registro.

"Io," dice secco. "Ma non uso i registri della miniera. Uso i resoconti generati da Don Santiago."

Ci guardiamo negli occhi. *Santiago*. So che lo stiamo pensando entrambi. Figlio di puttana. Di sicuro sta usando i soldi per un progetto scientifico che gli passa per la mente. Ma Don José mostra un volto impassibile e dice: "Don Santiago sa quello che sta succedendo. Sono sicuro che queste sono cifre approssimative e che quelle che lui inserisce sono le definitive. Se ci sono delle discrepanze, il Consiglio farà le dovute correzioni."

Mi lancio contro di lui, lo afferro per il bavero della camicia e sollevo il pugno sotto al suo mento. "Ne sei sicuro? Sei sicuro di un sacco di cose, vero? Sei sicuro di come e perché la ricchezza di questo branco sia stata prosciugata negli ultimi cinquant'anni, lasciando nell'indigenza la maggior parte della nostra gente?"

Non si ribella, probabilmente perché in uno scontro fisico vincerei io. Ma non mi concede la gratificazione di mostrarsi agitato, mantenendo invece un atteggiamento calmo e altezzoso. "Sei squilibrato, Carlos. Datti una calmata, o dovremo somministrarti dei farmaci come a tua madre."

Gli sbatto la testa contro alla scrivania, spaccandogli il naso. Quando lo risollevo, il sangue gli scorre sulle labbra e sul mento. Porto il mio viso a pochi centimetri dal suo. "*Provaci*," ringhio. "Provaci, e ammazzo tutti voi figli di puttana fino all'ultimo."

Don José fa una risata forzata mentre cerca un fazzoletto in tasca. "Sei impazzito, Carlos."

"Davvero, José?" Lascio da parte il Don, perché non merita il rispetto che l'appellativo implica. "Intendo scavare e andare a fondo finché non scoprirò dove è finita metà della ricchezza della nostra montagna. E farai meglio a pregare che la sua scomparsa non sia in qualche modo legata al Consiglio."

Mi giro per uscire e Don José si stringe il naso con il fazzoletto.

La lotta per il controllo ha avuto inizio.

~.~

Torno giù alla miniera per restituire il registro. Mi vergogno di non aver passato molto tempo nelle miniere. Non conosco tutti quelli che ci entrano, né i nomi e i volti degli uomini che ci lavorano. Trovo Guillermo, il responsabile che mi ha dato il registro, che sta lavorando accanto a tutti gli altri.

La miniera consiste per lo più di argento e piombo, ma in origine, quando i nostri antenati spagnoli si sono stabiliti qui, ne estraevano anche oro.

Guillermo si alza in tutta la sua statura quando mi vede entrare. È un lupo grosso, il volto prematuramente segnato dalle rughe e rovinato dal duro lavoro. Mi squadra dalla testa ai piedi, osservandomi i pantaloni italiani senza neanche una grinza e la camicia impeccabile. Sono fuori posto come un fiore su un mucchio di letame. I suoi occhi si fermano sul colletto, e lo allargo per poterlo guardare e capire cosa lo abbia incuriosito.

Oh sì. Qualche schizzo del sangue di Don José. Non offro spiegazioni. Non serve, sono un alfa.

Sollevo il registro. "Ho riportato i resoconti."

Guillermo prende il quaderno. Sono sicuro di scorgere sospetto sotto al suo sguardo naturale, ma non so per cosa. "Trovato niente di… interessante?"

Annuisco.

Non sono sicuro di quanto dovrei condividere. Non so chi lavori per il ladro, o ladri che siano. Non sono in grado di dire se qualcuno dei lupi qui presenti si metterebbe dalla mia parte se tentassi di occuparmene. La mia ipotesi è che ci sia lo zampino del Consiglio, ma ho bisogno di altre prove.

"I numeri non corrispondono ai resoconti del Consiglio." Opto per la verità e guardo i volti che mi circondano mentre la assorbono.

Alcuni sembrano confusi, altri arrabbiati. La maggior parte mantiene un'espressione attentamente neutra, come abituata a mascherare i pensieri.

Guillermo incrocia le braccia sul suo enorme petto. "I miei numeri sono corretti."

"Non ho alcun dubbio. Se c'è qualcuno che ruba argento al branco, di certo non lo scrive sul registro."

"Rubare dal branco o dal Consiglio?" mormora uno. Non so chi abbia parlato, perché tengono tutti gli occhi bassi, come temendo la mia aggressività.

"La montagna non è del Consiglio, ma del branco. La ricchezza estratta da queste miniere dovrebbe servire al benessere di tutti." Ora mi sono lanciato nella mia campagna. Se intendo fare dei cambiamenti, avrò bisogno di sostegno.

Nessuno di loro mostra reazione alle mie parole.

"Dov'è la tua femmina?" chiede qualcuno che sta più indietro.

La domanda mi colpisce come un pugno allo stomaco. Avrei potuto gestire ogni genere di richiesta, ero pronto a ogni tipo di discussione, a parte questa.

*Carajo.*

Il branco vuole un alfa con una femmina. Hanno bisogno di sapere che intendo preservare la nostra linea alfa. È quello che il Consiglio mi ha detto, ma ora vedo quanto conti anche per loro.

*Maledizione.*

Un capo non biasima altri quando ha carenze lui stesso. Non intendo spingere il Consiglio sotto a un autobus in corsa, anche se credo che la loro intromissione abbia rovinato le possibilità che avevo con Sedona.

Sedona, *santo cielo*. Ho passato tutta la giornata cercando di non pensarci, ma ora è qui, nella mia testa, davanti a tutto il resto, come l'ho vista l'ultima volta. Ferita, arrabbiata e spaventata. Il volto pallido per la furia, gli occhi azzurri carichi di rancore. *La mia Sedona*. Quasi mi piego in due dal dolore che mi attanaglia lo stomaco.

Mi schiarisco la gola. "Sto lavorando per trovare una compagna. Vi prometto che ne prenderò presto una per continuare la linea dei Montelobo."

I lupi si spostano sul posto, irrequieti, e l'odore del sospetto si fa più pungente. Mi sa che sanno riconoscere una stronzata, quando la sentono.

Devo loro di più. Nonostante il dolore al petto, ci riprovo. "Probabilmente avete sentito che durante l'ultima luna ho preso una compagna, ed è vero. Ma era stata portata qui contro la sua volontà. Rubata al suo branco in America. Mi rifiuto di tenerla prigioniera. L'ho liberata."

Incredibilmente, alcuni annuiscono come d'accordo con la decisione. Forse tutto quello di cui hanno bisogno è un po' di comunicazione da parte mia, in modo da poter capire le decisioni che il loro alfa prenderà. Invece di lasciare che il mio senso di colpa per aver fallito come alfa mi faccia affondare, mi tiro su e offro di più.

"So di essere stato un pessimo alfa per voi. Sono stato via mentre le cose peggioravano. Ma ora sono tornato. Sono pronto a dedicarmi al miglioramento di Monte Lobo per il bene di tutti, non solo di coloro che vivono nell'hacienda." Agito una mano indicando il registro. "Comincerò dalle finanze. Alcune cose non tornano, ma intendo capire dove stiano finendo i soldi. Il branco ha bisogno di maggior ricchezza per portare avanti delle migliorie. Impianto idraulico ed elettrico per tutti, tanto per cominciare."

Di nuovo, percepisco sospetto. O magari scetticismo. Come biasimarli? Non ho dimostrato loro nulla come alfa.

Provo un'ultima volta. "La mia porta è aperta. Se avete qualcosa da segnalare, o avete delle richieste, venite a trovarmi all'hacienda. Voglio sentire le vostre opinioni."

Alcuni annuiscono.

Inclino leggermente la testa e mi giro per uscire dalla miniera, con il peso di almeno una ventina di paia d'occhi puntati su di me.

"*Señor!*" chiama qualcuno non appena esco alla luce del sole. Mi schermo gli occhi, sbattendo le palpebre fino a che non riesco a distinguere un volto segnato dal tempo. È Marisol, la moglie del vecchio contadino Paco.

"Don Carlos, bentornato a casa." Mi fa un piccolo inchino.

"*Señora,*" rispondo, ricambiando il saluto. Almeno qualcuno è felice di vedermi.

Mi si avvicina. "Mio marito mi dice di non disturbarla, ma…" Si interrompe e si morde il labbro.

"Sei una del branco. Sei sempre la benvenuta se vuoi parlarmi."

La vecchia lupa mi scruta. Colgo una zaffata dell'odore delle sue emozioni: preoccupazione, rassegnazione, un accenno di qualcosa che sembra più di normale nervosismo. Terrore?

"Non hai niente da temere da me," sottolineo.

"Suo padre. Era un bravo lupo," sussurra. "Voleva il meglio per il branco. E lei… lei è come lui. Lo vediamo."

Non me l'aspettavo, quindi resto in silenzio.

Abbassa lo sguardo, le spalle chiuse in avanti in segno di sottomissione. "Non voglio mancarle di rispetto, alfa."

"Marisol." Le tocco la spalla. "Ti sono riconoscente per aver parlato. Spero di onorare la memoria di mio padre." Cerco le parole giuste. "Voglio anche il meglio per il branco. Non per pochi lupi, ma per tutti. Prometto che lavorerò sodo per essere l'alfa che vi meritate." Mi avvicino. "Le cose cambieranno. In meglio." *Che al Consiglio piaccia o no.* Un giorno il branco potrebbe radunarsi dietro a me. Fino ad allora, lavorerò per ottenere la loro fiducia.

La speranza che le vedo in volto mi dice che quel giorno potrebbe arrivare presto.

"Che il cielo la benedica, Don Carlos," sussurra con un altro inchino. La lascio scappare via.

Ho detto con sincerità ogni singola parola. Ora, tutto quello che posso fare è prestare fede alle promesse.

Anche se non ho la motivazione di Sedona.

Anche se non sono sicuro di come il mio cuore potrà continuare a battere senza di lei.

Mi getterò nel lavoro e farò la differenza per il mio branco. E un giorno forse potrò riprovarci con la mia adorata compagna.

# CAPITOLO TREDICI

*Sedona*

Io e mio padre facciamo un viaggio in auto di due ore fino a Flagstaff per andare a trovare Rosa, la mutante che viene dal Messico. Traffico con la radio, ma ogni stazione mi fa venire il mal di testa. Per quattro giorni ho vissuto nel più completo intontimento. La gravidanza mi stanca – dormo quindici ore per notte – ma parte della spossatezza deve essere depressione.

Vedo le occhiate preoccupate che i miei genitori si scambiano quando pensano che non li stia guardando. Mi trattano tutti come se fossi fatta di vetro. Proprio ciò che non volevo quando sono tornata dal Messico. Cielo, adesso mi sento ancora peggio di allora.

Lì ero confusa. Ora sono devastata. Carlos mi ha rovinata e non potrò mai più trovare un compagno. Non potrò più trovare l'amore. Non vedo alcuna luce nel mio futuro.

No, non è vero. C'è un bambino che non vedo l'ora di conoscere. Almeno lui – o lei – mi dà uno scopo a cui tendere.

Accostiamo accanto a un piccolo capanno tra i boschi. È un'abitazione graziosa per un lupo. Tutta Flagstaff lo è: una piccola cittadina circondata da montagne e boschi.

Una latinoamericana bassa e tarchiata esce sul porticato antistante casa, asciugandosi le mani con uno strofinaccio. Non mi toglie gli occhi di dosso mentre smonto dall'auto.

Mio padre le si avvicina e le stringe la mano. Per qualche motivo ho il cuore che sta battendo più forte del solito. Questa donna è come un pezzettino di Carlos, una del suo branco.

Seguo mio padre e salgo i gradini, entrando nel piccolo capanno. Lei ci invita a prendere posto al tavolo rotondo della cucina, in un angolo sotto a una grande finestra. Nel cortile sul retro ci sono alcuni pini e la cuccia di un cane. Il cane, un labrador nero, è seduto sotto alla finestra, educato, le orecchie sollevate e la coda scodinzolante.

Ci versa del caffè e porta al tavolo un cartone di latte scremato insieme a una zuccheriera. Metto due cucchiaini di zucchero nel caffè e verso tanto latte da schiarirlo.

"Allora," dice Rosa, sedendosi infine con noi. "Come posso aiutarvi?"

"Come ho detto al telefono, mia figlia è stata rapita dal branco di Monte Lobo. Ce la siamo ripresa, ma vogliamo sapere tutto quello che può dirci su di loro."

"L'avevano presa per il loro alfa? Come premio?"

"Sì," dico, schiarendomi la gola. "Per Carlos."

"Carlos, sì. Me lo ricordo, ovviamente."

Non prosegue, ma io e mio padre aspettiamo, lasciando che il silenzio faccia da invito.

"Inizierò raccontandovi perché me ne sono andata. Devi aver visto il divario tra ricchi e poveri."

Annuisco.

"Io ero tra i poveri. Mio padre lavorava nelle miniere, mia

madre coltivava la terra. Una vita abbastanza soddisfacente, non ne conoscevo di diversa. Ho trovato un compagno quando ero molto giovane: ho seguito l'esempio dei miei genitori.

"Ho faticato a restare incinta. Ho portato a termine solo un cucciolo, e pensavo che fosse perfetto. Ma quando è arrivato alla pubertà, abbiamo scoperto che non poteva tramutarsi. Succedeva a un sacco di cuccioli di quella generazione: troppa consanguineità, ora lo so. Nel branco eravamo tutti più o meno imparentati. Don Santiago, un membro del Consiglio, me l'ha portato via. Ha detto che poteva migliorarlo. Lo ha portato a Città del Messico, ma da lì mio figlio non è mai tornato."

I suoi occhi si riempiono di lacrime. "Ha detto che non è sopravvissuto alla procedura. Mio marito ha alzato un polverone e poco dopo è rimasto schiacciato in un incidente in miniera."

Mio padre si china verso di lei. "Sta dicendo che non si è trattato di un incidente?"

Scrolla le spalle. "Tutti i membri del branco che creavano problemi scomparivano nelle miniere. Un modo facile di sbarazzarsi dei piantagrane."

Un ringhio rimbomba nella stanza. All'inizio penso che venga da mio padre, ma poi mi rendo conto che sono io.

"Ci sono alfa che governano il branco con pugno di ferro, che ne puniscono i membri e che addirittura infliggono la morte come punizione. In quanto lupi, seguiamo e obbediamo. È la nostra natura. Ma niente in quel Consiglio è naturale."

Mi viene la pelle d'oca sulle braccia. Ringhio di nuovo.

"Morti nascoste, morti silenziose. Il branco così continua ad avere paura, e sta zitto. Le spie del Consiglio sono dappertutto. Nessuno parla, per paura di essere il prossimo. Ma dopo la morte di mio marito, ho capito che me ne dovevo andare. Mia sorella Marisol mi ha aiutata a fuggire. Lei non voleva lasciare il marito, ma mi ha spinta a scappare finché ero in tempo."

"E l'alfa?" chiede mio padre. "Non poteva andare da lui per avere aiuto?"

"L'hanno ucciso."

Resto a bocca aperta. Carlos non me l'aveva detto. Lo sapeva?

"Se non riescono a controllare un alfa, muore. Tutto quello che interessa a loro è tenere pura la linea di sangue dell'alfa. Non vogliono un alfa al comando. Il tuo Carlos è in pericolo ora."

"Ora?"

Annuisce, gli occhi preoccupati. "Ora che sei incinta. Non hanno più bisogno di lui."

~.~

Sento le gambe deboli mentre torniamo alla macchina. Sapevo che il branco di Carlos era un casino, ma non avevo mai pensato che lui potesse essere in pericolo.

Ma avrei dovuto immaginarlo. Avevano pochissimo rispetto per lui. L'hanno addirittura chiuso in gabbia insieme a me. Il loro alfa. Il mio compagno è in pericolo. Il padre del mio cucciolo.

Mi tremano le mani nell'estrarre il telefono.

"Chi chiami?" Mio padre mi sta guardando preoccupato.

"Garrett."

"Perché?"

Scuoto la testa con impazienza e digito il numero.

"Ehi sorellina. Tutto a posto?"

"Sì. No, non proprio. Ehi, potresti mandarmi il numero di Amber?"

Praticamente lo sento stringere i denti. "Intendi dirmi di cosa si tratta?"

"Voglio solo controllare delle informazioni che io e papà abbiamo avuto da una mutante a Flag. Viene dal branco di Carlos."

"Ok. Ma sappi solo che Amber non si sente ancora del tutto a suo agio nell'usare il dono, e non le piace essere messa al centro dell'attenzione."

"Non è quello che hai fatto tu per trovarmi?"

"Sì, saputella, è vero. Non importa. Siete tutte e due adulte. Ve la potete sbrigare tra voi."

"Grazie."

"Fammi sapere se ti posso aiutare in qualche modo, ok sorellina?"

"Sì, sarà fatto."

"Torni a casa? Abbiamo completato il trasloco."

Lancio un'occhiata a mio padre, che guarda la strada accigliato. Ovviamente ha sentito ogni singola parola. "Forse. Non lo so. Ho un sacco di cose da sistemare."

"Lo so." La sua voce è pregna di compassione, cosa che non voglio, quindi termino la chiamata velocemente.

Quando mi arriva il messaggio con il numero, chiamo subito. Amber risponde con tono professionale. "Buongiorno, parla Amber Drake."

"Ciao Amber, sono Sedona.

"Ciao Sedona. Che succede?"

"Posso farti una domanda? Semplice, da sì o no?"

Amber resta in silenzio un momento e sono sicura che sta pensando a come dirmi in modo educato di piantarla di usarla. Ma alla fine dice: "Ci posso provare."

"Carlos è in pericolo?"

Resta in silenzio per un momento, poi la sento inspirare sonoramente. "Pericolo mortale," dice con voce strozzata.

"Merda," mormoro. "Grazie. Grazie mille. Lo apprezzo davvero." Riattacco.

Mio padre si acciglia.

"Sapevo che avrei dovuto fare a pezzi quel branco il giorno in cui siamo venuti a prenderti."

"No, papà," rispondo severa. "Perché avresti ucciso anche Carlos. E non è colpa sua."

Inarca le sopracciglia. "Torneremo lì. Faremo fuori solo il Consiglio. Poi sarai libera di prendere la decisione giusta riguardo al tuo com… riguardo a Carlos. Non voglio che le tue scelte siano annebbiate dalla paura per la sicurezza tua o del tuo cucciolo, o magari del padre del tuo cucciolo."

Annuisco in silenzio. Ecco perché amo mio padre, per quanto sia uno stronzo autoritario. Si occupa di tutto.

Anche Carlos farebbe tutto questo per nostra figlia. Per qualche motivo, sono improvvisamente certa che si tratta di una femmina. La sua visione del branco è stata oscurata dalle menzogne perpetrate dal Consiglio. Se sapesse che hanno ucciso suo padre, so che agirebbe senza esitazioni. Non è un codardo, non il mio Carlos. È solo preoccupato di fare la cosa giusta per il branco.

E per me. Mi rendo conto con estrema chiarezza del motivo per cui mi ha lasciato andare. Non perché non mi vuole bene. Ma perché me ne vuole un sacco. Entrambe le volte che me ne sono andata, me lo ha permesso. Non mi avrebbe mai trattenuta contro la mia volontà.

Le lacrime mi scendono dagli occhi, ma diversamente da quelle versate nei giorni scorsi, queste non sono piene di autocommiserazione. Il mio petto è colmo d'amore. Amore per il mio compagno, per Carlos.

Che adesso è in pericolo.

Sì, penso che mio padre si possa occupare del Consiglio, ma voglio arrivare prima io. Dire a Carlos quello che so e aiutarlo a risolvere le cose prima che mio padre entri in scena con i suoi pezzi grossi. Però non posso dirlo a papà, non me lo permetterebbe mai.

Stanotte. Appena tornati a Phoenix, troverò un aereo.

# CAPITOLO QUATTORDICI

*Carlos*

"Carlos, me l'hanno portato via," piagnucola mia madre. Sono nella sua stanza e cammina avanti e indietro davanti alla finestra, fermandosi di tanto in tanto per guardare fuori.

"No, sono qui mamá." Le poso le mani sulle spalle e cerco di attirare il suo sguardo.

"Tuo *padre*," sussurra lei. "Hanno preso tuo padre."

"Papà è morto. Ricordi? Un incidente nella miniera."

Lei scuote la testa rapidamente. "No, nessun incidente. Lo hanno *preso*."

Sospiro e guardo verso Maria José, che sta trafficando nell'angolo. "Dovremmo sedarla?"

Per un secondo, colgo un lampo di giudizio nell'espressione di Maria José e resto sorpreso. Poi ricordo cosa mi ha detto la volta scorsa.

"Pensi che le medicine peggiorino la situazione. Non le ho ancora fatte analizzare." Mi passo le dita tra i capelli. "Mi spiace. La porto in città domani. L'assenza di Don Santiago mi facilita la ricerca di una seconda opzione."

Maria José sgrana gli occhi e viene avanti. "Sì, sì Don Carlos. Sarebbe fantastico. La porti via. Non è al sicuro…"

Smette di parlare e colgo l'orrore sul suo volto prima che si volti per nasconderlo.

L'istinto si fa più acuto, la vista si fissa come se stessi per tramutarmi. Mi sforzo di mantenere un tono gentile e la prendo per le spalle per farla girare. "Cosa vuol dire che non è al sicuro?"

Scuote la testa rapidamente. "Niente, *señor*. Niente."

Stringo la presa. "Non mentire. *Mai* mentire a me," ringhio. Quando la vedo sgranare gli occhi ancora di più, mi sforzo di lasciarla e faccio un respiro. Non arriverò da nessuna parte con le maniere forti. "Maria José, è di mia *madre* che stiamo parlando. Ho bisogno di sapere cosa intendevi dire."

"Le medicine…" Agita ancora le mani. "E se fossero le medicine a *renderla* pazza, e non il contrario?"

Guardo mia madre nella sua camicia da notte rosa e bianca a fiori, con la vestaglia gialla. Ci sta guardando con incertezza. È strana da tantissimo tempo, ma ora nel suo sguardo colgo la mia vera madre. Come se *volesse* capire quello che stiamo dicendo. Ed è quasi così.

"Ci pensi: quando è iniziata la pazzia?" sussurra Maria José.

"Dopo la morte di mio padre. Stava soffrendo il lutto…" Mi interrompo quando Maria José scuote leggermente la testa.

"Pensi a quello che dice della morte di suo padre."

*Me l'hanno portato via.*

Mi colpisce come un proiettile alla testa. "La stanno facendo stare zitta."

Maria José fa un passo indietro, come se non potesse credere a ciò che ha fatto.

Vado a grandi passi fino al comò, dove sono raccolte le medicine, e le getto sul pavimento. "Sbarazzati di queste. Niente più medicine fino a che non l'avrò fatta vedere. E non lasciarla sola neanche per un secondo. C'è qualcun altro che le ha fatto le iniezioni a parte Don Santiago?"

Maria José scuote la testa.

"Bene. Non voglio che nessuno le si avvicini. Nessuno eccetto te, capito?"

"Sì, Don Carlos." Annuisce.

Mi rigiro a guardare mia madre. Sembra quasi lucida, come se capisca. Indica con mano tremante un punto del pavimento accanto al letto.

"Cosa c'è, mamá?"

Cielo, le mani le tremano come se avesse il Parkinson e mi si spezza il cuore. Effetti collaterali delle medicine.

Mia madre corre vicino al letto e si inginocchia sul pavimento.

*Carajo.* Altra pazzia.

"Mamá, alzati dal pavimento. Va tutto b..." Mi fermo quando vedo che sta facendo leva su un'asse.

"Cosa c'è là dentro, mamá?" Guardo Maria José con espressione interrogativa, ma lei scuote la testa.

Dopo aver sollevato con gentilezza mia madre e averla fatta sedere sul letto, alzo l'asse per guardarci sotto. Ci sono centinaia di pillole dei colori dell'arcobaleno e di dimensioni diverse. Ma sotto c'è un diario. Lo ricordo da quando ero bambino. Mia mamma era solita scriverci poesie per poi leggermele. È nostalgia o mi sta mostrando qualcosa di significativo?

Mi volto a guardarla, ma ha un'espressione semplice e vuota.

Prendo il diario, scuotendo via le pastiglie, e me lo infilo in tasca. Non so se stia tentando di dirmi qualcosa o se è pazzia, ma me lo porto dietro per tenerlo al sicuro.

Mi chino a baciarla sulla testa e faccio un cenno a Maria José col capo. "Prepara una valigia per voi due. Partiamo domattina."

Quando vedo Maria José esitare, immagino sia paura. "Porteremo anche Juanito. Vi terrò tutti al sicuro, ve lo prometto."

Lei si rilassa e fa un leggero inchino. "Grazie, Señor."

~.~

*Sedona*

Per miracolo trovo un aereo per Città del Messico in partenza stasera, quindi chiamo un uber perché venga a prendermi a un isolato di distanza dalla casa dei miei. L'ultima cosa che voglio è mettere nei guai un membro del branco per avermi accompagnata all'aeroporto, e so che mio padre non mi lascerebbe mai andare. Esco di soppiatto di casa senza nient'altro che uno zaino, perché – sì – una valigia potrebbe far capire alla mia famiglia che sto andando da qualche parte.

So che mi staranno alle calcagna, e va bene. Voglio solo arrivare per prima.

Mi imbarco con grande determinazione. Non permetterò a nessuno di privare il mio cucciolo di suo padre. Buffo come le cose diventino chiare e limpide a un passo dal perdere tutto.

Non perderò Carlos. È mio. Il mio compagno. Il padre del mio cucciolo. Ha un cuore enorme: vuole bene alla madre, al ragazzino che mi ha liberata, al suo branco.

A me.

Ora è ovvio che mi voglia bene e mi rispetti. Ha venerato

il mio corpo, mi ha dominata, ma lasciandomi libera. Non intendo vivere senza di lui.

Non so come faremo funzionare le cose, ma troveremo il modo. Se il Consiglio verrà eliminato dalla scena, il trauma e il rancore per la prigionia potrebbero essere messi da parte. Sarei contenta di aiutarlo a portare avanti i cambiamenti che ha ipotizzato per il suo branco. Se lavorassimo insieme, non ho alcun dubbio che potremmo fare grandi cose.

Guarda cos'ha fatto mio fratello a Tucson solo con un piccolo capitale di base e un branco di giovani maschi messo insieme alla buona. Ora possiede una florida un'impresa immobiliare, un night club e un branco forte e leale che farebbe per lui qualsiasi cosa. E una compagna. Avere Amber cambierà ulteriormente le cose: non vedo l'ora di scoprire come. Magari daranno un cuginetto al mio cucciolo.

Ma corro troppo. Devo prima salvare Carlos.

Il resto lo sistemeremo poi.

~.~

*Carlos*

Mi sveglio con la testa appoggiata alla scrivania, un rivolo di saliva che mi cola sul mento. Devo essermi addormentato controllando i registri. Passo la notte ad analizzare altri resoconti finanziari, seguendo le tracce dei soldi. Dato che Don Santiago è sempre stato l'unico esperto informatico del *Consejo*, ha gestito lui i conti online. Pare che sia lui a rubare. Che lo faccia con la complicità del *Consejo* o meno, ancora non posso saperlo con sicurezza.

Giuro che per un momento ho visto l'incertezza negli occhi di Don José quando gli ho detto quello che avevo trovato, ma poi ha rapidamente mascherato le emozioni. È stato questo a farmi incazzare. Il *Consejo* opera sempre da solo, senza includermi in discussioni o decisioni. So che non dovrebbe funzionare così.

Mio padre ne era membro. Ricordo che restava chiuso in sala conferenze per lunghe ore, e ne veniva fuori abbattuto e teso, arrabbiato e stressato.

Io non sono mai stato neanche invitato. Sono pronto a sciogliere l'intero Consiglio. Se sapessi di avere il supporto del branco, lo farei oggi stesso. Seduta stante. Prima di portare mia madre a Città del Messico.

A proposito: non ho ancora guardato il diario. Lo prendo dalla tasca e lo sfoglio. Come ricordavo: poesie, citazioni. Pezzetti di bellezza che mia madre amava condividere con me.

Arrivo alla fine. Ma ci scrive ancora? Penso che non ne sarebbe neanche capace, con le mani tremanti che si ritrova e il cervello stordito. No. Gli ultimi scritti risalgono a quindici anni fa.

Vale a dire attorno al periodo della morte di mio padre. Rallento e leggo. La sua calligrafia è disordinata, come se scrivesse in fretta o sotto imposizione. L'inchiostro sulle ultime pagine è macchiato dalle lacrime.

*Il mio compagno, il mio Carlos è scomparso oggi. Come farò ad andare avanti senza di lui? Come può essere? So chi l'ha ucciso. Mi è chiaro come il giorno.*

*La discussione con il Consiglio ieri sera è andata avanti fino a tardi. Al ritorno mi ha detto che hanno preso il controllo dei soldi, mi ha detto che non gli è più concesso prendere decisioni finanziarie per il branco. Era furioso. Ha camminato avanti e indietro nella stanza per tutta la notte ed è uscito stamattina presto. Ma non è mai tornato.*

*Don José dice che c'è stato un incidente alla miniera, ma*

*so che è una bugia. Lo hanno ucciso, proprio come uccidono*
*tutti quelli che si oppongono a loro. Sanno tutti che ci sono*
*un mucchio di corpi in quella miniera. Ogni giovane mutante*
*che potrebbe rivelarsi una minaccia fisica. Ogni lupo che non*
*si mostra d'accordo su un punto qualsiasi. Qualsiasi maschio*
*o femmina che non riga dritto.*

*Vivono tutti nella paura qui. Ho solo una scelta: portare*
*via Carlitos prima che diventi la prossima vittima. Se solo*
*sapessi di chi fidarmi...*

Mi si gela il sangue mentre leggo.

*Il Consiglio ha ucciso mio padre.* Ho sempre pensato che
si fosse trattato di un incidente nella miniera. Come molti
altri. Ma mia madre sospettava che non fossero incidenti.

Sono i vaneggiamenti di una pazza? Non sembra. Para-
noica, forse. Ma del tutto coerente. Logica. Devono averle
dato le prime medicine per calmarla, alleviare il suo dolore.
Poi l'hanno tenuta in silenzio per tutti questi anni.

Ma perché non ucciderla? Non sarebbe stato più facile
che tenerla qui? Forse temevano che avrebbe destato troppi
sospetti.

Salto in piedi e vado nella stanza di mia madre, improvvisamente pervaso dalla paura per lei.

Maria José l'ha fatta vestire e le ha preparato la valigia.
Sono pronte.

"Ha fatto colazione. Siamo pronte quando vuole."

"Hanno iniziato a somministrarle i farmaci... quando?
Subito dopo la morte di mio padre?"

Gli occhi di Maria José si accendono. Sa quello che so.
Annuisce.

"E mia madre sospettava che avessero ucciso mio padre.
Lo sapevi?"

Annuisce di nuovo.

"Quindi l'hanno messa a tacere con medicinali che l'hanno fatta impazzire?"

"Temo che sia così, Don Carlos."

"Aspetta qui. Chiudi la porta a chiave. Non permettere a nessuno di entrare eccetto me. Capito?"

Lei annuisce. "*Sí, señor.*"

Salgo a grandi passi i gradini di marmo bianco e trovo Don José a colazione con Don Mateo sulla terrazza in alto.

Il naso rotto è già guarito, cosa che mi fa venire voglia di spaccarglielo di nuovo. Questa volta prendo Mateo. "Cos'è successo a mio padre? La verità."

"Una trave della miniera è crollata. Lo sai." Mateo tiene gli occhi bassi, non mostra il disprezzo che José porta sempre sul viso.

Il mio lupo è vicino alla superficie, pronto a fare a pezzi e uccidere tutte le minacce. Lo scuoto. "Stronzate. Lo avete fatto ammazzare. Come avete organizzato la cosa?"

I servitori si raccolgono sulla soglia per guardare. Con la coda dell'occhio, vedo Juanito nell'ombra. Il bisogno di proteggerlo mi rende ancora più duro con Mateo.

"Mia madre lo sapeva e avete iniziato a sedarla. Sono le medicine a renderla pazza, non lo è diventata lei da sola."

"Calmati, Carlos," dice José con voce tranquillizzante. "Tua madre non sta bene, e neanche tu." Gli vibra il cellulare e lo prende guardando lo schermo. "Abbiamo problemi di sicurezza al cancello."

Probabilmente è una bugia ma indietreggio, perché mi rendo conto di fare esattamente il gioco di Don José comportandomi da pazzo. Non ho alcuna prova se non il diario di una donna vaneggiante. Ma ho le prove dei traffici finanziari.

Lascio andare Mateo e mi liscio la giacca. I servitori si sono raccolti a guardare la scena, insieme ad alcuni membri del branco. Vedo Marisol con la coda dell'occhio e sembra che stia mandando fuori suo marito Paco, probabilmente a chiamare gli altri.

Adesso ho un pubblico. È ora che faccia una dichiarazione. "Mi assumo la gestione delle finanze del branco. Qualcuno ha fatto sparire metà dei profitti della miniera negli ultimi dieci anni, e intendo scoprire chi. *Tutti* coloro che hanno avuto un ruolo nel furto o nella sua *copertura* saranno puniti. Severamente."

Le parole generano un trambusto tra i servitori. Mateo è impallidito. E ora il *colpo di grazia*.

"E inoltre sciolgo il Consiglio." La voce tonante viaggia a coprire la vasta terrazza, riecheggiando nel territorio al di là.

Si sentono sonori sussulti e i mormorii. Sono apparsi dei lupi tutt'attorno: stanno ascoltando dalle finestre, si sono raccolti dai giardini e dai campi. Vedo Paco tornare di corsa, seguito da Guillermo e gli uomini della miniera. Sono i lupi più forti. Se ci sarà una lotta, saranno loro a vincerla. Vorrei sapere da che parte si metterebbero.

"Questo è successo sotto la vostra sorveglianza. Il branco si sta facendo più povero, più malato. Non mi posso fidare di voi per proteggere l'interesse dei lupi qui presenti. In quanto alfa, questo è il mio lavoro, e lo accetto. La vostra assistenza nella conduzione del branco non è più desiderata né accettata."

Si sente il rumore di un veicolo che risale la strada fino alla cittadella.

José lancia una sonora finta risata. "Ragazzo mio, pensi che questo branco lascerebbe il controllo a te – un giovane senza esperienza – concedendoti il comando? Sei pazzo come tua madre. Avrai anche sangue alfa, ma non hai quello che serve per prendere le decisioni importanti."

Arrivano gli altri due membri del consiglio, rigidi, sistemandosi giacca e cravatta. "Cos'è questa storia?" chiede Don Julio.

"Il Consiglio è stato sciolto. Chiunque metta in questione la mia autorità verrà bandito. È abbastanza chiaro?" Grido, accertandomi che tutti possano sentire. "Chi è il primo?" Faccio un gesto con la mano e passo lo sguardo su ogni lupo attorno a me. Sono pronto a combattere, in forma umana o con sembianze da lupo.

"Il ragazzo è impazzito!" proclama Don José a voce alta. "È pericoloso. Prendetelo e mettetelo in prigione."

*Si comincia.*

Tre lacchè del Consiglio si spogliano per tramutarsi. I quattro membri del Consiglio avanzano verso di me. Da solo potrei sconfiggere chiunque di loro. Probabilmente anche tutti e sette. Ma gli altri resteranno fermi a guardare? O si uniranno alla lotta?

Con la coda dell'occhio, vedo Guillermo levarsi gli stivali preparandosi a combattere. Mi sa che scoprirò presto da che parte si schiererà. Ringhiando, mi strappo la camicia e mi tiro via i pantaloni, tramutandomi nel momento in cui mi sono liberato dei vestiti.

Ringhi e ruggiti si levano tutt'attorno. Salto, senza permettere agli anziani di spogliarsi e tramutarsi. Non volendo che il branco scelga da che parte stare. La campana dell'allarme sta suonando, chiamando tutti a buttarsi nella mischia.

Butto giù uno dei lacchè del Consiglio e scaglio il suo corpo contro un altro dei loro. Affondo i denti nella sua spalla. Rotoliamo a terra, ma non lo sento mugolare in tono di sottomissione per segnalare la sconfitta. Fino alla morte, allora. Stacco i denti dalla spalla e li affondo nella gola. Altri due lupi mi attaccano da entrambi i lati, ma il lupo di Guillermo ne butta a terra uno, spezzandogli il collo con un rumore di ossa. Lacero la carne del terzo.

In un vortice di movimento, ogni membro del branco si prepara a tramutarsi. Senza perdere tempo, scatto in piedi e mi lancio contro agli anziani del consiglio, che sembrano pensare di essere esentati dalla lotta. Faccio un salto in aria, balzando contro Don Mateo.

Risuonano degli spari che mi colpiscono al petto. Vedo troppo tardi la pistola nella mano di Mateo. Il mio corpo si contorce in aria. Mi si mozza il respiro e perdo l'orientamento, atterrando sul fianco. L'aria è pervasa da ringhi e guaiti, il rumore di una completa lotta tra lupi.

Prima che mi si schiarisca la vista, salto si nuovo, ringhiando, aspettandomi di essere attaccato dai lupi in arrivo da ogni direzione. Vedo un lampo di pelo bianco davanti. Mi lancio d'istinto, poi gemo e mi ritraggo così velocemente da scivolare sul sangue che si sta raccogliendo sul marmo.

*Sedona.*

La mia lupa bianca è qui, le zanne digrignate, le zampe piantate davanti a me.

No, non può essere. È un'allucinazione. Sono morto per gli spari?

Mi rialzo in piedi, la vista ondeggiante. Uno stretto cerchio di zampe e pelo si chiude attorno a noi, solo che – può essere? – i lupi stanno guardando dall'altra parte. Stanno proteggendo il loro alfa e la sua compagna.

La sua compagna *incinta*.

Ringhio per il furioso bisogno di proteggerla quando sento il cambiamento nell'odore di Sedona. Ruoto su me stesso, controllando tutt'attorno, ma siamo completamente protetti dai pericoli. Lei ringhia al mio fianco, magnifica, cazzo. Più grande e più sana di qualsiasi altro lupo presente.

I versi feroci dei lupi che lottano all'ultimo sangue mi arrivano alle orecchie, ma non riesco a vedere oltre alla parete di lupi che ci circonda. Lasciare che gli altri lottino per me va contro la mia natura. Mordicchio i fianchi dei guardiani per passare in mezzo, e loro mi lasciano spazio con riluttanza, mettendosi a pancia all'aria al mio passaggio, per mostrarmi sottomissione.

La terrazza è piena di lupi e umani che non possono tramutarsi. Credo sia presente ogni membro del branco. Miniere e campi sono vuoti. Ci sono corpi morti disseminati sulla terrazza. Uno, due, tre... nove. Tutti i membri del consiglio, meno Don Santiago, che non è tornato dall'Europa. Alcuni dei loro lacchè e guardiani. Altri sono stati cacciati via da piccoli branchi e si sentono i loro gemiti e guaiti in allontanamento, mentre fuggono.

Il mio corpo è debole, ma sto attento a non darlo a vedere. Mi siedo e ululo. Le voci si levano attorno a me, fondendosi con la mia, rispondendo al richiamo. Mi sento pervadere dalla gratitudine mentre il senso di unità, di branco, di famiglia stringe tutti noi.

Mi giro e torno zoppicante da Sedona, che sta ancora cercando di farsi strada in mezzo al cerchio protettivo di lupi. Quando mi vedono avvicinarmi, si abbassano ancora a terra mostrando le pance e lei corre verso di me. Mugoliamo e ci lecchiamo, e tutti gli altri lupi stanno acquattati in segno di rispetto.

Al loro alfa.

Se riuscirò a convincere Sedona a restare.

## CAPITOLO QUINDICI

*Sedona*

Juanito porta via gli asciugamani insanguinati e posa una coperta sopra a Carlos. Mi accoccolo sul letto con lui, perché non ho altro modo di tenerlo sdraiato. Rifiuta di allontanarsi da me, non mi leva gli occhi di dosso un secondo.

Tiro più su la coperta sulla sua figura quasi nuda. Si è infilato un paio di boxer per rispetto nei confronti della madre, che ha insistito per pulirlo dal sangue con una spugna. A me è sembrata lucida, anche se bofonchiava parecchio di una lotta tra lupi che deve essersi verificata in passato.

Carlos allunga le braccia verso di me e io mi stringo ancora di più a lui, in modo che non si debba muovere. "Stai giù fermo e lascia che il tuo corpo si occupi della ferita da proiettile," lo rimprovero.

I mutanti hanno incredibili capacità di guarigione, ma in casi gravi come quello di Carlos, con grosse perdite di sangue, ci vuole qualche giorno di riposo. O almeno una notte.

Siamo naso contro naso e lui mi accarezza i capelli

scostandomeli dalla faccia, appoggiando la fronte sulla mia. "*Mi corazon*, temevo che non ti sarei mai più stato così vicino."

"Cosa significa *corazon*?"

"Cuore mio. Tu sei il mio cuore. Cosa ti ha fatto venire qui?" Mi accarezza un fianco. "Sei venuta a dirmi del nostro cucciolo?"

Scuoto la testa, provando una fitta di colpa per averglielo tenuto segreto per tutto il tempo che abbiamo passato in Europa. "Carlos…" Mi fermo, insicura su come dirgli quello che ho saputo.

Si irrigidisce, come se pensasse che sto rompendo con lui. Di nuovo.

"Ho incontrato una mutante del tuo branco. Mi ha detto che il Consiglio ha ucciso tuo padre." Butto fuori le parole velocemente, in modo che non debba soffrire nella suspense.

Annuisce gravemente.

"Lo sapevi?"

"No, ho scoperto ieri sera che anche mia madre la pensava così. Ora penso che il Consiglio la drogasse per tenerla in silenzio. Ho in programma di portarla in città domani per farla visitare da uno psichiatra umano. Non so quanti danni permanenti siano stati fatti, ma spero che ci sia la possibilità che le sue facoltà mentali possano tornare in piena forza."

"Oggi sono stati uccisi tutti i membri del Consiglio?"

"Tutti tranne uno. Don Santiago, quello che abbiamo visto a Barcellona. È ancora via, ma me ne occuperò quando tornerà. Era lui a rubare al branco."

Mi strofino ancora il punto dove mi hanno pizzicato il braccio. "Penso che mi abbia prelevato del sangue."

"*Cosa?*" Carlos si tira su di scatto, e devo spingerlo giù perché si rimetta sdraiato sul materasso.

"Quando gli stavi parlando, degli umani sono venuti a sbattere contro di me e qualcosa mi ha punto il braccio. Penso mi abbia fatto un test per vedere se ero incinta."

Il volto mesto di Carlos impallidisce. "Santiago… che gioca a fare il dottore con mia madre. Con te. Interessato alla mappatura dei geni. Giovani lupi in salute che scompaiono dal branco… come il padre e il fratello di Juanito. Grosse quantità di denaro che svaniscono nel nulla… possibile che sia lui il cosiddetto *Mietitore*?"

Rabbrividisco involontariamente. "C'erano un sacco di gabbie nel magazzino dove sono stata tenuta prigioniera. Ci avevano rinchiuso molti lupi. E hanno tenuto lì anche mio fratello e i suoi compagni di branco invece che ucciderli. Pensi che stia… facendo esperimenti sui mutanti?"

"Sì." Carlos si tira su dal letto e si alza in piedi.

Cielo, sta esagerando. "Carlos, aspetta. Non è qui adesso. Questa cosa può aspettare. O fai quello che devi a letto. Con me." Aggiungo l'ultima parte della frase ammiccando con le sopracciglia e la sua espressione si ammorbidisce in un sorriso. Riaffonda sul letto. "Beh, se la metti così…" La sua mano va dritta al mio sedere e lo stringe.

Ma il sorriso svanisce di nuovo e mi sento inchiodata dal suo sguardo. "Dimmi, Sedona. Potrai mai perdonarmi? Perdonare il branco?"

"Sì. So che non c'entravi nulla. E il Consiglio ora non c'è più. Devo dirti una cosa: mio padre e mio fratello arriveranno presto." Ho mandato un messaggio a mio padre quando sono atterrata ieri sera. Mi ha fatto sapere che erano subito dietro di me, su un volo di stamattina. Estraggo il telefono per mandargli un altro messaggio e dirgli che sto bene. "Dopo che abbiamo parlato con la mutante del tuo branco, lui ha pensato che fossi in pericolo a causa del Consiglio, quindi sta venendo ad aiutarti a fare un po' di pulizia. Gli farò sapere che è già tutto sistemato."

"Allora sarà qui per la cerimonia di accoppiamento." Il tono di Carlos è leggero, ma mi guarda attentamente, e penso che non stia respirando.

Getto una gamba sopra alla sua. "Credo che siamo già accoppiati."

Il suo sorriso è smagliante, sexy e accattivante.

Annuisco. "Capiremo come fare."

"Certo," dice Carlos. "Non ti terrei mai qui se non potessi trovare la gioia. Ma prometto che lavorerò sodo per mantenerti felice, *mi amor*. E se desideri dividere il tuo tempo tra qui e gli Stati Uniti, capirò anche questo. Sarai come Persefone, che prende una pausa dall'inferno."

"No," rispondo immediatamente. "Il mio posto è con te. Cioè, sì, qualche salto a casa lo farò, ma lì non c'è niente per me. Non senza di te. E questo posto non è l'inferno. È bellissimo. Un paradiso, Carlos."

Sbatte le palpebre rapidamente. "Grazie," dice con voce strozzata e mi prende il volto tra le mani, premendo le labbra contro alle mie, mozzandomi il fiato. "Penso che possa diventare un paradiso. Serve qualche lavoretto, ma con te non ci sarà nulla che non possa fare. Cielo, non ci posso credere. Temevo che non sarei riuscito a tenerti con me."

"Sono qui," sussurro.

Mi bacia di nuovo. "Ti vedo, *preciosa. Gracias.*"

Fisso i suoi caldi occhi color cioccolata e sento l'amore trasudare da lui. "Quando ho pensato che fossi in pericolo, tutti i muri che avevo innalzato, tutte le paure e le insicurezze sulla veridicità del tuo amore, o se non si trattasse piuttosto di una reazione biologica che ti costringeva a seguirmi solo perché mi avevi marchiato, sono svanite. Ho capito che non avrei mai voluto conoscere un futuro senza te al mio fianco, che avrei voluto morire per proteggerti. E quindi eccomi qui."

"*Muñeca*, sì, c'è la biologia – cielo, *un* sacco – ma il mio amore per te va ben oltre la fisicità. Tu sei tutto ciò che di bello c'è al mondo. E so che ancora non conosco niente di te: non so la tua canzone preferita, o il film, o la trasmissione in TV; non ho mai incontrato la tua famiglia, non conosco aneddoti della tua infanzia. Ma so che desidero ogni parte di te, anche quelle che tieni nascoste." Mi porta la mano sulla nuca e mi tira verso di sé. Mi bacia dolcemente, un movimento esploratorio delle sue labbra sopra alle mie.

L'eccitazione mi pervade, ma faccio del mio meglio per ignorarla. Carlos deve guarire. Saltargli addosso adesso non gli sarebbe di aiuto. Ci sarà tempo domani.

Deve aver colto la vibrazione, perché si stacca con occhi sensuali. "Non pensare che non ti punirò per esserti messa in pericolo, *ángel*. Non è lavoro tuo proteggermi. Preferirei morire che doverti vedere ferita."

E solo con queste parole, mi sento gocciolare in mezzo alle gambe. Riesco a stento a trattenermi dal premere contro i suoi fianchi e strusciarmi sul bozzo contenuto dai boxer. Non riesco però a evitare di socchiudere le palpebre. La mia lingua mi inumidisce le labbra. "Come mi punirai, Carlos?"

Il suo sesso raggiunge subito una completa erezione, tendendo la stoffa dei boxer. Mi solleva e mi tira contro ai suoi muscoli sodi. "Sei fortunata a essere vestita, o sarei già dentro di te," ringhia.

Spingo contro al suo petto, ma lui non mi concede alcuna libertà. Non che la voglia. "Piano, lupone. Hai ancora cinque buchi nella pancia."

Mi stringe il sedere e infila un dito in mezzo alle natiche, affondando fino a raggiungere il mio buco attraverso i pantaloni. "Domani, m*uñeca*. Domani scoperò questo culo fino a farti gridare. *Questa* sarà la tua punizione."

Un piccolo gemito mi sfugge dalle labbra mentre tutto il mio corpo si accende, le fiamme che arrivano fino alle punte dei piedi. Gli mordo il petto muscoloso. "Promesso?"

# CAPITOLO SEDICI

*Carlos*

Mi sveglio con Sedona tra le braccia. Affondo il naso nei suoi folti capelli e inalo il suo odore. Sono effettivamente riuscito a dormire con lei al mio fianco senza legarla alla testiera per scoparla a oltranza.

Devono essere stati i proiettili che mi hanno perforato lo stomaco e il bisogno del mio corpo di guarire.

Anche se ho l'uccello duro come la roccia, non mi muovo, soddisfatto anche solo di guardare la mia compagna mentre dorme. L'ho già marchiata, ma oggi diventerà mia di fronte al mio e al suo branco. Stamattina arriveranno addirittura sua madre e la compagna di Garrett per assistere.

L'incontro di ieri è finito meglio di quanto avrei potuto desiderare. Il padre e il fratello di Sedona hanno passato un'ora e mezza buona a farmi il terzo grado, ma penso che alla fine abbiano accettato che amo Sedona e che darei la vita per proteggerla e renderla felice.

Abbiamo passato la notte scorsa a dare l'avvio a una

ricerca di Santiago su scala mondiale. Sono convinto che il Mietitore è lui. Secondo l'amica hacker di Garrett, Santiago si è nascosto nell'ombra. Ha scoperto tutti i conti in banca a cui è associato e ha emesso un falso mandato dell'FBI per bloccare i fondi. Lo ha anche rimosso da tutti i conti finanziari del branco, quindi spero che con il sostegno economico ora ridotto a zero, le sue attività verranno presto ridimensionate. Il padre e il fratello di Sedona hanno giurato di continuare la caccia.

Le palpebre di Sedona si aprono lentamente e quei meravigliosi occhi azzurri si posano sul mio volto. Le sue morbide labbra si dischiudono e lei si china in avanti. Immagino che stia per baciarmi il collo, e invece lo morde. Con forza.

Una risata mi sale dalla gola mentre la faccio ruotare supina e le blocco le mani sopra alla testa. "Qualcuno è pronto per la punizione."

Lei arrossisce e si dimena, ma le pupille dilatate e l'odore dell'eccitazione mi dicono che ho ragione.

Cielo, come posso essere così fortunato?

Le divarico le gambe con il ginocchio e le mordo una spalla.

"Sei sicuro di essere in condizione di farlo?" Mi spia innocentemente da sotto le ciglia.

Ringhio e la faccio rotolare su un fianco, dandole diversi schiaffi sul fondoschiena. Niente fa più incazzare un alfa che la supposizione che non sia pronto a fare qualcosa.

Sedona ridacchia e fa oscillare il sedere. Ha indosso un paio di mutandine e una delle mie magliette, cosa che il mio lupo trova tremendamente soddisfacente. "Alzati. Vai in bagno se devi. Levati i vestiti. Al tuo ritorno mi occuperò del tuo cattivo comportamento."

Lei scatta dal letto, l'eccitazione evidente nella corsa al bagno e la doccia veloce. Ne torna fuori bagnata e nuda.

I ringhi mi salgono dalla gola nel momento in cui vedo il suo corpo nudo, che lei mi getta addosso, bloccandomi contro al materasso. La faccio ruotare a pancia in giù e le blocco entrambe le mani dietro alla schiena. "Lasciale qua, queste. Non pensare neanche lontanamente di muoverle, o dovrò raddoppiare la punizione."

"Sì, signore."

Un'esplosione di lussuria mi fa vibrare di fronte alla risposta sottomessa. È così eccitante…

Le tiro su i fianchi fino a metterla in ginocchio, il viso premuto contro il materasso. "Allarga quelle gambe." La mia voce non è mai stata tanto bassa.

Lei apre le ginocchia e io afferro la parte superiore delle cosce, allargandole per bene. La lecco, aprendo le sue labbra esterne con la lingua, accarezzando quelle interne.

Ha la fica che cola miele e la divoro, leccandole anche il clitoride. Le tremano le cosce. Porto la lingua su fino all'ano e lo lecco tutt'attorno mentre la schiaffeggio in mezzo alle gambe.

Lei grida, un suono sensuale e bisognoso, quindi continuo a sculacciarle la fica bagnata leccandole l'ano. "No, basta. Oh, cielo, sì. Carlos, ti prego."

La colpisco più forte, più veloce, fino a che viene, le braccia che si spostano da dietro la schiena, le ginocchia che si chiudono di scatto.

Cambio l'attacco, sculacciando il suo culo bagnato fino a farla arrivare all'orgasmo che la vede poi cadere distesa sul letto, il corpo molle e duttile per il piacere goduto.

Le faccio diventare il sedere rosso, e il dolore deve essere deciso perché la sento gemere mentre ruota la testa. "Scusa! Scusa, Carlos."

Cado subito sopra di lei, stringendo e strofinando le sue natiche mentre le divarico ancora le gambe con le mie. La bacio lungo la schiena, ammirando le linee snelle, la muscolatura liscia e femminea della mia lupa alfa.

Potremmo essere in coppia da ottant'anni, e mi mozzerebbe sempre il fiato con la sua bellezza. Le accarezzo la nuca, le sposto i capelli di lato per morderle un orecchio. "Non ti muovere," le mormoro.

Vado a prendere del lubrificante ancora confezionato dalla borsa che ho portato dall'Europa. Quando torno, le allargo le natiche, e ne spremo una dose sul suo ano. Usando un dilatatore anale di medie dimensioni, le allargo l'apertura. Lei geme e mugugna mentre lo ruoto e lo spingo dentro e fuori.

"Cosa succede adesso, Sedona?"

Stringe il sedere contro il dilatatore. "N-non lo so."

"Sì che lo sai." Do uno schiaffo a ciascuna natica. "Cosa sto per farti adesso, *ángel*?"

"M-mi scopi il culo?"

Afferro rudemente le due natiche, stringendole e separandole. "Giusto, *mi amor*." Estraggo il dilatatore e metto altro lubrificante, applicandone anche sul mio uccello pulsante. Questa sarà anche una punizione, ma non ci sarà dolore, solo piacere.

"Adesso lo prendi, e sai perché?"

"No."

"Sì che lo sai. Perché sei una ragazza cattiva. Ti sei messa in pericolo. Non è permesso, bellezza."

"S-scusa." Sta ansimando, sollevando il sedere verso di me, eccitata.

Mi metto a cavalcioni del suo sedere e le allargo le natiche, spingendo la punta del mio sesso contro il suo buco. "Prendimi."

Sa rilassarsi e la punta dell'uccello entra. Vado lentamente, concedendole il tempo di abituarsi.

Lei inspira e morde il copriletto, stringendo i pugni man mano che avanzo.

"Brava ragazza."

"Sì," ansima lei.

Non sono sicuro del significato del suo *sì*, ma lo prendo come segnale che posso continuare, affondando dentro di lei.

È stretta, il suo calore avvolge il mio cazzo come un pugno. Non durerò molto. È così tabù, cazzo, così eccitante castigarla a questo modo... voglio sbattere dentro di lei e arrivare all'orgasmo, ma mi sforzo di mantenere i movimenti lenti e regolari.

Infilo una mano sotto ai suoi fianchi e la poso sul monte di Venere. La sua fica gonfia e fradicia accoglie le mie dita. Gliene infilo dentro tre, spingendole a fondo ritirando l'uccello, alternando i movimenti.

"Ti prego, Carlos. Oh, cielo. Oh sì..." Le sue grida si fanno più intense e acute, senza fermarsi.

Il mio respiro diventa sussultorio e inizio ad affondare con più forza, facendo del mio meglio per mantenere i colpi regolari e misurati. Ruoto indietro gli occhi, le stelle mi danzano davanti alla vista. Affondo con decisione nel suo culo e vengo.

Insieme a me viene anche lei: i suoi muscoli interni si stringono attorno alle mie dita. "Carlos, Carlos, Carlos..."

"Continua a dire il mio nome, *mi amor*. Io sono l'unico che ti farà venire."

"Sì!" Un altro spasmo del suo sesso.

Sbatto contro il suo sedere ancora qualche volta e poi lascio cadere il mio corpo sul suo, baciandole il collo. Quando i nostri respiri si fanno più calmi, esco da lei e rotolo di fianco, avvolgendole attorno le braccia e girandola verso di me. "Ti amo, bellezza. Ti amo tantissimo."

Lei posa le sue mani, più piccole, sulle mie. "Anch'io ti amo, Carlos. Come si dice in spagnolo?"

*"Te quiero. Te adoro. Te amo."*

Lei fa una risata roca, che me lo fa diventare duro un'altra volta. "Tutto questo. E molto di più."

~.~

*Sedona*

Sono vicino all'ingresso della terrazza, la mano infilata dentro all'incavo del gomito di papà. La terrazza è stata trasformata. Il marmo brilla, lucidato e ripulito dal sangue della lotta di ieri. Fili di luce si diramano da ogni parapetto, da ogni albero. Tavole rotonde ricoperte di tovaglie bianche sono disposte nello spazio e ogni sedia è occupata dai membri del branco di Carlos e del mio.

L'odore del cibo tradizionale riempie l'aria e un lungo tavolo da banchetto è pronto con montagne di succulenta carne, verdura, frutta e dolci. Non vedo l'ora di provare il mole poblano, che Carlos mi ha assicurato essere il migliore del Messico.

Il corpo si è già ripreso dalla deliziosa punizione che stamattina mi ha impartito Carlos, ma mi sento completamente richiesta da lui.

Dopo che abbiamo fatto l'amore, ha portato me, Garrett e mio padre a fare un giro della montagna, mostrandoci la sua incredibile bellezza e le sue ricchezze e presentandoci ai membri del suo branco.

Mia madre e Amber sono arrivate a mezzogiorno e hanno passato il pomeriggio ad aiutarmi con i preparativi. Amber mi ha intrecciato un filo di perle nei capelli, sistemandomi una coroncina in cima alla testa. Il resto delle ciocche le ha arricciate in boccoli che mi scendono sulla schiena.

Miracolosamente, sto benissimo nell'abito da sposa di mia madre, un vestito aderente bianco e argento con una V sulla schiena che mi arriva quasi al sedere, e una più modesta che scopre appena il decolté. Amber mi ha prestato un paio di sandali aperti. Mi sento come una principessa che sta per diventare regina del suo nuovo regno.

La banda di mariachi finisce la bellissima ballata e tutti guardano ansiosi Carlos, che è salito su una pedana disposta al centro. È incredibilmente bello stasera con il suo smoking. Dice qualcosa di importante su di me in spagnolo. Non conosco le parole che pronuncia, ma il significato è comunque eloquente perché mi sta guardando con un senso di rispetto che mi fa vibrare tutta.

*Sono sua.*

Ogni cellula del mio corpo lo sa. Appartengo a lui. Sono sua.

Si rivolge ai tavoli degli americani e dice: "Dire che sono onorato di prendere Sedona come mia compagna è un eufemismo. Lei è la mia vita, la mia luce. L'angelo che mi ha aiutato a trovare il modo di eliminare l'oppressione e la corruzione che infestavano il mio branco. Trascorrerò ogni ora delle nostre vite a rimediare ai torti che le sono stati fatti qui." Sottolinea la cosa guardando mio padre, poi mio fratello.

Mio padre annuisce, come in attesa della dichiarazione, e mi accompagna dentro. Non è una reale cerimonia di matrimonio nello stile dei lupi americani. Questa è solo la celebrazione di un accoppiamento già avvenuto. Juanito, tutto elegante nel suo completo, porge comunque a Carlos una scatolina e il mio compagno ne prende un anello che mi infilerà all'indice.

Ha occhi solo per me mentre avanza verso di lui. Mio padre si ferma davanti alla piattaforma e mi bacia sulla guancia. Carlos mi prende il volto con entrambe le mani e tira la mia bocca verso la sua, premendo le sue labbra sulle mie.

Gemo leggermente contro la sua bocca e lui sorride. "Ti amo, lupa bianca." Mi prende la mano e mi infila al dito una fascetta dorata con tre smeraldi ovali. "Ti prenderò presto un vero anello, ma questa sera volevo darti una cosa. Questo era di mia nonna."

È largo, quindi lo tolgo e me lo infilo al medio, dove calza perfettamente.

Lui mi tiene entrambe le mani e mi fissa negli occhi. "Sposami."

Rido. "Ancora. Pensavo che ormai il danno fosse fatto. Mi sono messa l'anello." Alzo la mano e agito il dito.

Lui mi si avvicina. "Voglio farlo in tutti i modi: matrimonio legale, cerimonia di famiglia, marchio della luna."

Premo le mie labbra contro alle sue. "Mi hai convinta. Ci sto. In tutto e per tutto."

Carlos sorride e solleva le nostre mani intrecciate in chiaro segno di vittoria, voltandosi di nuovo a guardare i tavoli. "Ho trovato e preso la mia compagna. Che la festa abbia inizio!"

I mariachi riprendono a suonare e io mi appoggio a Carlos, mi crogiolo nella sua presenza, così solida e calda. Così giusta.

"Ti amo, Carlos." Lo sa già, ma mi sembra importante dirlo adesso, in questo momento.

Lui mi solleva il mento e mi fissa senza muoversi.

"Cosa stai facendo?"

"Sto memorizzando questo momento. Non voglio dimenticare mai quant'è meraviglioso sapere che sei mia."

Mi alzo in punta di piedi e premo di nuovo le labbra sulle sue. "Ti reclamo, lupo nero. Sei mio tanto quanto io sono tua."

Un sorriso radioso gli illumina il volto. "Promesso?"

FINE

ALFA RIBELLI


*Tentazione Alfa*
  *Pericolo Alfa*
  *Un premio per l'alfa*

# OTTIENI IL TUO LIBRO GRATIS!

Iscrivetevi alla newsletter di Renee per ricevere Indomita, scene bonus gratuite e notifiche riguardo a nuove pubblicazioni!

https://BookHip.com/MGZZXH

# L'AUTORE

**L'autrice oggi bestseller negli Stati Uniti Renee Rose** ama gli eroi alfa dominanti dal linguaggio sboccato! Ha venduto oltre un milione di copie dei suoi romanzi bollenti, con variabili livelli di erotismo. I suoi libri sono comparsi su *USA Today's Happily Ever After* e *Popsugar*. Nominata *Migliore autrice erotica da Eroticon USA* nel 2013, ha vinto come autrice antologica e di fantascienza preferita dello S*punky and Sassy*, come miglior romanzo storico sul *The Romance Reviews* e migliore coppia e autrice di fantascienza, paranormale, storica, erotica ed ageplay dello *Spanking Romance Reviews*. È entrata cinque volte nella lista di *USA Today* con varie antologie.

Iscrivetevi alla newsletter di Renee per ricevere scene bonus gratuite e notifiche riguardo a nuove pubblicazioni!

https://www.subscribepage.com/reneeroseit

## L'AUTORE

Lee Savino è una fra le migliori scrittrici di libri erotici 'smexy' al giorno d'oggi negli Stati Uniti. 'Smexy' nel senso di 'smart e sexy': storie sensuali ed argute. La puoi trovare nel gruppo Goddess in Facebook ed è possibile scaricare un suo libro gratuito su www.leesavino.com!